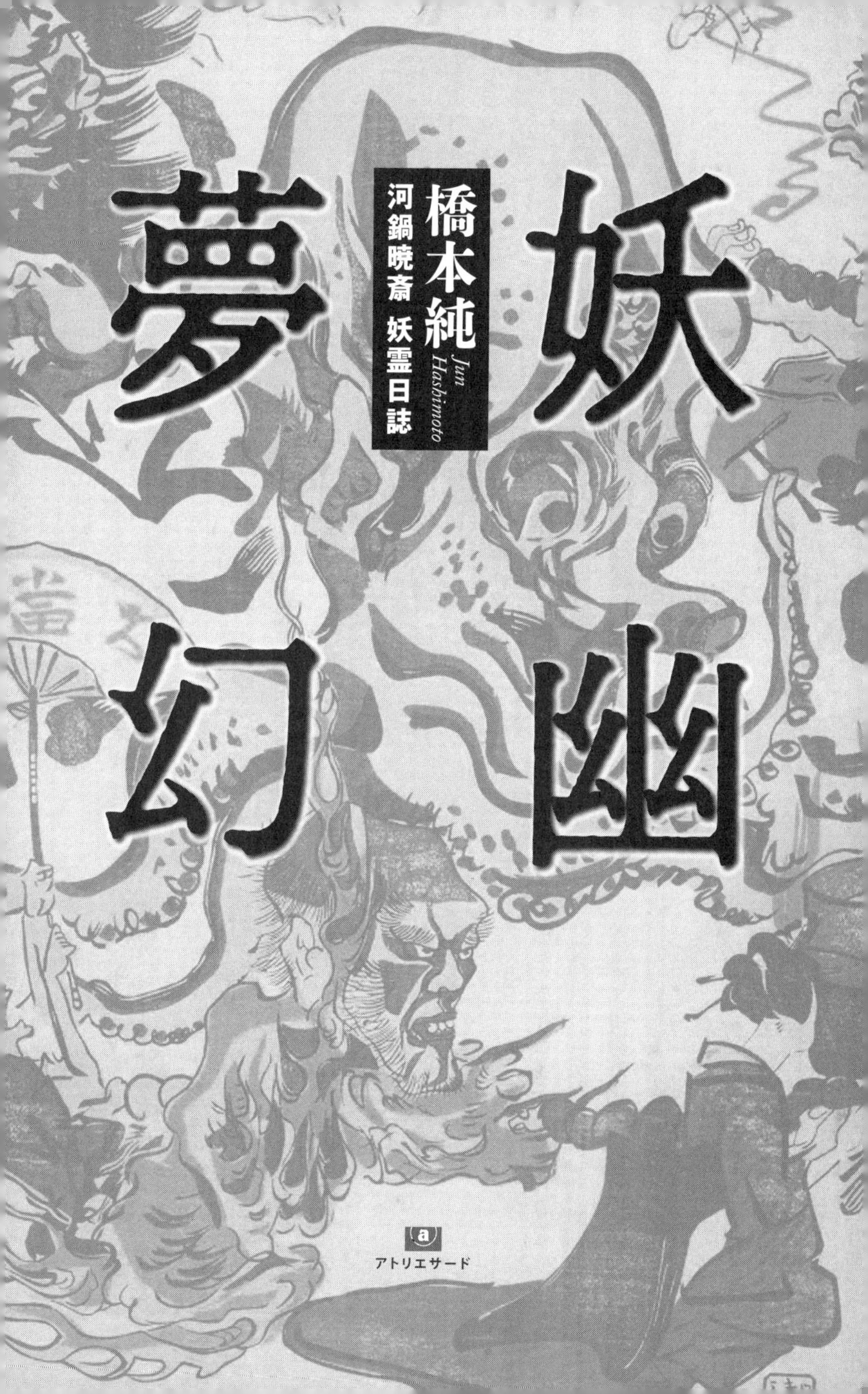

妖幽夢幻

河鍋暁斎 妖霊日誌

橋本純
Jun Hashimoto

アトリエサード

目次

妖幽夢幻　河鍋暁斎　妖霊日誌

橋本純

序

江戸の町を夜中に襲った大地震、あちこちで家屋が倒れ少なからぬ人々が住処を失った。大火事には至らなかったが、各所で火の手もあがった。

焦げた匂いの漂う潰れた街で、人々はしきりに色々な噂をうるさく口の端に乗せていた。

曰く、揺れる最中に今迄に聞いたこともないような獣の咆哮を耳にしたとか、数多の烏が飛び交う羽音を聞いたなどなど。

そんな話を耳にしつつ廃墟の中で二人の男が出合い、不安なる世相と併せこの事態を憂い意気投合していた。

一人は絵描き、もう一人は戯作者。

この二人は、その後終生の友となるのだが、その出会いの最中に、もう一つの奇異なる事件が起きていることを彼らはまだ知らず、その渦中に自分たち、中でも絵描きの方が深く関わることになろうとは思いも寄らずにいた。

この夜の地震は、安政の江戸の大地震《おおなり》として後世に伝えられる。

江戸の水戸藩屋敷では、藩政だけでなく幕府にも影響力を持っていた藤田東湖が倒壊した屋敷の下で圧死。小伝馬町の牢では一時的に罪人が放たれ、その中には幕府への大逆を疑られた者も混じり刻限までの帰参を果たさぬなど、混乱は幕府の政治にも多大な影響を与え、その後の徳川の世の終焉にも少なからぬ影響を与えた。

しかし、そこに誰もが思いも寄らなかった大きな力が働いていたことを、この時点では誰一人知りはしなかった。

それが判った時、一握りの人間たちにより大いなる災厄への反抗が始まる。

しかし、それはまだ先の話。

江戸は、この大地震から驚くほどの速さで立ち直り、やがて時代は激動の渦に呑まれ、徳川の世は終焉を迎え、江戸と言う街もまた東京という新たな名の下、目まぐるしく移り変わっていくことになる。

しかし、その東京にはこの時すでに大きな大きな暗雲が立ち込める為の種が撒き終わっていた。

たった一人の男に、その災厄の芽は集約されている……

物語は男と共に歩み始めていた。

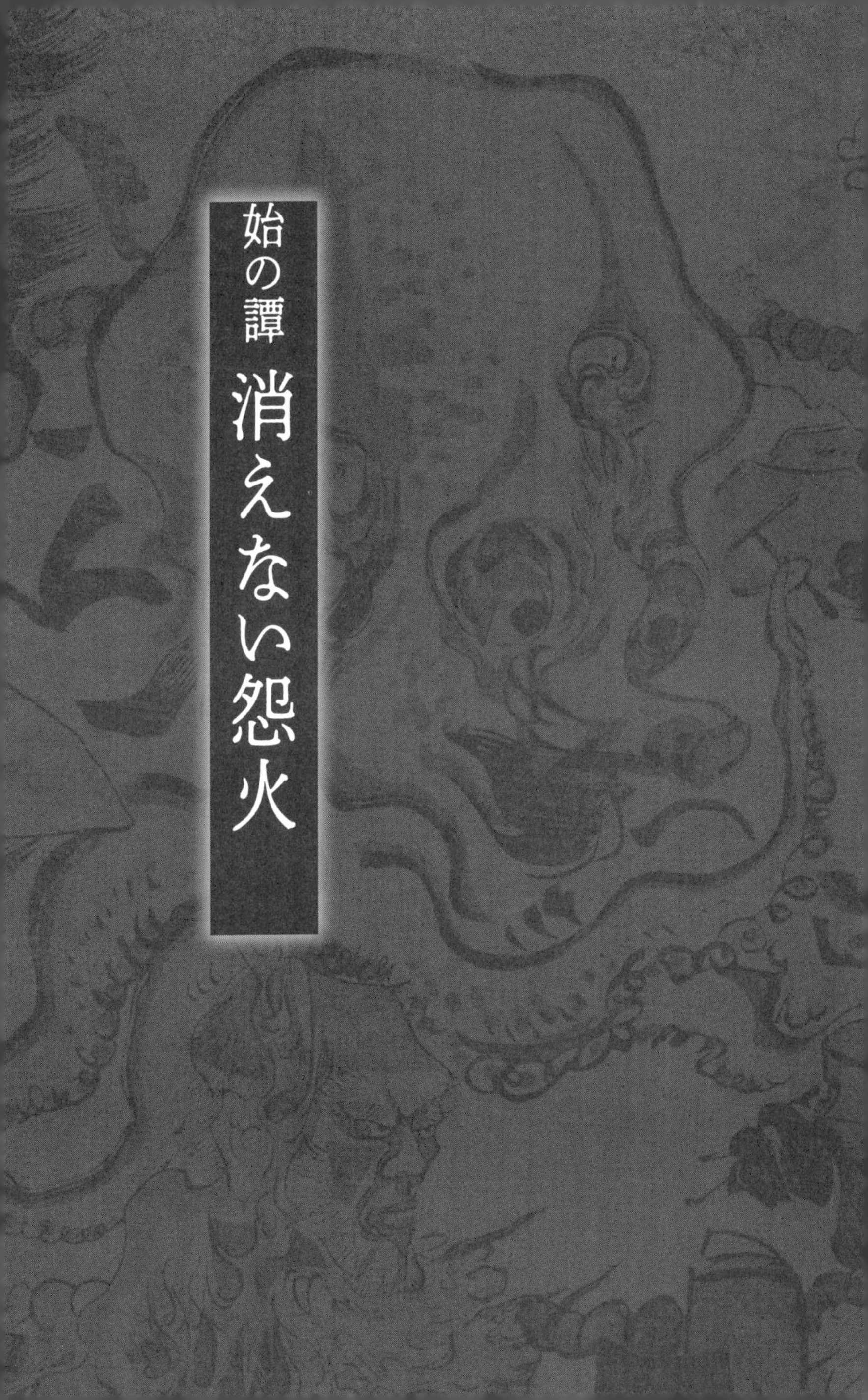

始の譚　消えない怨火

一

　気付けばこの国を揺るがした維新も遠くなっていた。明治ももはや九年を数えた初秋を色濃く感じられる一日。空は晴れているが足元は危うい。昨日まで数日の間、雨が続いたせいだ。

　東京という名に、江戸っ子達もすっかりあきらめ慣れてきたと言えよう。街の景色もまた大きく変わってきたが、それでも江戸の町並みは、まだどこにでも見出すことが出来た。

　日本橋の大店が並ぶ表通りから、ちょいと一本横に曲がればそこが江戸だと言っても信じられるようほど昔と変わらぬ景色が目の当たりにできた。ここいらは表通りに比べ、路面が荒れているから昨日までの大雨でひどくぬかるんでいた。

　一人の斬バラ髪を伸ばした男が、この歩くのにもためらいそうな道を進んでいると、威勢のいい大八車が泥を跳ね上げて通り過ぎていった。車の上は、荷物が崩れんばかりに積みあがっており、良くまあ酷いぬかるみでも停まらないものだと感心する。ある程度の速度が荒れた地面をものともしないのだろうが、その反動で跳ねた泥水の飛沫も高い。

　その大八車の跳ね上げた泥水を、件の斬バラ髪の男はまともに浴びてしまった。

「やられた…」

　顔を引きつらせ、泥だらけになった着物の裾をまくりあげた男は、去っていく大八車に何かを叫ぼうと口を開いたが、すぐに首を振ってまた歩み始めた。

文句を言ってもどうにもならないことを百も承知しているから、無駄な労力を払うのを嫌ったようである。

男は、泥に汚れた着物にうんざりした顔で表通りに出ていき、そのまま大きな店間口《たなまぐち》を構えた一軒の呉服屋に入っていった。

かなりの大店《おおだな》である。してみれば、男の安手の着物にぼさぼさ頭、しかも泥まみれと言う姿は、明らかにこの場にはふさわしくない身なりと言えた。

実際、居並ぶ丁稚たちも何処から見ても胡散臭そうなその姿に、あからさまな戸惑いを見せていた。

やや年かさの手代と思しき男が、丁寧に頭を下げて男に訊いた。

「すいません、どんな御用でしょう」

男は、構わずにひょいと畳縁に座り込み、慣れた様子で言った。

「大番頭の秀作さんはいるかい。今井町の高村新吾と言えばわかる筈だよ」

手代はすぐに引っ込み、五十がらみの、頭の禿げ上がった番頭が出てきた。

「こりゃあ、新聞屋の新吾の旦那、おひさしうございますな。今日は、どんな御用で？」

安い着物を着ているのも道理で、番頭を訪ねてきた男は、ここ数年乱立した弱小新聞社の一つ、武蔵日日新聞の下っ端記者の高村新吾と言う元侍であった。

この男、徳川のご時世には直参で新徴組にいたと言うから腕には覚えがあったろうに、なぜ筆で身を立てる記者をしているのか謎が多い。まあ記者と言っても、彼の勤める新聞社には社主を除けば、主筆を含め社員は三人しかいないのだが。

新吾は「実はな」と呟き、仕入れてきたばかりの用件を切り出した。

「最近、流行の百物語。その中でも、必ず怪異の起こる会を催している連《れん》があると聞いたんだよ。それに、大番頭さんも参加している。そう聞いたんで、おもしろそうなんで、俺にも覗かせてもらえないかと思って寄ったって訳さ。知っての通り、うちの新聞は黙っていても売れる名の通った新聞と違って奇をてらわないと売れない。夏と来れば怪談、それも本物の怪異の起る話となれば、読み手も飛びつくんじゃねえかなあと気付いたのさ。だから、なんとしても取材してえなあ。なあ、頼むよよしみなんだからさ」

大番頭の秀作は、明らかに困惑の表情を浮かべ、きょろきょろと周囲を窺った。幸いに、丁稚も手代も、自分の仕事に忙しくこちらに関心は払っていない。

連と言うのは、酔狂が集まって作った集まりのことだ。

大番頭は、困ったなと言う顔のままで呟いた。

「いやはや、なんとも地獄耳と申しますか……、どこで聞きつけました」

新吾の目がきらっと光った。珍しく「がせ話」ではなかったようである。

ここしばらく感じていなかった、やる気というものが、新吾の中で目を覚ました。記者と言っても一番下っ端、ほぼ御用聞きに使われる身であったが、今回は自分で探り当てた話であった。これをものにすれば、主筆や社主の自分を見る目が変わるかもしれない。新吾は、番頭の方にぐっと身を寄せた。

「おお、やっぱり真実だったのかい。来た甲斐があったぜ、いやあ番頭さん今日はいい男に見えるぜ」

本当は半信半疑だったのでわざわざここまで来たのである。

だいたいが、彼の勤めている武蔵日日新聞では物の怪だの亡霊だのと言った話もたまに扱うが、肝心の記者三人が三人とも、これらの事象の実見、実体験がない。新吾もこの時まで、この世のものでない存在を信じているわけでは無かった。

いや何故だろう、信じてはいけない近付いてはいけないという衝動が無意識に働いてしまう。だから新吾はこれ迄怪しい話の記事には関わってこなかった。ところが、今回だけは何故か件の怪談話の連に強く惹かれるものを感じ初めて自分の意思で話を探っていた。

本人は気付いていないが、後に話を持ち帰ったところ新聞社の人間が大いに驚いたことからも、彼がどれだけ怪異から身を遠ざけていたかが窺える。

「まあ伝手と言うか、縁と言うのは奇なものだねえ。番頭さんが、この話につながってるとはなあ。俺もまんざら運が廃れたわけじゃないのかな。しかしなあ、怪異が起きるってのは、ただごとじゃねえよ、なんだってそんな会が作られたんだい」

新吾に聞かれ、大番頭は困ったという表情をはっきり浮かべた。

「いや、それは、こういった場所でお話しできる類じゃありませんから。それに、これはあくまで内々の集まりで、よそ様には迷惑をおかけないというのが建前でございますし」

視線が下から上がらないのは、本気で困っている証拠だろう。

「ふうん、まあじゃあ仔細は後でいいや。それで、本当に起きるのかい、怪しいことってのは」

新吾が訊くと大番頭は小さな声で答えた。

「まあ、見えない何かが物を動かすとか、時に居ないはずの人の声が響いたりなどは、あたしも体験しておりますがねえ」

「立派な怪異じゃねえか。昔っから、そういうの起きちゃまずいってんで、百物語のしきたりが出来上がって行ったんだろう」

新吾がちょっと目をむきながら聞いた。

「左様ですな。話を九十九で切り止めるのはそれを避けるため、ですがこの連はそれをいたしません。正直、よりはっきりとした祟りなんぞもいつかは起こるのではとは感じています」

新吾は思わず口笛を吹きそうになったが、それは押し止め、大番頭に言った。

「それなのに、未だにその怪異を起こす百物語は続いているわけか。こりゃあ、興味をそそられて仕方ない。どうでえ、協力してくれねえかなあ。俺も、是が非にでもその怪異を目の当たりにしてえ。無論礼はするからさ」

大番頭は考え込んだ。

「連の世話人は、あまり人が増えるのを望んでないのでございますよ。ですが、まあ、新吾の旦那の頼みでございますからねえ、断ることはできない。やれ困った……、これ新聞に載せる時は全部名は伏せてもらえるんでしょうね？」

下からねめるように言う大番頭は全身のあちこちに困惑と逡巡の色を漂わせている。そもそも、なんで大番頭は新吾のような若輩にこうもへつらっているのか、端から見たら謎だらけだ。

新吾は、構わずに畳み込んだ。

「請け負う請け負う、場所も人も、こうぼかしてしまうし、おめえさんの事はひとたりも書かねえよ」

大番頭の表情がいろいろ変わる。最終的にそれは諦めたと言った色に染まった。

「大恩人にそこまで言われたら、男として受けないという言葉は出せませんが、一存では答えられない面もあるのは承知してくださいよ」

どうも、この二人、何か一方《ひとかた》ならぬ関係がある様子であった。

「うん、まあ連である以上、よそ者は嫌うってのは判るよ。だがまあ、こっちの素性は明かさねえでいるし、他の者に詮索も入れねえと約束するよ」

この言葉に納得したのか、大番頭は声を潜め新吾に囁いた。

「それじゃ、これでどうでございましょう。他の方に一切の迷惑をかけないと一筆頂ければ、取りあえず席手に話を通します。案内が許されても、百物語の進行にはまったく口を出さない、それが条件でございます」

新吾の顔が輝いた。

「そうかい！　それで、いつ話を持って行ってくれる！　そも次の百物語はいつなんだい？」

気が短いのが江戸っ子気質、東京などと名前が変わったって、この町に三代以上住んだら、自然と短気になってしまうらしい。士分だった者も、これは一緒だ。直参だろうと江戸生まれは基本短気なのだ。

大番頭は、すらりと言った。

「実は、明日の晩なのでございますよ」

あまりの急なことに、新吾は一瞬うっと言葉に詰まったが、すぐに首を振って、でっぷりとした大番頭に言った。

「よっしゃ、これで決まりだな。明日は岡場所に繰り出す予定だったが、吉原詣では、また今度にするさ、さっさと席主に話を持て行って俺をそこに連れてってくれぃ」

そうは言ったが実のところ、新吾の財布に遊女遊びをする金なんぞ入っているはずもなかった。半分は見栄、もう半分は、これできちんとした記事が書けるという嬉しさで畳みかけただけだ。

「では今夜、席主の所に行ってまいります。余ほどのことが無ければ、頷いていただけます。奥で誓書の方をしたためてもらえますか」

大番頭は新吾が絶対に約束を違えない男と知っている。これまでの付き合いで、軽率な面を見せても、しっかり最後は筋を貫く。そんな男として生きている新吾をきちんと見切っていた。大店の商家の大番頭は、人を見抜けなければ務まりはしない。その評価で、新吾は最上級の信頼を得ているわけである。

「よし、そんじゃ一筆入れるよ」

新吾がにこっと笑う。屈託ない顔に、かつての侍の面影は微塵もない。だが、この男の腕っぷしは実は半端でなく強い。それも大番頭は知っていた。

「場所の案内は、明日店に来ていただければ、同行いたしますので」

「うむ、こりゃなんとも楽しみだぜ」

この時の新吾は、この先に自分の人生そのものに関わる一大事が生起するなどと、夢にも思ってはいなかった。

二

墨東のさる大尽の別宅。その庭にある離れに、深夜多くの人が集い、明かりの漏れぬように目張りした室内でなにやら話しに興じていた。

これこそが、江戸の頃から綿々と続く納涼の定番、百物語会そのものであった。

ただ、どうも、この集まりは尋常の百物語会とは様子が違っていた。座に異常なまでの緊張感が満ちているのだった。

既にかなりの数の蝋燭が火を落としている。百物語は、一つの怪談を終えると蝋燭の火を一つ落とし、百本用意された蝋燭のすべてが消えた時、怪異が起こる。世間にはそう伝承されていた。江戸っ子達は、怪異が起こらぬように話は九十九で打ちどめるという暗黙の掟を作り、この儀式を夏の夜の暑さしのぎの娯楽に変化させた。

だが、この場に集まった人々は、単に納涼に集まっているわけではない。真に怪異を認め、これに接しようと言う真摯な者たちの集いなのだ。席に通される時、高村新吾はきつく大番頭の秀作にそう釘を刺されていた。

出かけてくるまで、かなり軽く考えていた新吾であったが、席に通されてから案内役と思われる者の説明を聞いたり、室内に設えられた諸々の仕掛けを観察するにつけ、大番頭の言葉の意味が深く突き刺さってきた。

「怪談の多くは創作です。誰かを怖がらせるという意図で作られています。しかし、真実が語られた怪談というものがあります。人が作り出せる怖さすら超え、本物であることで、まさに人知を超えた怪異を物語っているのです。文明開化などと申されていますが、こうしたいまだ解き明かされていない諸怪に触れ、実際に自分たちの手で怪異というものを呼び起こしてみる。これはその実験の場です」

正真正銘の供養仏壇が置かれた座敷の上座で、案内役の男は述べた。居並ぶ顔は、どれも素直これに頷き、まさにしわぶきの声一つ起こらない。

これは、借りてきた猫のようにしているしかない。新吾はそう腹をくくった。そもそも何もしませんと一筆入れているわけだし。

世間の夕餉の終わるころ合いの時間に話は始まった。江戸から東京に呼び名は変わっても、生活が丸っと変わった訳ではない、市井の者は日没前に晩の食事と風呂を終え、夜風で涼むのを待ち寝床に入る。

その夜風が待てぬ寝苦しい夜の過ごし方として、百物語は持て囃された。しかし、天子様がやって来てからこのかた、どうしたものか町中での百物語の催しは減った。表立って何か取り締まりがあった訳でもない。流行り廃りのそれで言う、引き潮が庶民の心をここから遠ざけただけか。

それでも、長年の習慣であるから江戸っ子たちは百物語そのものになんの違和も抵抗も覚えぬ。新吾も気付けば、次々語られる話に自然と聞き入っていた。

新吾は怪談物を読むのが嫌いではなかったが、耳に入ってくる話は、どれも初めて聞く話。そして、そのどれもが怖気《おぞけ》を振るうような内容だった。

時間がおすにつれ、恐怖はどんどん場を支配していった。

そんな話もかなり進み緊張が耐えがたいほどに満ちた頃合いだった。「ひょえっ」、というやたら頓狂な悲鳴が部屋に響いた。

次の瞬間、どっと言う笑い声が上がる。その驚き様が、あまりに奇天烈風だったので、話の怖さより、可笑しさが勝ってしまったようだ。一同の緊張の糸が、この哄笑で薄らいだ感である。

なんだ、案外と気の抜ける部分もあるんだな。新吾も、この奇天烈な悲鳴で、ややながら緊張を解された。無意識のうちの恐怖が手に汗を浮かべさせ、拳に力を籠めさせていたのだが、それがすっと解けたのだ。

悲鳴をあげた主は、大慌てでえへんと咳ばらいし、居住まいを直した。

顔を赤らめた男は、戯作者でもある仮名垣魯文《かながきろぶん》であった。新吾も彼はよく知っていた。魯文は新聞の発行にも関わっており、言ってみれば同業者でもある。

穴があったら入りたい。魯文の顔にははっきりそう書いてある。長い首が半分ほど短く見えるから、これはもう相当恥ずかしかったようだ。

その魯文の小脇を肘で突くのは、彼の親友であり、その絵は当代随一と評判の、だが人が良すぎて手間賃聞かずに仕事受けるので、ついつい損をして飛び切り貧乏神と仲良しな絵描きの河鍋《かわなべ》暁斎《きょうさい》であった。

新吾もその顔だけは何度か見かけたことがある。彼の新聞社の仕事も、主筆が何度か頼んでいた筈だ。暁斎が社に直接顔を出したこともあった。

「魯文よ、今の話がそんなに怖かったかね」

暁斎は並びの悪い歯を、にっと剥きだしながら小声で、気心知れた魯文に訊いた。

「怖いかって、暁斎さん、話がうまいんだよ。この東京で一番、いや日本で一番の怪談の名手の話だよ。あんたは怖くなかったのかと逆に聞いちゃうね、あたしゃ」

その魯文が飛び上がった程怖い話をしていたのは、落語家の三遊亭圓朝《えんちょう》である。怪談の名手というより、怪談を作る名人であり、同時に今一番の売れっ子落語家。そして、魯文や暁斎とは、古い友人でもある。

今、この席には、当世東京で、名士といわれる人間が、本当にずらっと顔をそろえていた文字通り政界に身をおく人間を筆頭に、官憲全般に顔のきく人間、日本有数の商社の重鎮、戯作者崩れの物書きから錦絵の絵描き、花形役者、売れっ子噺家などなど、居並ぶ顔は、どれも名の知れたものばかり。こういった華やかな顔ぶれを見れば、新吾は自分がてんで場違いな存在だと嫌でも気付く。

実際、新吾の対面に座っているのは政府の重鎮中の重鎮、先日朝鮮から帰国したばかりの黒田《くろだ》清隆《きよたか》であり、それに気付いた新吾は、ほんとうに息の詰まる思いをした。

というのも、彼がこの会に目を付けたのそもそもは、もしやこういった集まりは反政府の不満を外に漏らさぬための隠れ蓑で、実際には不平不満が中で囁かれているのではないかと勘ぐったからだった。

それが調べているうちに、本物の怪異が起こるなんて言う本筋とかけ離れた部分ばかり気になりだし、ついにこうして乗り込むに至ったのだ。

そして実際にこの場に居合わせるのは、彼の予想もしなかった大物ぞろい。目の前には日本政府の大御所がどでんと座っているし、聞き耳を立てれば、先ごろ渡米した井上馨《いのうえかおる》なども、ここに顔を出していたと言う。これはもう、驚くしかない。体制側の人間が居る以上、怪談の体を装った政府批判なんぞ出てくるはずがない。

政治家だけではない、実業家も顔を揃えている。新吾の知己としては、岸田吟行《きしだぎんこう》や鹿嶋清兵衛《かしませいべえ》などの顔が見える。

いや日本人だけでなく外人の姿まである。これは新吾とは馴染み深い顔で、同じ町内に住む工部大学校の講師ジョサイア・コンデルであった。

コンデル先生が来てるって知っていれば、こっちから攻める手もあったのにな。新吾はそう思ったが、そのコンデルは英国紳士然とした態度で酒肴にも手を付けず話に聞き入っていた。来日して短時日で、日本語を完璧に使い熟せるようになった彼は間違いなく天才だと新吾は思っていた。

魯文が悲鳴を漏らしたのは、下野の博徒の痴情にまつわる話であったが、この話が終わった時すでに時刻は深夜に差し掛かっていた。もうかなりの数の話を、新吾は耳に吹き込まれたことになる。

この席の主催者がいったい誰であるのか、新吾は大番頭の秀作から知らされていなかった。それはつまり、聞いてくれるなと言う意思表示であると新吾がちゃんと理解していた。

いや、ここに居並んだ顔を見てしまっては、かえって恐ろしくて聞けないというのが正解だろう。少なくとも、座敷を提供した人間ではないことは、他の参加者の言動から理解できた。家の主の芝居興業で名を上げた大尽もまた、一参加者として座のなかばに溶け込んでいるのだった。

前述のように、江戸の頃より流行る百物語。常ならその流儀として、九十九で話を止め、怪異の起こらぬようにするものなのだ。庶民にとって、人知を超えた世界に踏み入るのはこの上ない禁忌。だから、これは避けねばならない。

会の初めに案内役が語ったように、この場に怪異を呼ぶのを最大にして唯一の目的として、一同は集った。信じがたい話だったが、もうここまで来たら新吾もこれを真に受けるしかなかった。

怪異を体験し、それを共有することで他人とは異なる悦楽を覚える。それがこの会のもう一つの側面なのだろう「病みつきになるらしいね」最初に新吾に話を耳打ちした人間はそう言った。

まあ、売れない新聞の下っ端記者の宿命というか、こんな話でも飛びつかないわけにはいかなかった。弱小新聞が部数を伸ばせるのは、きわものや役者や政治家の風聞を扱った時だ。社主は、うちの新聞はいつ潰れてもおかしくないとうそぶく程に低迷が続いている。ならば、記事書きとしては末席の新吾にも、売れる話をものにしたいという気持ちは湧こうというものだ。

他の話を抱えているわけでなし、あれこれ調べてみたら、呉服屋の大番頭が参加者の一人であると知れた。新吾は思わず膝を打って、しめたと叫んだ。大番頭の秀作は、数少ない新吾が貸しを持つ人間の一人だったからだ。新吾が、その貸しに対しおごらず過ごしてきたのも、いつかこういう事に役立つと予感がしていたからだ。情けは人の為ならず、なるほどである。

先の述べたように、新吾は最初この会には裏があると思っていた。だが、ふたを開けてみたら、そんなもの微塵も存在しないと納得せざるを得ない。とにかく、一同は怪異に執心していた。話の一つ一つに目を輝かせていた。

怪異が、それが起きる瞬間を心待ちにしてやまぬ、皆の気概がそうはっきり感じ取れるのだ。催す側もそれを理解し、とにかく最大限の演出が施されている、記者としての新吾の目にはそう見て取れた。

これを裏付けるかのように、この日の百物語では、恐怖に空気を染めると言う意図から、三遊亭円朝を筆頭に噺がたりの名手が何人も集められ、先ほどからまさに身の毛のよだつ話を続けてくれていた。今話をしていおるのも、噺家の三遊亭園馬《えんば》、通称駒止めの園馬師匠であった。

珠玉の怪談を聞くことで冷え切っていく空気。その独特の雰囲気と言うものが、真の怪異に見《まみ》えたいと言う一同の期待感と相乗し、場はまるで別世界のように現実とは切り離されていった。

語られていく話は、気のせいではなく、時間を経るごとに色濃いと言うか、背筋に感じる冷たさの増す度合が強くなっていた。

人の情念と生への執着、そして怨嗟。どれも怖さだけでなく、聞いた後に考えさせられるような余韻があった。

「心が重え、なんでかな…」

ふと漏らした新吾の言葉に、大番頭の秀作が小声で答えた。

「これはすべて真の話だからでございますよ」

語られる話の多くは、人の情念に根ざす幽霊譚。怖さと言うものは、見知らぬものと己が良く知る人の心根と重なった時、頂点に登り詰める。新吾は、そう悟りを覚えた。それが、この大番頭の言葉でさらに開眼を迎えた。

抜き身なのだ。この怪談会の話は、まさに鞘のない日本刀。余分に色づけしてないから、直接何が怖いのかがはっきり浮き上がるのだ。

既にずらっと並んだ百目蝋燭もほぼ消えており、闇が濃くなるにつれ、語り手の迫真の口説きによって、恐怖の渦は座敷を確実に包み込んでいった。

何人かがさらに震え上がるような怪談を語り、気付けば部屋のうちはもう真の闇に溶け込む寸前に至っていた。

どうやら、蝋燭は、座の中央にいる次の語り手の前の一本しか残ってない。

数時間に及んだ百物語は、ついに最後の話を迎えたのだ。

「百の結びとなります。今宵の最後語りは、あえて話には素人の絵師の月岡芳年師匠にお願いしてあります。事情は、ご本人の口からお聞きください」

案内役が口上すると、目つきの鋭い痩身の男が進み出てきた。新吾には馴染みある顔であった。つい先だって仕事を頼むため、川の流れが直角に曲がるその角に建つ通称「曲がり家」という彼の家に伺ったばかりなのだ。

錦絵描きの月岡芳年、いや血みどろ絵の芳年と言った方が皆は頷くだろう。

新吾の新聞社は、芳年に何度も錦絵を描いて貰っている。残酷画を描かせれば、芳年の右に出るものはないからだ。刃傷事件などの絵に芳年の画はうってつけという訳だ。

芳年の色へのこだわりは、時に血の色に膠を混ぜさせ、血みどろを強調させたりするほど画の刷り上がりに神経を振り割く。しかも、元絵の線の細さに彫り師が悲鳴を上げる緻密な絵を正確に再現しろと迫る。多くの刷り師が、芳年は鬼才である断言していた。

絵の迫力への執着では、おそらく芳年は間違いなく当代一であろう。絵の正確さや構図の大胆さでは、同じ席にいる河鍋暁斎の方が評判は高い。だが、玄人受けと言う意味では、おそらく芳年の方に軍配が上がるのではないだろうか。

芳年は、暁斎とは同じ歌川国芳を師匠に持つ兄弟弟子だが、入門時期が違うので、共に師匠宅に暮らしたことはなかった。暁斎は早々に国芳を破門され、その後狩野派の絵師となったと聞いている。しかし、芳年本人は暁斎兄さんとは、なぜか同じ影を引き摺り、引き合うものを感じていると先日漏らしていた。

だが、世間のものは芳年と暁斎がさしで話す姿を殆ど見かけていないはずだ。それなのに、二人の間には見えない何かの縁がある。そう感じさせる雰囲気がある。

言葉では言い表せないその雰囲気は、おそらく魔性とでも言うべきものなのだろうが、新吾にはそこに思い至る眼も知識もないので、その時は単に聞き流していた。

実は、社主や主筆から釘を刺されていた事がある。芳年に必要以上に話しを振ってはならないと。

芳年は、本名を吉岡米次郎という。親しい友人は、彼を米さんと呼ぶが、その親しい友人たちは、彼が非常に扱いの難しい人間であることを知っていた。

芳年は、神経病みであった。

長年治療して、今はこうして人と会うことも苦にならなくなったが、一時は筆を折らざる得ぬほどに憔悴し、別人のような形相で家に篭っていた。

しかし、快方に向かってからは、人付き合いにおいても大人しく、以前のように荒れたり、癇癪を起こすことも少なくなった。よい医者に診て貰えたのが、功をそうしたのであろう。

だが時に、鬼のような鋭い眼で宙を見据え無言になったり、物を荒げると言った行動をとることも広く知られていた。それが、いつどのようなきっかけで起きるか、家人でも見極めが難しいと言う。

まあ、そのような理由で、新吾も社で彼の扱いについて注意を受けた次第である。

単に気難しいのでなく、鬼の世界に踏み入る時間がある男。それが月岡芳年なのだった。

己が語る番となった芳年は、じっと両手を膝におき、少し前方の畳を睨みながらゆっくり口を開いた。

「これは理由があって語らずにいたことでございます。この一件の後に、手前は神経病みがひどくなりましたが、どうもこの件と関係があったのではと勘ぐり、黙っていた次第です」

芳年はそう言うと少しだけ首を左右に振った。

「席主さんが、ここで語るのも、ある種のつきの変わり目。本当に手前の心と件の幽魂に関係がありますかどうか、ここで語って試してみなさいとの言葉で、決心を固めた次第です」

一同は黙って彼を見つめ、その話に引き込まれていった。

「私ども絵描きというものは、いろいろな事象を紙に描き写さねばなりやせん。それは、時に、自分の頭をひっくり返してでもひねり出さねばならぬようなこともありやす。この席居ります河鍋の兄さんなども、始終苦労されていることと思いやすが、ときに注文で、この世に無いものをも描かねばならんこともごぜえやす。しかし、手前はやはり見たものにこだわりやす。まあ、性分なんでございましょうなあ」

朴訥とした口調には、まったく嫌味というものがない。新吾も、聞き耳を立て、芳年の話に聞き入った。

「ですから、怪しい絵を描けなどと言われると、ついつい困るのでございますが、とりあえず断ることが性にあいませんから、へいへいと筆を握ってしまいます」

芳年は、ひょいと鼻の下を掻いた。

「ですがね、そういう安請け合いは決してしちゃならない、それを手前は身をもって知った次第なんです」

芳年は、そう言うと、自分の前の膳から茶を取り上げ、ずっと啜った。

そして、すっと視線を上げると、ぎょろっとした目で一同を見た。

「この場で話すわけですからすべて本当の話でございます。なので、ちょいと店の名前は伏せて話させていただきやすよ」

そう言って向かった視線の先に、一人の男が、やや複雑な顔で座っていた。

その芳年の視線と、その先に座った男の存在に最初に気付いたのは、新吾であった。

その新吾にも聞こえる程度の声で、芳年に見つめられた河鍋暁斎は言った。

「例の品川の女郎の絡んだ話らしいな。米が語ると言うなら、ふんぎれたんだろう。じっくり聞くかえ」

暁斎は、そう言うとあぐらを組みなおした。

芳年は、茶を置くと、低いがよく通る声で話し始めた。

新吾は思わず身を乗り出し、その話にのめりこんでいた。

三

七年前、東京にまだ江戸が、徳川の治世の色が色濃く残っていた頃の話だ。

江戸っ子は、西からやってきた野暮な官軍に辟易として、街を出ていくものも後をたたない、そんな状況だった。

瓦版も、明治政府に激しく弾圧され、絵描きも苦難の時代を迎えていた。

それでも芳年は、あちこちから細々と仕事を受けて、何とか日々の暮らしを続けていた。

そんなある日、品川の老舗旅館で、書画会が開かれた。

これは、江戸の絵描き、揮毫家などが集まり、即興で作品を仕上げると言う、一種のお祭り騒ぎであった。

周囲では、金を握った金満家たちが酒を飲み騒ぎ、あれを描け、これを描けと勝手なことを言う。

しかし、この会に出ると、絵描きは結構な祝儀を貰えるので、喜んで出席した。

最初、芳年も乞われるままに、いろいろな絵を描き、懐には祝儀の熨斗袋が束になっていた。

中には、官憲には見せられない風刺絵や、艶絵などもあった。

この日も、多くの絵描きが、注文に応じ色んな絵を描きあげていた。

中で目を引くのは、二人の男。

驚くべき速さで筆を進める暁斎と、信じられないほど緻密に線を引く芳年であった。

そんな時、一座を回っていた一人の美しい芸妓が、酔った目をして芳年の前に立った。

「なあ、さっき、あちらの方が言ったんだけど、貴方、見たものは、何でも生き写しのように描けるって本当?」

酒に飲まれる芸妓というのも情けないが、女は完全に酔いに任せ芳年に語り掛けていた。

芳年は女の態度などには委細構わず、ただ単に「ええまあ」と頷いた。

「河鍋の兄さんには、負けますが、写生には自身があります。ありのままに写せると自負ておりやす」

芸妓は、いきなり芳年の手を握り、彼を立ち上がらせた。

「じゃあ、こっちに来て！」そう言うなり、そのまま芳年は、旅館の裏手に連れて行かれた。

いきなりのことに、これに気づいたものは居なかった。

賑やかな広間から、使用人が使う裏廊下に出ると、そこは最低限の灯りしかない暗い世界だった。芸妓は、勝手知った様子でその細い廊下を芳年の手を引きぐいぐい進む。

老舗の旅館は、建て増しに建て増しを重ね、まるで迷路のような作りになっていた。

実際、芳年は数分も立たぬうち、自分がいる場所を見失っていた。おそらく、旅館で一番古い母屋の裏手と思われたが、確信は持てなかった。

絶対に客は通されないであろう暗い奥舞った場所で芸妓は立ち止まった。

「いったい、こんな真っ暗な場所で、手前に何を描かせようというんですかい？」

何となく危惧を覚えた芳年が芸妓に言うと、彼女はふふふと笑って静かに答えた。

「幽霊よ」

酔いで焦点の怪しい瞳で芸妓が芳年を見返り言い切った。頬にかすかに笑みが見えている。いや、嘲笑といった風の相手を小馬鹿にした感覚の笑みだ。

「……」

芳年は静かだった。

おそらく、これまでも、彼女は書画会のたびに何人かの絵描きを、こうして連れ出していたのだろう。つまり、顔に浮かんだ冷笑の影は、これまで彼女がこのいたずらで多くの絵描きをやりこめていたという証か。

だが、この後の芳年の反応は、これまで彼女が見たことも無いものであった。

芳年は、さっと芸妓を押しのけ、暗闇に進み出たのだ。

「悲惨でござんすね。産後の肥立ちが悪く、亡くなりましたか。子供も、死産だったとは……」

この言葉に、芸妓は心底驚いた。

「やだ！　あんた、本当に見えるの！」

芳年はゆっくり振り向いた。

「見えるの何も、ここに居るじゃぁありませんか。親子して」

真っ暗な廊下を示し、芳年が言うと、芸妓は思わず悲鳴をあげた。すると、何処からともなく、中間が蝋燭をもって現れた。

「真砂さん、どうなさいました」

中間は、険しい表情で芳年を見ながら芸妓の名前を呼んだ。彼が、売れっ子にいたずらをしたのではないか、そんな疑いの目だ。

しかし、芸妓は真っ青な顔で彼に言った。

「こ、この人、おかつと子供の姿が見えるって言うんだよ！」

芳年は、腕組みをして顔をしかめたまま、まだ闇を見つめていた。

中間は、それを見て、うっと唸った。

「ここは、納戸から抜け出たあの女が、死んだ場……」

芳年が、くるっと二人を振り向いた。

「供養くらい、してやっておくんなせえ。手前が、これから二人の絵を描きますので、これを寺に収め、読経の一つもあげてやって欲しい物です。絵に御代なんざいりませんから」

芸妓も中間も、何も言えない。

芳年は、くるっと踵を返し、宴会の続く居間へと戻っていった。迷っていたにも関わらず、彼はすんなり部屋へたどり着いた。

「私は、そこで見たままに絵を描き、旅館に収めてまいりました、しかしその後、幽霊がどうなったのかも、供養が行われたのかも、私は知りません……」

一瞬、言葉を切った芳年は、こう続けた。

「当時売れっ子だった芸妓の真砂でやしたが、書画会の三日後、血を吐いて死んだそうです。肺を病んでも居なかったそうですが、そのやつれた様は、まるで飼い殺した飯盛り女にそっくりだったそうでござんすよ」

芳年がそう言った直後、最期の蝋燭が消えた。

その瞬間だった。

新吾は見た。

誰も居なかった筈の宴席の中央に、髪を振り乱し、血まみれの赤子を抱いた女が立って居るのを。

「うわぁぁぁぁ！」

思わず、新吾が悲鳴をあげ、座ったまま、後ろにずるずる下がっていった。

しかし、他の客はいたって落ち着いた様子であった。

最初に口を開いたのは、この日の案内人だった。

新吾はこの日が初対面で知らなかったのだが、彼は山岡鉄舟、元幕臣と言うより江戸を官軍の戦火から守った当人だ。大西郷に直談判した男で、なんと今は天皇の侍従をしている男である。

「米次郎さん、この人が、その絵の人ですか?」

訊かれた芳年が、暗闇で頷いた。

「成仏は、してないようでやすね。まったく変わらぬ姿でござんす」

その芳年の声に仮名垣魯文が、必死に手を合わせ、般若心経を読むが、全然効いた様子も無い。

女は、怒りとも見える眼差しを浮かべ、座の人間たちを見据えていた。

新吾の本能が、危険を感じ全身に悪寒が走った。

すると、河鍋暁斎が、いきなり懐から火打ち石を出し、近くの蝋燭の一本を灯した。

途端に、女の姿は、すっと薄れていった。しかし、他のものは、蝋燭に火をつけることも出来ず、体を硬直させていた。

「鉄舟さん、呼んであった坊主に読経するよう言ってきてくれ!」

そう案内人山岡鉄舟に言いながら、暁斎は懐から筆入れを取り出し、墨壺にどぷっと筆を浸すなり、物凄い速度で絵を描き始めた。

暁斎の表情には、鬼気迫るものがあった。

暁斎がしっかり見据えているのは、薄れてもまだ揺れて闇に浮かんだ女と赤子の幽霊の姿であった。

ところが、恐ろしい姿をした幽霊とは違い、暁斎の手元できあがっていく親子の姿は、いかに幸せそうで暖かく、しかも生き生きとしていた。

何気にこれを覗いた新吾は首を傾げた。

間違いなく、女も子供も今目の前に透けている幽霊なのに、絵は、生きて微笑む仲睦まじい親子にしか見えなかったからだ。つまり、幽霊にない生気が、画の中の親子には与えられているのだ。

不思議なことに、暁斎の絵がどんどん仕上がるに従い、恐ろしい幽霊は薄れ、ついには……消えた。

ようやく、皆も蝋燭に火を灯し始めた。

そこでようやく、暁斎に言われた山岡鉄舟が慌てて連れてきた隣の間に控えていた坊主に、憑き物落としの儀式をはじめさせた。

部屋の隅には、正式な仏壇があつらえれおり、そこでの読経が始まったのだ。

このきちんとした儀式のおかげで、これまで、誰も祟られたことがなかったのであると新吾は後で大番頭の秀作に聞いた。

暁斎が、やれやれと呟く。

「残った怨念、米さんの言霊がこいつを呼んでしまったかい。部屋の仕掛けのおかげでこの場の誰にも憑きはしねえけど、厄介だねえ。岩崎さんの物好きも、とんだ方向に飛び火したもんだねえ。これは、生きている怪異だよ、物の怪の類とは訳が違う。罪なことをしちまったな、一度鎮まっていた怨霊が現世に帰ったぞ」

そう言うと、暁斎はこの席の席主岩崎弥之助《いわさきやのすけ》の横顔を見て、肩を竦めて見せた。

この時、新吾はこの日の席主が誰であるのか初めて知った。日本一の商売人、岩崎弥之助。政府御用達の大商人が主催なら、なるほどこの錚々たる顔ぶれも頷けた。

三菱の総帥岩崎弥太郎の弟である彼は、若くしてこの大会社の頂点に立つ身となり今に至る。その人柄は、かなり謎に覆われていた。

岩崎は、渋い顔で暁斎に言った。

「この場に幽霊が出るのは、想定されたことに過ぎなかろう。それが、どんな怨念を抱いていても、我々には不可蝕にする、それが建前だったろう。それに、実物の幽霊を目の当たりに出来たことで、この会の目的は半ばまで達せたと言える。師匠、仔細にかまわず大義を見れば、これは快挙だ」

だが暁斎は、大きく首を横に振った。

「いや、あんたは間違ってるよ。死人と交わりたい、ここに集まったものの本音はそれだ。誰もが亡くしてしまった縁あるものに再会したくてこの会を頼った。だが、こんな怨霊を呼び出しても、その願いには一歩も近づいちゃいない。それどころか、あの女は何をしでかすか判らんぞ」

岩崎は何も答えない。

「とにかく、米次郎に話をさせたのはあんただ。何が起こっても、それを忘れないことだ。あんたは、取り返しのつかない罪を犯した。今夜の事は絶対に忘れないことだ」

「無論だ。その責任を取るために私は、会を主催している」

岩崎はそう言い切ると、暁斎から視線を外し、読経する坊主の方に歩んでいった。

この二人の様子を見て、暁斎が何か今の幽霊について知ってると踏んだ新吾は、ささと彼に近付き、耳打ちをした。

「河鍋師匠、お聞きしたいのですが、今後、あの幽霊はどうなるんでしょう?」

あん、と呟き、暁斎は新吾を見つめ返した。すると、その目がぎょっと大きく見開かれた。

「おめえ、確か新聞屋の……、だが、なんだその背中にまとってるでけえ影は……」

先述したように武蔵日日は暁斎に仕事を依頼したこともあり、確かに暁斎は新吾と面識はあるが、ちゃんと話をしたのはこれが最初だ。その新吾の顔を覚えていたのも驚きだが、暁斎はその新吾の姿に別の何かを見出し明らかに驚いていた。

「何のことでしょう?」

新吾が首を傾げる。

暁斎は、じっと数秒新吾を見つめてから呟いた。

「こりゃあ、こいつも今夜の鍵の一つだったかい。とんだ怪談会だ、化け物が顔を揃えてるんだから怨霊だって飛び出すわけだ」

新吾は狐につままれたような表情しか浮かべられないが、それでももう一度食い下がる。

「あの、消えた幽霊は、そのどうなるんですか?　気になって仕方ないのです!」

暁斎が、ふんと鼻息を吐きながら答えた。

「まあ、あれだな、おそらくは元居た場所に戻っていったろうな」

新吾が意気込んで訊く。

「その元の場所と言うのは？」

暁斎がまだ残っていた徳利の酒を、一気にあおりながら答えた。

「そりゃ米次郎が最初に画を描いた、品川の万亀楼《まんきろう》よ」

新吾は、にっと笑って暁斎に頭を下げた。

「ありがとうございます」

その下げた新吾の頭のつむじを見て、暁斎が言った。

「こいつ、何も気付いてねえのか……、誰だこの男を冥土から連れ帰ったのは……」

この言葉は、新吾の耳にはまったく届いていなかった。まるで誰かに耳を塞がれでもしたかのように。

四

最初、社主の福島は、新吾の品川での取材費を出すのを渋った。

赤字できゅうきゅうの武蔵日日新聞に、旅館のあげ代なんぞ出るはずが無いというのである。

もっともだ。

よく考えれば、先月の給金も、まだ半分しかもらっていない。

そこで、せめて、外側だけでも取材してやろうと、朝早くに彼は、麻布今井町の自宅を発って、徒歩で品川に向かった。

ガタガタ進む人力車がうらやましく思えた。

それでも昼前に、新吾はあっさりと品川についた。

新吾は維新の戦いの時、刀を担いだまま箱根から一日で江戸に伝令に駆け戻った健脚である。彼は新徴組が官軍に完敗した時に士分を捨てる腹をくくった。だから髷を切り禄を離れ徳川家に従って駿府について行かなかったのだ。

箱根の戦いは本当に悲惨で、文字通り新吾は韋駄天のように江戸に駆け戻った。必死とはいえ凄い脚力で、どんな急使より早く幕軍完敗を江戸表に知らせた。まあ、それが文字通り旗本としての新吾の最後の仕事だった。

麻布を出て一刻ほど、品川についた新吾は、思わぬ光景を目にすることになった。

「これが、万亀楼?」

彼の目の前には、真っ黒い焼け跡だけが横たわっていた。

新吾は、近くを通った住人を捕まえて、事情を聞いた。

「いったい、ここはいつ火事になったんだい?」

住人は眉をひそめて答えた。

「そりゃ、一昨日の晩だよ。晩の四つを過ぎた頃だ。いきなり、裏手から火が上がってな、使用人は、逃げようとしたが、誰も玄関にたどり着けなかったんだよ。客は、みんな無事に逃げたってのによ。不思議な話もあったもんだ」

新吾は、無意識に全身が震えるのを覚えた。

一昨日の四つ時といえば、間違いなく、月岡の師匠があの怪談話をした時間ではないか。

偶然か？

それとも？

呆然としている新吾の肩を、ぽんと叩く男が居た。

驚いて振り返ると、河鍋暁斎が、歯並びの悪い歯を剥き出しにして笑っていた。

「やっぱり現れたな、絶対に来ると踏んでたよ。新聞屋」

新吾は、暁斎が何かを知っている。そう直感し、彼に質問の矢を浴びせようとした。

「これはいったい……」

暁斎は、手に抱えてきた紙筒を持ち上げながら、新吾の言葉を制し、こう言った。

「まあ、米次郎は、きちんと供養が済んでいたと思ったんだろうなあ。奴に罪はねえ。だが、結果的に、怨霊を呼び起こしちまった。無責任に話を聞いた俺にも、責任の一端はある。そして、たぶんおめえさんにもな……」

そう言って、暁斎はずんずんと焼け跡に踏み込んでいった。

自分にも責任？

新吾は首を傾げたが、そのことについて質問を、言葉を出すべき機会を得られなかった。歩き出した暁斎を追わないとならなかったのだ。

暁斎は歩きながら語った。

「あの女郎は、吉原に居たものが、身体を壊して品川に売られたんだ。それを、旅籠では、飯盛り女として二束三文で客を取らせこき使った。当然、身体はぶっ壊れるわな。そんなや先に、どじを踏んで孕んじまった」

暁斎は、かなり建物の奥まった場所に行き立ち止まった。

「納戸に放り込まれ、ろくに飯も与えられなかったんだろうな。死産をした上、産後の肥立ちが悪く、あっさり逝っちまった。ところが、この旅籠の当時の主人は、子供も飯盛り女も、投げ込み寺に連れて行かず、勝手に海に沈めちまった。馬鹿な話だ。目付けに届けるのが、億劫だと言うだけの理由でだ」

まだ政府というものが安定してなかった時期で、遊郭の取り締まりなどはころころ決まりが変わっていた時期だったのを新吾は思い出した。

遊女の置き留めには厳しい規則があり、これを破るのは極刑。それだけは、江戸から受け継がれた。その中に、公認遊女である吉原の女郎に関する決まりで、これが身請けされずに売買されたことが判ると、置き屋が咎めを受ける決まりになっていた。

暁斎は仔細を語らなかったが、女は闇で売られ品川に来たのだろう。死んでしまえば、投げ込み寺に置くだけで供養代はかからないし、身元も調べられないはずなのに、本来ここに居てはならない存在だから、彼女は海に捨てられたのだ。

何故、暁斎がこんなに詳しいのか、新吾はもう訊くつもりは無かった。

おそらく彼は新吾の知らない世界を長く見ていた、それが直感的に判ったのだ。

今の暁斎は、思いつめた瞳で焼け跡を眺めている。

まず間違いなく、暁斎は真実を語っているに違いない。

暁斎は、焼け跡に屈むと、筒から一枚の絵を取り出した。

それは、にっこり微笑む母親と、やはり無邪気に笑う赤子の絵だった。あの夜、あっという間に描きあげた絵であった。

親子はそこに居た。絵でしかないのに、間違いなくその中に居た。

新吾は、その生きているかのような絵から、視線を放すことが出来なかった。

そんなことにお構いなく、暁斎は言った。

「火種持ってるか?」

そう聞かれ、新吾は煙管用の種火を腰の缶から取り出し、火縄を暁斎に預けた。

「不憫だが、罪も無い人間を大勢殺したのは、この女の罪だ。俺はあの夜、絵にこの女の怨念と魂を同時に塗りこめた。それでもおかつは、自分を殺したこの旅籠の人間を皆殺しにした。ちょいとばかり、俺の筆が足りなかったか、それとも、おかつの怨念がより強かったか……、いや多分その剥がれた怨念をあの場に残したくねえ誰かが居たんだろう」

そう言うと、暁斎はなぜか鋭い視線を新吾に向けた。

「本人に自覚がねえのに言ってもせんないか、いずれしたろ、悲運に翻弄された女の執念は本当に凄まじい。親子引き離すのは不憫ですまんが、このままおかつには地獄に行って罪をあがなってもらうよ」

次の瞬間、暁斎は絵に火を移した。紙は瞬く間に燃え上がる。

すると、絵の中の女がまるで般若のような顔になり苦悶を始めた。

女は、なおも苦しみもがく。新吾は、呆然とその様を見ることしか出来なかった。

苦悶する絵の中の女を見ながら、暁斎が言った。

「恨むな、おかつ。苦行をして、自分を見るんだ……、恨みで総ては晴れやしねえ」

新吾は、もう何も言えない。ただ、あり得べかざる光景に目を奪われていた。

絵はくしゃくしゃと丸まり、もがく女の姿は見えなくなった。

呆然とする新吾に暁斎が言った。

「おめえはなんでここに来た」

「記者として、真実が見たかった、だけです。でも、これは……」

すると、暁斎がふんと鼻で笑った。

「新聞記者って奴は、いろいろ鼻を突っ込みたがるらしいな。だが、ここに来た以上俺も運命を託されたんじゃねえかな、そうだなあ、そうなんだろうなあ……」

新吾には暁斎の言葉の意味が判らない。

女の苦悶は、断末魔に変じていく。声が聞こえないのに、頭の中に女の悲鳴らしきものが木霊している感じに、新吾は不快を覚えた。

「自分は、世間にいろいろな事象を伝えたかった、だから新聞屋になった、はずです。でも、これは、目の前にあるこれは、理解を越えた出来事だ。自分でも信じられないものに行き当たるなんて…。それより、師匠は、何でこんなことが出来るんですか……常人の業じゃないですよね」

風が吹き、焼け焦げて逝った紙が、端から灰になり飛び散り始めた。

暁斎が、飛び去ろうとする燃え残りを足で止めた。

「俺にもわからねえよ。気付いたら、出来るようになってただけだ。まあ、狩野派の中で習ってきたあれこれが、下地になっちゃいるんだがな。とにかくいつの間にか、人だの物だのの生き死に、この世じゃない世界との行き来、なんてのに通じるようになっちまった。変な話だろう。ある人はな、これは俺が持って生まれた特別な眼を持っているからだって言ったよ。俺には、鬼の目が宿っているってな。人じゃねえのかもな、この俺は」

暁斎が語る間に、絵は総て燃え尽きた。

新吾は、いったい、今目の前で起こったことが何であるのか、混乱しきった頭では、きちんと捉えることが出来なかった。

暁斎が、眉間にしわを寄せながら言った。

「お江戸にはな、いろんな不思議があったんだ。それが、東京と呼ばれるようになったら、どんどん消えていっちまった。悲しいね。幽霊だって、出る時と所をわきまえていた筈だった。それが、お膳立てしなくちゃ自由に化けて出ることも叶わないほどに、この町から闇と言うものが消えちまった。その裏に、何か面白くねえ影がちらつく、どうやら俺はそれを許せねえらしい」

「どういうことでしょう」

新吾が訊くと、暁斎が答えた。

「つまりだ、この幽霊は、俺達が作ったようなものだって事さ。もし、あの百物語の場がなければ、怨霊は舞い戻ることなくどこかを彷徨っていただけかもしれねえ。あの夜、俺が岩崎の旦那に言った罪とは、つまりそういうこった」

「あ……」

新吾が、目を見開いた。つまり、すべてはあの席の空気が作り出したと。もし、あの席がなかったら、この旅館は燃えることもなかった。使用人たちも死ぬことがなかったと言うのか。

暁斎は、眼を丸くする新吾に言った。

「どうだ、全部丸ごと記事にして構わねえぞ。書けるのなら書け、そのほうが俺もすっきりする」

何ともいえない懐の大きさを、新吾は暁斎に感じた。だが、新吾は大きく首を振った。

「無理です。自分に、この真実を書き起こす自信はありません」

暁斎は、ふっと笑った。

「まあ、たとえこれが蘭泉や魯文でも文には出来まいな。ましてや、お前さんはこれまでこの手の世界に触れられないよう操られていたはずだしな」

「え？　何の事……」

新吾がそう口を開きかけた瞬間、何処からか、赤ん坊の笑い声が聞こえてきた気がした。

勿論、あたりに人影なんてなかった。

「親の代わりに、誰かが子供を引き受けにきたか。まあ、これで犠牲者も、もう出るめえ」

暁斎は、パンパンと両手を叩いた。

新吾は、燃え屑になった親子の絵に視線を落とした。もう何も燃えだねが無いというのに、そこにはまだ赤い火がゆらゆらと残っていた。

「師匠、この炎……」

新吾が不思議そうに言うと、暁斎が一段低い声で言った。

「それがおめえ、人の心の成れの果てだよ。執念てのか、未練てのか、この火だけは、坊主だろうが消せやしねえ。てめえが、納得しなきゃ、永遠に燃え続けるのさ。まあ、この火はもうすぐ、別の世界に行っちまうがな。怨念は時に千年を越えても炎のまま残る」

突然、海のほうから突風が寄せてきた。

砂が舞い上がり、新吾は思わず手で目を覆い身をよけた。すると、その耳に、暁斎の声が聞こえた。

「来たようだな、おかつのお迎えが」

新吾は、なんとしても目が開けられなかった。彼の耳に、重々しい足音が近づくのが聞こえてきた。

生理的な恐怖と言うか、この音に新吾の体が拒絶する素振りを見せた。全身があわ立ち、毛と言う毛が逆立つのがわかった。まるで誰かが新吾に鎧をまとわせたかの様な……。

「死んでから人を殺めても、生きてるときと罪は同じだ。おかつ、責めを負うんだ。お前は不憫だったかもしれないが、お前を苦しめていた者たちも、お前と同じ人の子だったのだ」

暁斎の声ではなかった。地の底から湧いたかのような図太く低い声。この声の主は誰なのだ。

新吾の鼻腔に、安い白粉の独特の匂いが満ちた。

これはいったい……

「もうしわけ……ございませんでした……」

かすれた女の声が聞こえた。

新吾は、驚いて無理やりに目を開こうと、指でごしごしまぶたをこすった。すると、その手を誰かが、ぐっと掴んだ。

「見ねえほうがいい、おめえさんにはまだ早い、あっちの世界を覗くのは、俺が時間をかけておめえを現実に引き戻してからで遅くねえ」

暁斎の声だった。

再び突風が吹いた。すさまじい風圧が、新吾の全身を包み、去っていった。

どれほどの間があったか、自分でも定かではない。とにかく、かなりの間をおいてから、ようやく新吾は視界と正常な体の感覚を取り戻せた。

目の前には、ただ暁斎が立っているだけ。

先ほどと変わっていたのは、燃えていた炎が、燃え滓もろとも姿を消していたこと。

説明を受けずとも、新吾には解った。炎は、消えたのではなく、場所を変え燃え続けることになったと。

「行くとするか、もうここに用はない」

暁斎がそう言って歩き出したので、新吾も無言で後に続いた。

彼は考えた。この話をどのような形で記事にしても、真実は読者には伝わるまい。いったい、自分がこの数日見てきた世界は何であったのだろう。

ただ一つだけ理解できたのは、人は死してなお害為すことが出来ると言うこと。

そう考えた瞬間、何かが彼の背後に影をさした気がしたが、振り返っても何も見えなった。

誰かいたのか、目に見えぬ誰かが……

いままた、恐怖と言う感情が新吾の背中をさすった。

「いつか、この話を、記事にしたい。でも、書けるのだろうか……、いったいこの自分の知らなかった世界は、どんな闇を持っているんだろう」

この呟きが聞こえたのかどうなのか、暁斎がひょいと肩をすくめた。そして聞いた。

「おめえ、名前を聞いてなかったな」

「新吾です。高村新吾」

暁斎が言った。

「たぶん、この先俺はおめえと腐れ縁が続く。まあ覚悟するんだな、俺はこいつが気に入った、簡単には人形にさせねえぜ、誰だか知らねえがそこに居る御仁」

「は？」

新吾が首を傾げる。

「おめえは気にするな。言った相手はおめえじゃねえ」

新吾は今来た方をもう一度振り返る。夏の陽射しで品川の浜の景色は、歪んで見えた。それはまるで、この世とあの世の境が交わる景色にも見えた。

この境の向こうで、きっとあの赤い火は、まだ燃え続けているのだろう。だが、その火を点したのはいったい誰なのだろう。何ともいえない嫌な気分に苛まれながら、新吾と暁斎は東京の街へと戻っていった。たぶん、これから、奇妙な旅が始まる。新吾には、そんな予感が芽生えていた。

いや、それは予感ではなく現実だった。高村新吾と言う男の人生が、何故にこの時代にあったか、いや生かされたのかを知るための旅の始まる瞬間がここにあったのだった。

弐の譚　見えない猫

一

年が明けて暫く経っていたが、明治十年となった東京は九州で起きた西郷吉之助（隆盛）率いる薩摩軍の騒乱決起をめぐってどこか緊迫した空気に包まれていた。

当然、高村新吾の勤める武蔵日日新聞でも、これを大々的に扱いそこそこの稼ぎを得ていた。

ところで、その高村新吾は新聞記者である。断じて町の雑用を請け負う便利な世話人というか御用聞きではない。筈である。

それなのに、彼は最近出かけた先で、記事とはまるで無縁な頼みごとをされることが多い。薩摩の件について何か話題はないのかと口を開いても、実は今困ってる雑事がと返され、気付くとそれを解決するために奔走しているのだ。

いや、きっと問題なのは、これを二つ返事で引き受けてしまう事なのだろうが、本人はそれで納得しているから、周囲の人間は皆一様にあきれるのである。

まあ、だから口をそろえてこう言う訳だ。お人好しにも程があると。それが悪口なのかと言われれば違う気もするが、良い意味で言われていないのは確かだった。

その証拠に、彼の勤める新聞社では少なからずこの性格を余分な荷物というか、厄介な背負い事として見ていた。

とにかく、記事になる話の数倍は頼まれごとを聞いてくるのであるから当然だ。

「お前さん、記事書かずに頼みごとを受けて駄賃貰った方が性に合ってないかね」

今日も頼まれごとをされ社に戻ってきた新吾に、主筆があきれ顔で言った。

「いえ、これは私の趣味のようなものです。生活の手段にはしません。それとも、主筆は私に武蔵日日を辞めろと遠回しに言ったのですか?」

懐の雑記帳を取り出しながら新吾が主筆にいやそうな顔をして見せた。

「言うわけないでしょう。万年人手不足の我が社が、使い走りのできる人間を手放すはずありません。私は記事を書かないでと言ったのであって、社をやめろとは言ってはいない。居ないと困るが、変な記事書いて尻ぬぐいがこっちに回るというのは、それはそれ手間ですからね。それなら雑用で駄賃でも貰ってついでに社の雑用もすればよいではないかなと思ったのです」

「……その言葉って私のことをけなしておりませんか? 私は一応記者でしたよね? 記事書くなって聞こえたのですが、気のせいでしょうか?」

新吾が小首を傾げながら主筆に訊いた。

「私は事実を並べて言っただけです。お前さんの記事に筆を入れ直す時間が減ると仕事がはかどるなと思ったから、主にあれこれ雑用をしたら良いと言ったのです。まあ駄賃は副業として貰ったらいいんじゃないかという、お節介な提言でしたがね。けなしたのでなく、今の状態を有意義に変えるための提案で、記事を書くなとは言ってません。書いた記事に手がかかるとは言ったが」

新吾はがっくり肩を落とした。完全にけなされているではないか。主筆にその意思がなくても、歯に衣着せない人だから、本心がそのまま新吾への悪口になってしまっているのだ。問題なのは、主筆にはそれが悪口だと認識できない事である。

「やはり足を引っ張っておりますか、私の拙い文章は」

「成長はしていますよ、直す部分は以前の半分以下になっているからね。まあ、焦らないことです。いずれは一本丸ごと任せられる記者になれるでしょう。筋が悪いわけじゃない、奇をてらわなければ文は立ってくる、精進しなさい」

主筆は、馬鹿がつくほど正直な人なので、自分に対する評価は本音をそのまま告げているのは間違いない。新吾はそれが判るから、最後の言葉に少しだけ救いを見出し自分の席に腰を下ろした。

「それで、今日の頼まれ事と言うのは厄介な話かね」

なんのかんの言っても、主筆も新吾が貰ってくる頼まれ事には興味があるらしく、決まって毎回内容を聞いて来ていた。というのも、往々してそれがかなり厄介で複雑であるから新吾に頼むことになった、という件が多いからだ。簡単に言えば、変な頼みを良く持ち帰ってくるというわけだ。なるほど、それは聞いていて飽きない。

「今回はたぶん簡単だと思いますよ。ただの猫探しです。一日もかからないでしょう。頼み事をしてきたご隠居の話では声は聞こえていると言いますから」

主筆は、ふむと言って頷いた。

「新吾に頼むにしてはかなり簡単な部類の話だな。普通の町の世話役では手に余ってお前さんに泣きつくというのがいつもの体だからな」

「そうですね、でも私を名指しで話がきましたから受けました。まあ、薬問屋のご隠居には親の代から世話になってますし、恩返しみたいなもんです。さっさと片付けて、事件が無いかまた御用聞きしてきますよ」

だが、これは大きな間違いだった。新吾も周囲の人間も、この時点ではまだこれがとんでもない厄介ごとの始まりだとは思っても居なかった。

二

この三日後、上野の不忍池の畔で頭を抱えて蹲る新吾の姿があった。かなり真剣に彼は悩んでいる様子に見えた。

彼は喉の奥から唸声を発しながら漏らす。

「うーん、こんな厄介な事、引き受けるんじゃなかった」

この姿が、あまりに深刻そうに見えたのであろうか、唐突に背後から声がかかった。

「おい貴様、このまま東照宮下の崖から不忍池に身を投げたりしないだろうな。袂に石でも詰まっておらぬか」

びっくりして顔をあげた新吾は、目の前に立つ人間の表情と格好に再度驚かされた。恐ろしく眼付きの鋭い巡査が、自分を見下ろしているのだ、繰り返し驚かないはずもない。

「め、滅相もない！　あたしゃ、ただ考え込んでいただけです」

巡査を見れば泣く子も黙ると言うが、かつての市民生活に溶け込んでいた江戸で言った御用聞き、他の関八州では目明しと言われた存在と違い、巡査は純然たる役人の立場をひけらかし、その居丈高な威圧感で市井の治安に貢献していた。

そもそもは邏卒と言われ明治政府発足と同時に東京の治安を預かる役職として街を闊歩し始めたが、東京警視庁の発足と警察司法の発布を以って、四階級の巡査が設けられ、その上に警部と言うまあ且つての与力にあたる役職が作られた。巡査は江戸の街の治安全般に目を光らせた町人である御用聞きが役人に昇格したわけでなく、ほぼ例外なく武士階級からの転身者だった。言い換えれば新参の治安管理者なわけだ。まあ且つての同心が数を増やして自分で町を歩いていると思ってもあながち間違いではない。

多分に、居丈高なのはその所為であろう、見た目は変わっても彼らの頭の中身は武士のままなのである。

目の前の巡査は、まさにその威圧感の塊そのものといった雰囲気をまとっていた。

「本当か？　貴様の背中に死相が浮かんでいると申す者が居たのだ。私が見ても、貴様の背には確かに禍々しい気配が感じられるので声をかけた。まことに自死する気などないのだな？」

腹の底から響く声で巡査が言った、この男、その辺にいる巡査と全く違ったとんでもない迫力というか凄みを発散させていた。少なからぬ怖さを新吾は覚えていた。

新吾は両手を振りながら巡査に応えた。

「も、もちろんです！　そんな気微塵もありませんよ」

「では邪気は別件か。しかし、師匠が言ったことでもあり気にはなる。何か問題があったら、すぐに警察に言え」

「師匠?」

小首を傾げた新吾の視界に、巡査の陰に立つ小さな男が映り込んだ。

とてもよく知っている相手の顔が、そこにあった。

「暁斎師匠、貴方ですか、この巡査さん呼んできたの」

巡査の背後に立つ小柄な男は、乱喰い歯を見せたまま首を横に振った。

「呼んじゃいねえよ、ずっとここでおめえ見てて、たまたま通りかかったこいつに、ありゃあ死相が出てるって呟いただけだ」

「ちょっと、勝手に人の片足を棺桶に突っ込まないでください! 私はただ、頼まれ事が行き詰まって困ってただけですから!」

巡査がむっとした表情で二人を見比べた。今にも刀を抜いてきそうな表情である、どうにも恐ろしい気配を持つ巡査である。

「貴様ら結託して私をからかったのか?」

「滅相もありません! 誤解です」

新吾がぶるぶると首を横に振って否定した。

「俺の思い違いだっただけだ、気にしなさんな藤田巡査さんよ、まあこの世に変なものが山のようにあるのはあんたも知ってるだろ、そんな話の一つだが、ちょいと見立てが違ってただけだ」

そう言って、帯刀の警察官の肩をぽんぽんと叩く絵師河鍋暁斎。泣く子も黙る警視庁の巡査も、この男にかかると子ども扱いのようだ。

先年品川でおかしな一件に出会って以降、新吾は河鍋暁斎と何故か頻繁に顔を合わせるようになった。それも仕事以外で。何故か新吾は暁斎に気に入られてしまったというか、目を付けられたというか、不意に現れ彼をいろいろ引き回しては、奇妙なあれこれを見せるという事が数多あったのだ。

「暁斎師匠、この巡査さんも知り合いなんですか？」

河鍋暁斎はとにかく顔が広い。実際自分が彼と関わるようになり、新吾はそれを痛感した。これまでに行き会った不思議な事案には、少なからず大物政治家や絵描きに文人、役人や技師、さらには神職や坊主まで関わっていた。

「おおよ、一昨年だったかな、本郷に越して来た元会津藩士様よ。たまたま板橋でもめ事があった時に世話になってからの知己だよ」

「本当に顔が広いですね師匠、もう驚くのやめようかな」

ちなみに、警視庁が発足したのは明治七年のことだが、巡査はその前から東京の警察官として市内を取り締まっていた邏卒の名前が変わったことは先述した。発足当時は内務省の下にある警察組織の直轄で、幕府の旧奉行所同心の延長のようなものであり徳川家臣が消えた街でのその役目は多くの薩摩藩士つまり島津家臣が担ったが、今は完全に警視庁という組織の下に組み込まれた下級役人となり広く各地の元武士が警官となっていた。

しかも、西郷隆盛の薩摩蟄居に伴い多くの薩摩人が鹿児島に戻ってしまった。現在、警視庁で巡査の役を最も多く担っているのは、実は旧幕臣や徳川に与していた東北諸藩出身者と言う逆転が起きているのだった。

しかし巡査はかつての武士とは明確に立場が違う、最近の言葉で言えば公僕なのであった。市民を守る僕という意味の言葉であるが、実際には居丈高な態度で町を闊歩するのはかつての同心と同じとも言えるが、同心が実際の職務を私費で雇った十手持ちである御用聞きにやらせていたのと違い、巡査は自力で罪人を捕まえ、時に斬る。なるほど、これは治安もよくなる。御用聞きは罪人を斬れぬ、あくまで絡め捕ることが役目であったから十手を与えられていた。これは同心も同様だ。

ややながら、野蛮に帰ったきらいはあるが、犯罪の抑止には直結しているようだった。

だが、それにしてもこの目の前の巡査には尋常ならざる威圧感がある。なんというのだろう、鬼気迫ると言った雰囲気を纏っていた。

元侍の新吾は直感的に、この男が人を殺めたことがある、それもかなりの数だと見抜いていた。

「とにかく何事もないなら、私は見回りに戻る。河鍋さん、この男本当に大丈夫なのだろうな？尋常じゃない妖気だが……」

巡査の言葉に暁斎が答えた。

「まあ、俺が見届けるよ。どうもそれがお役目らしいんでな。すまなかったな忙しいところ」

「では失礼する」

そう言って踵を返そうとする巡査に、思わず新吾が言った。

「あ、あの、警視庁では猫探しはしてもらえないでしょうか」

巡査は、ぐっと目を細めると新吾を睨んだ。

「貴様は、警察を何だと思っておる。我々の仕事は悪事を暴き捕えること、探しものなら辻占にでも占ってもらえ。そも、そんな事に関わっていて良いとは思えぬ有り様だぞ今の貴様。化け物にがっちり首を掴まれておるとしか思えぬのに。まあいい、とにかく私は行く」

巡査に新吾はぺこりと頭を下げた。

「すいませんでした。でも、何のことです、さっきから。私に何か問題があるのでしょうか？　化け物って何ですか？」

「あとは師匠に訊け、あまりこの手の物には関わりたくないのだ。懲りておるからな」

巡査は、そう言い残すと足早に去って行った。

その背中を見ながら暁斎が言った。

「最近、薩摩の決起の件で市中もごたごたしてる、噂では警視庁も隊伍を編んで九州に向かうと言ってる。こんな時に巡査に猫探してくれと言ったところで、けんもほろろにされるのは当然だろ。だいたいあのお人はな、かつてはとんでもない剣客だったんだ。世が世なら見回りなんぞしておらぬだろうて。そりゃいいが、そんな妖気纏うほどまでおめえさんを困らせるって、何者だその芸者？　その芸者は生きてる女か？　幽霊なら昼間探すのは筋違いだぞ」

猫探し、新吾の口から出た言葉に暁斎が最初に連想したのはつまり芸者なのであった。猫は芸者の隠語、まあそんなわけで暁斎を責めるのは筋が違った。

「芸者じゃありません！　本物の猫を探してるんですよ師匠。それにさっきから妖気だの死相だの、何を不気味な事ばかり言っているのです」

新吾の言葉に暁斎は、思わず口をぱかっと開いた。

「本物の猫？　あのにゃあと鳴く。耳のとがった、尻尾のある……」

「そうですよ、私は最初から猫って言ってるでしょう」

「すまん、魯文の奴がいつも芸者を猫猫って言うからてっきりそっちだと思った。その方がおめえさんの有り様に合点がいったんだよ。おめえの中にいる奴をやりこめるほどの妖気なんざ、人間の情念くれえかと思ったんだが、見込みが違った」

またしても新吾は首を傾げた。

「私はただ途方に暮れていただけです。この前からずっと気になってるのですが、師匠私に何か隠しておりますよね？」

「そうか？　気のせいだろ」

暁斎は完全にとぼけた。

「まあ、いいです。とにかく問題は猫です。三日も探し回ってるのに、まったく姿が見えない、声が聞こえているのに、なんでなんだかもう……」

暁斎は腕組みすると、じっと新吾の姿を見つめた。

「猫ねえ。ふむ、とにかく仔細を話してみろや。もう口を挟んじまった手前、放っても置けない」

「ええと、十日ほど前ですかね。ちょっと用向きがあって薬問屋の永楽屋に行ったんです。そうしたら、そこで奥座敷で療養中のご隠居に直接呼ばれまして、長年飼っている猫が見当たらなくなった探してくれと頼まれたんです。ご隠居が言うにはとにかく子供よりも可愛がっていたので、どうしてももう一目会いたいのに、声と首につけた鈴の音は聞こえるが、どうしても姿が見つからないというのです」

暁斎の顔が一気に険しくなった。何か思い当ることがあった模様だ。

「なあ新吾、すまんがその猫、どれくらいご隠居に飼われている?」

「え？　あれ、聞いてませんでした。とにかく随分長いことだとは聞いたのですが」

暁斎が腕組みをしたまま何かを考え始めた。

「ありゃ確か着物の下絵描いてひいひい言ってた頃だったな、じいさんが猫抱えたまま店先に居座りだしたのは。あの時の猫がその猫だとしたら……」

暁斎が懐に入れた手の指を折って何かを勘定し始めた。

「ありゃま、そんな前か、するてえところりゃあ、ひょっとするかもしれねえな……」

かつて暁斎は、狩野家の絵師として将来を嘱望されながら、放蕩で師匠をしくじり家を放逐され、まっとうな絵師なら手を染めぬようなはした仕事で糊口をしのいでいた時代があった。だが、それはまだご維新よりもはるか前、安政の大地震などの騒ぎが起こるよりずっと前の話である。

暁斎が険しい顔で新吾の肩に触れた。

「やはりどこかで、呪詛かけられたのかもしれねえ。いったいどんな所を探して回ったんだい」

新吾が、きょとんとした顔で暁斎を見つめ返した。

「呪詛？　なんですそりゃ？　ご隠居の猫とどんな関係があるんです？」

一瞬だが、暁斎の顔に逡巡が出たが、すぐにこう切り出した。

「とりあえず、この複雑に重なって付き纏われてる状況だけでもなんとかしねえとな。ついてきな」

暁斎はそう言うと、自分より背の高い新吾の襟首をつまんで池之端を西の方に歩き出した。

「何処へ行くんです？」

「着けばわかる。それまでもうちょい話を聞かせろ。猫に会いたいって言う理由はなんだ」

新吾は頷き話を始めた。

「実は、ご隠居は病で伏せってるのは知っていたのですが、呼ばれて行ってみたら、自分は余命いくばくもないと申しまして、死ぬ前に何としてもまた白という猫に会いたいと言うのです。とにかく長いこと可愛がっていた猫ですから、何としても一目見たいと言うのですよ、なにかもう生き別れの我が子に会えないでいるような切ない顔で頼まれたものですから、胸にぐっときまして。念のため、店先に居あわせた医者に聞いたところ、どうもご隠居は秋までは持ちそうにないと言うのですよ。それで一日でも早く猫に会わせてやりたくて必死に探しているのです」

暁斎が歩きながら大きくため息を吐いた。

「この人情馬鹿め、これはな、ひょっとしたらとんでもない話かもしれねえんだ、おめえが、はい探しますと二つ返事で引き受けちまったもんだから、こんな目に会うんだ、人助けも程ほどにしねえと早死にするぞ馬鹿たれ、てめえの背負ってるものがいろいろ呼び込みすぎてな。それでなくても棺桶担いでる身なのによお」

「え？　どういう意味ですか？」

新吾が正に真っ青な顔で暁斎に訊いた。不可思議なものに関し新吾は実例を見せ続けられただけに暁斎の言葉に重きを持ち信頼していた。だから、彼が冗談で早死にすると言ったのでないことが判ったのだ。

「まあ今急いで説明するとかえって厄介かもしれねえから、まずはちょろちょろと見え隠れする憑き物を一気に落とすぞ、その他の話はまだ早いから無視するぞ」

「つきもの？　落とす？　無視？　いったい何なんです？」

新吾の首が右に大きく傾いだが、暁斎はその彼の袖口をぐいと引っ張り、無理やり歩き続ける。

だが、心なしが新吾の重みが増したと暁斎は感じた。

「ああ、こっちの意図に気が付き始めてやがる。おめえの足が動くうちに行くぞ、ほれ、急げ」

暁斎の歩みが速まる。

「ちょ、ちょ、ちょっと師匠……」

袖口を握られているから、新吾も急がざるを得ない。体勢を崩しそうになりながら、彼は必死で暁斎に着いて行った。

ほどなく二人は赤い鳥居の前に着く。

「神社……、ここに用があるのですか？」

「そうだ、おめえがな」

暁斎はぐいッと袖を引き新吾を神社の境内に引き込んだ。その刹那、新吾は何とも言えぬ嫌な感覚を覚えた。

「鳥肌が……」

「まあ身体の方がおつむよりは正直だからな。特におめえの場合は、その身体をめぐって色々あるしな。よし、誘い込めた。始めるぞ」

「始める？　何をですか」

首を傾げ続ける新吾には無言で、暁斎は懐から何か取り出すとそのまま新吾の背後に回った。

「去れ！　ここはお前のような畜生の居られる場じゃねえ！」

暁斎の手には切り火を飛ばすための火打ちが握られており、カンカンとその石を打つと、新吾の背にいくつかの火花が飛んだ。

すると、いきなり新吾の足元の何もなかった影から風が巻き起こり、着物の裾が捲れた。そして、何か明らかに実体の無いものがそこをすり抜け走り去っていった。

「うわ、何ですか、これは！」

驚く新吾の背をぽんぽんと叩きながら暁斎が答えた。

「お前さんの影に身を潜めてた魔物だ。隙を見て食い殺す気だったのかもしれねえな」

「食い殺すですって！」

「いや、ちょっと言ってみただけだ。邪気はあったが、すぐに襲う気配じゃなかったな。だが、正体のない魔物には違いない。一緒に居たら何かしら災いは起きていたろうな。邪気ってのは、そういうものだ。とりあえず難は去ったが、さてどうしたものか……」

　暁斎は、腰に両手をあてると、じっと新吾の姿を眺め口をへの字に曲げた。それでも乱杭の前歯が見えているのはご愛敬である。

「まあ正体はほぼ割れてることだし、直接確かめるか。この背中に乗った御仁を一時とはいえ押し込めたほどの妖力の主を」

「今の魔物の正体が判ってるのですか」

　新吾が驚いた顔で聞くと、暁斎は頷いた。

「ああ、すまんが今から永楽屋のご隠居の所へ連れて行ってくれ」

　何故暁斎は、突然そんな事を言い出したのだろう。まだ事態の全容を呑み込めていない新吾は、ただおろおろと視線を泳がせ、頷くことしかできなかった。

三

　上野の広小路にほど近い場所にある薬問屋の永楽屋は、八代将軍様のご時世頃からここに店を構えている。

　大火で焼失した後も同じ場所に店を持てたのであるから、身代はしっかりしている。この店の当主は現在、隠居の清右ヱ門の入り婿の要蔵と言う男だ。元は佐倉の商人で、清右ヱ門に見込まれ婿に来た。実直な男で、清右ヱ門が病に伏せてからも、あれこれ細かく気の行き届いた看病を続けていた。

「今日は具合が優れないようで、ふさいでおりますが、取り次いでみます。お待ちください」

そう言って頭を下げる要蔵に、暁斎が言った。

「用向きは猫の件。きちんとそう言ってくれよ」

要蔵は改めて頭を下げて奥に消えていった。

「腰の低い当主だな。使用人と間違われるぞ、ありゃ」

「聞こえてしまいますよ師匠」

新吾が慌てて暁斎の袖を引っ張り注意した。

ひなびた神社での一件後、暁斎は新吾にこの永楽屋に案内するよう求め、二人はてくてくと不忍池の縁を回って店までやって来たのであった。

しばらくして、主人が戻ってきた。

「床から頭が上がらないそうですが、話は出来るので通してくれと申しております。どうぞ奥に」

暁斎と新吾は中庭を抜けた先にある離れへと通された。二人は襖を開けると、その場に座り伏せたきりのご隠居に挨拶をした。

「具合が優れないのに、通していただきありがとうございます」

離れの座敷の真ん中には、ご隠居が一人きりで伏せていた。家の者はついておらず、主人も二人を通すとすぐに店へ戻っていた。部屋には今三人だけしかいない。

「高村さん、やはりあの子は見つからないかね」

年老いた皺だらけの顔を縁側の方に向けながらご隠居がかすれた声で訊いた。

「申し訳ありません。声を聴けるところまでは行けるのですが、どうしても姿を見ることが出来ません。もう少しだけお待ちください」

新吾がばっと平身低頭しながら言った。

「頭を上げてください。私が無理を言ったのです。あの子の顔はどうしても見たい。だが、これほど手を尽くしても現れてくれないのは、あの子なりに理由があるのです、きっと」

「今少し、もう少しだけ時間を下さい。必ず連れてきます」

新吾は必死な顔で言ったが、ご隠居は消え入りそうな声で言った。

「あなたにも仕事がおありだ、年寄りの無茶にいつまでも付き合わせちゃいけない。ずっと床の中で考えて出した答えです。あの子を探すのは今日までで仕舞いにしてくだされ」

老人の寂しそうな顔を見ていた暁斎は、たまらずに口を開いた。

「ご隠居さん、絵師の河鍋暁斎と申します。少し話を聞かせてもらえやせんか」

ご隠居が少し首を動かし暁斎の姿を見つめた。

「河鍋さん……、噂を聞いたことがありますな。見たものを生き写しに描ける、早書きの名人だと。あっておりますかな」

暁斎が恐縮した風に頷いて見せた。

「お聞き及びでしたかい。生き写しとは大げさですが、見たものは全部絵にする自信はあります。ところで、お探しの猫は、いったいいつから飼っておられるんでしょう」

ご隠居が天井に視線を向け、少し考え込んでから答えた。

「そうさな、あれを私が拾ってきたのが、弘化も三年だったかね。明神下の桜の木の下で鳴いておってな、春がようやく花を咲かせたころだった……」

暁斎が指を折り年数を数えだした。

「……今年で二十年。やはりそういうことですかい」

暁斎が得心した様子で目を閉じた。だが、その表情を見ることもなくご隠居は話を続けた。

「猫は、死期を悟ると姿を消すと言うが、あれも別れの時が来たから姿を見せぬのかな。だが、生きておるから声を聞かせに来ている、私はそう思う事にしました」

「諦めるのですか、ご隠居」

新吾が沈鬱な表情で訊いた。

「諦めきれはしませんよ。あの子が、今どんな姿になっているのか、たとえ衰えみすぼらしい姿になっていても、きっちりそれを見て、今までありがとうと言ってやりたい」

老人の眦には涙が浮かんでいた。

すると、暁斎がスッと膝を滑らし前に出て言った。

「その猫は、まだまだ死んだりはしませんよ。ただ、おそらく、ご隠居さんに会いたくない理由がある。どうでしょう、あっしがそれを聞いてきて報告いたしやす。とりあえず、それで納得してもらえないですかい。無論、今どうしているかはきちんとお知らせします」

「え……」

ご隠居が、不思議そうな表情を浮かべ暁斎に視線を戻した。

「師匠、猫に話を聞く、ですか……」

新吾も驚いて暁斎を振り返る。

「まあ、今はうまく説明できねえが、たぶん俺の考えが当たっていれば、俺は猫に会えると思う。だから、ここは全部任せてくれねえかな、ご隠居さん」

暁斎のぎょろっとした目に真剣な色を見て取ったご隠居は、静かに頷いた。

「あの子の今の様子が判るのでしたら、それだけでもう十分です。どうかお願いいたします」

「わかりやした。じゃあ新吾よ、ご隠居の様子を見てやっていてくれ。俺は、ちょいと支度をして戻って来る」

「師匠、猫の居所が判るのですか?」

新吾が目を真ん丸にして暁斎に訊いた。

「ああ、もう見当はついている」

暁斎はそう言ってすっと立ち上がると、ぺこっと頭を下げ離れの座敷を辞していった。

四

暁斎が薬問屋に戻ってきたのは一刻近く経ってからだった。手にはあれこれ物を詰め込んだ風呂敷を抱えていた。

「ご主人、この店の奥に稲荷は祀ってあるかい」

店に戻るなり、暁斎は当代主人を掴まえて質問をした。

「はい、庭の隅に祠を置いてあります。特に鳥居なんぞは設けておりませんが」

「結構結構、案内してくれや」

店の者に案内されて祠の前に立った暁斎は、一人にしてくれと告げ、持ってきた風呂敷を開けるとその場に座り込んだ。

そこへ、暁斎が戻ったと聞いた新吾が、離れから駆けつけてきた。

「師匠、なにを始めるのですか」

「おいおい、ご隠居を見ていてくれと言ったろうが。まあ来てしまったなら仕方ねえか、黙って見てろ。絶対に動き回ったり騒いだりするなよ」

暁斎はそう言うと風呂敷に包んできたものを、祠の前に並べ始めた。お神酒徳利に杯、小ぶりの三宝、それにするめやら何かの木の実やら油揚げやら。

順番にそれらを並べると、暁斎は正座したまま祠を拝み、何かの呪文を唱えだした。

祝詞とは違う、短い言葉の繰り返し。新吾の耳には馴染みのない言葉であった。

十回ほど暁斎が同じ文句を繰り返した時、新吾は異変に気が付いた。

「うわ、こ、これは……」

いつの間にか、さほど広くない庭に十数匹の猫が集まり、暁斎と新吾を取り囲んでいた。猫はどれも険しい目つきで二人を睨んでいた。

「やれやれ、王子の狐の直伝なんだが、肝心な奴を呼ばずに、取り巻きばかり呼んじまったかい」

暁斎が猫たちを眺めて肩をすくめた。すると、祠の影から小さな声が響いてきた。

「私はここに居ます。私に用事があって、猫呼びのまじないをしたのでしょう」

祠は縦横それぞれ二尺ちょっとの小さなもの、とても人の潜む隙間などない。新吾が驚いて目を見開いた。

「居たのかい。よかった、重い荷物担いできた甲斐があった」

暁斎は改めて祠に向き直った。

「この子たちは、私を案じて集まったものですから、貴方に害意が無いなら何もしません」

小さな声はそう暁斎に告げた。

「ひっかき傷だらけにはなりたくねえ、安心しな、何もしやしねえよ」

暁斎は、屈託ない笑顔を浮かべて見せた。

「その後ろの方が、私を探しているのは存じております。しかし負うているものが恐ろしく警戒してしまいました。貴方もご主人に頼まれ私を呼んだのでしょう」

「その通りだ。先刻、神社で逃げたのはお前さんの分身か眷属だろう。本体はそうさな、たぶんこの屋敷のどこかに居るのだろう」

「お見通しですね。霊験に通じておるなら、私の分け身が簡単に追われたのも頷けます。貴方、あやかしの扱いに慣れておりますね」

暁斎が頭を掻いた。

「そうさな、いつの間にか慣れちまったな。ということで、お前さんも少し俺に付き合ってくれんか、いろいろ聞きたい話がある」

「良いでしょう、きちんと話の出来るお方だと理解しました。そして、私の心根も理解してくださるのではと期待しております」

「と、その前に一つだけいいか」

「なんでしょうか」

「あの神社でお前さんの敵意はど
っち
に向いていた」

暁斎が訊くと、少しだけ沈黙があったのち声は答えた。

「そちらの方の前で話してしまってよいことですか」

暁斎がひょいと一瞬だけ新吾を振り返った。そして得心した様子で頷いた。

「すまん、今のは無しだ。もう何となくわかってる。悪かった」

「いえ、貴方にはどうにもあの方が大事に思えている様子でしたからつい訊き返してしまいました。申し訳ありません」

「思ったより話の出来る相手で助かったよ。まず、きちんと確かめたい。おめえさんがご隠居の前から消えたのは、ねこまたになっちまったからだね」

「その通りです」

このやり取りを聞いた新吾は驚いた。江戸に生きていた人間は、物語が好きだ。読み物には多くの化け物が出て来るが、ねこまたもそんな物語によく登場する化け物の一種である。新吾の不確かな記憶では、年老いてた猫が変化する化け物で、その特徴が二つに割けた尻尾であるという。

「ねこまたと言っても、いろいろあるのは俺も知ってる。おめえは、どういった境遇になっちまった」

「貴方は、いろいろ知恵のある方だと承知しました。そうですね、あれはこの町から将軍様が居なくなった頃ですか、私は自在に人間の言葉を操れるようになっておりました。それからしばらくして、これを利用して人間のまねごとをして、近隣で病気に苦しむ仲間の猫たちに薬を与えて回るようになりました。主人の声音を使い、薬を店先から持って来させていたのです」

「ほう、医者のまねごとをしていたのかい」

「いつの間にか文字も読めるようになっておりましたし、知識を得るのが楽しくてたまりませんでした。そうするうちに自分の身に起きているのが何事なのかが気になり、調べてみたのです。すると、年を経て変化になる猫についての書物を見る機会がありました」

声が幾分低い調子に変わった。

「主に身体の上の変化についてでしたが、それはすべて自分に当てはまりました。尻尾が割け、白く長い毛が逆立つようになり、いつしか後脚だけでも立ち歩けるようになり、ついには肉体を持たずに歩くことも出来るようになりました。ですが、その先に待つ運命を知り、とても驚きました……」

小さな声は、そこで話を止め沈黙した。

「そうかい、おめえさん、その先に待ってるものを受け入れたくなくなったんだな。それで、身を隠したか、耐えるのが出来なくなったか」

暁斎が何度も何度も頷いた。

新吾がたまらずに暁斎に訊いた。

「いったい、何が起きるというのですか師匠」

暁斎が腕組みをして、新吾を振り返らずに話し始めた。

「ねこまたは、妖力が育つのにつれ凶暴になるのが普通なんだ。多くのねこまたは、長年飼われた主人でさえ食い殺し、時にはそれに成り替わる。それを良しとしないねこまたは、山に分け入るなどして人を避け暮らすようになるのだ。こいつは、そのどちらも選べずに苦しんでいる。そういう事だな」

小さな声が肯定の返事をした。

「お見通しでございます。あれほどに私を可愛がっていたご主人を殺めるなど、私には絶対にできません。かといって、この近在の仲間たちを見捨てることも私には難しいのです。特にご主人が病気で伏せってしまってから、私はこの変わり果てた姿を見られたくないという気持ちに加え、万一にも主人の身体を傷つけてはならないと思い身を潜めました。ただ、私がきちんと生きていることだけは知っておいてほしいと、声や鈴の音だけはきちんと聞こえるようにしていたのです。主人の命脈が幾ばくも無いのも判っています。ですが、おそらく今の自分が姿を見せるのは、あまりに残酷に過ぎますし、弱った主人を前に湧き上がる狂気の芽を抑える自信もございません。所詮は畜生でございます、心で拒んでもその喉に喰らいつくかもしれません。それは、絶対にしたくありません。絶対に……、主人はまさに我が親も同然です」

ねこまたの声は激しい心の葛藤に震えていた。

「さて、難しいところだな……」

暁斎は、やおら立ち上がると新吾を振り返った。

「新吾、この先は俺とこいつだけで話を続けてえ。すまねえが、ご隠居の所へ行ってしばらく待っていてくれ」

「大丈夫なのですか師匠、相手はその……」

化け物と言う名を新吾は言い出せず、最後の言葉は飲み込んだ。

「安心しろ、こいつはいい奴だ」

暁斎にぽんと肩を叩かれ送り出された新吾は、周囲を囲んだ猫たちの間を抜け離れへと下がって行った。

新吾の姿が見えなくなると、暁斎は懐手をして祠を振り返り言った。

「さて、おめえさんの居る場所へ案内してくれ、ちょいと説明したい事がある」

「よろしいですが、何をなさるおつもりですか」

「決まってるだろう、おめえさんとご隠居、両方の心を晴らしてやるのさ。俺はな、飛び切りのお節介なんだよ」

暁斎は、そう言うとにやっと笑った。

五

新吾が離れでご隠居の話し相手をしていると、思いのほか早く暁斎が戻ってきた。

「師匠、どうなりました」

新吾は暁斎をご隠居の枕元に誘いながら訊いた。

「お前さん、何処まで話した」

「いいえ、何も話しておりません。この件はすべて師匠に任せていますから、師匠の口からご隠居に話すのが筋だと思いまして」

「ふん、少しはわきまえてるな。まあ、助かった」

その言葉を聞いて、新吾はほっと内心ため息を吐いた。やはり、暁斎はありのままをご隠居には語らないつもりだったのだ。自分が一緒に居るのに良い顔をしなかったのは、つまりそういう事だと思い、あえて見たことを語っていなかったのだ。

きっちりと正座した暁斎は、ご隠居に一枚の巻紙を差し出した。

「受け取れますか」

「ああ……」

ご隠居は、やや震える手を伸ばしその巻紙を受け取った。

「開いてみてください」

ご隠居はゆっくりと紙を開いていった。すると、横になったままのご隠居の喉から、嗚呼という声が漏れてきた。

新吾もこの時、ご隠居の手元を覗いていたから、現れた物をしっかり見ていた。

猫の画であった。

でっぷりと太った貫禄のある白猫が、粗くなった髭を垂らしこちらに優しい目を向けていた。

「白よ、おお白、変わっておらぬなその姿、あの日消えてしまった時と、一つも変わってはいない。何処か怪我を負っているのでは、病気で衰えているのではと心配していたが、何も変わってはいない」

ご隠居の眦から、ぽろぽろと涙がこぼれ落ちた。

「これが、あの猫の今の姿、なのですか」

新吾が驚いて暁斎に訊いた。絵の中の猫からは、ひとかけらの魔性も感じられなかった。それに、絵の中の猫にはねこまたの特徴が見られない。だが、暁斎は大きく頷いた。

「ああ、これが俺の会ってきた猫の姿だ。俺は写す相手を前に描くのは普段はしねえ、だがこいつは猫を前にきちんと仕上げてきた。まさにこのままの姿を俺は見てきた」

嘘をついていない。新吾には判った。暁斎は、布団の上にきちんと正座し絵に見入っているご隠居の顔を見つめていた。暁斎が嘘を吐くとしたら、絶対に相手に視線を向けないであろうことは、今までの付き合いで判っていた。

「そいつは、もうご隠居の前には出ては来れません。ですから、その写し絵を見て、昔を思い出してやってください。猫は、いつもご隠居のそばに居るのです。それを感じてやってください」

ご隠居が、細かく何度も何度も頷いた。

「ありがとうございます。ありがとうございます」

その時、新吾はご隠居の手にした絵の裏に何か文字が書いてあるのに気が付いた。彼はそっと首を伸ばし、その文字を頭の中で読んだ。

(数多積年にて老いたるものの畜生たるを嫌い報恩に生きるを選びし此の猫は真に忠義と理を知りたる大師也)

これを読んで、新吾はなんとなく判ったことがあった。そこで、ご隠居に聞こえぬように暁斎に小声で訊いた。

「屋敷から出ていくつもりなのですか、あいつは」

暁斎はしかし、首を振って見せた。

「いいや、違うよ。だが、あれが今のままの姿で居ることもない。まあ、ここを出たら話してやる」

それからしばらくして、新吾と暁斎は店の者一同に盛大に見送られた上に、なかなかの量の手土産を渡されて陽の傾きかけた上野広小路に出た。

「別にこんなものいらなかったのに」

新吾が渡された菓子折りや酒の徳利を持ち替えながら言った。

「あめえ、何のためにはした仕事を聞いて回ってる。褒美目当てでもなし、本来の仕事にも繋がらなさそうだし」

暁斎が聞くと、新吾は小首を傾げた。

「どうしてでしょうね、困ってる人を放っておけない気になる、まあそんなところですか」

「聞いた話じゃ、昔は違ったらしいな。若衆だったころは血の気が多かったという話も聞いた」

「そんな事は無いですよ、たぶん。臆病だから誰より早く箱根から逃げ帰れたんでしょうし。心根が自分では変わったとは思っていないですし。なんでしょう、ただ突き動かされる感じは増えたとは思っています。いつ頃からかは忘れましたが」

暁斎の目の奥で何かが光った。

「具体的にはいつ変わったとか判らねえかな」

新吾はこの質問に首を振った。

「いえ、心当たりありません。思い出そうと思っても、何でしょう昔の事は霞むと言いますか……、それより、猫の画の話を聞かせてくださいよ」

暁斎が一瞬舌打ちしてから頷いた。

「そうだったな、歩きながらも疲れる、ちょいと茶屋に入ろう」

二人は不忍池の端にある暁斎の馴染みの茶屋に上がり込み、小さな座敷に落ち着いた。

「さて、まあいろいろ話する前に、こいつを見せた方が早いか」

暁斎はそう言うと、手にした風呂敷包みの中から巻紙を取り出し、さっとそれを開いて見せた。

「うっ……」

そこに現れた絵を見た瞬間、新吾は言葉を失った。

恐ろしい形相の化け物が、絵の中に蹲っていた。すぐにそれが、ねこまたの姿だと新吾は理解した。大きな耳は先が何カ所も切れてほころび、背中の毛は長く逆立ち、さほど長くない尻尾は二つに裂けていた。

「まあ、これがあの猫の本当の姿、というか変化してしまった今の本性だ。ご隠居に渡した姿は、こいつに頑張ってもらって猫として可愛がられていた時の最後の姿に化けてもらって描いたものだ」

なるほど、それなら確かに師匠は嘘を描いた事にはならない。

「でも、何故こちらの姿も描き残したのですか」

「よく見ろ、この絵を」

新吾がまじまじと絵を見た。すると、ねこまたの目玉がじろっとこちらを睨んでいるのに気付いた。

「こ、この絵、まさか」

「ああ、生きている。ここに俺が塗りこめたんだ、あいつの魔性を」

暁斎の筆に不思議な力があることは、新吾も目の当たりにして知っている。しかし、実際に目の前に生きている絵を突きつけられたら驚かざるを得ない。

「……何故、ここにねこまたを封じ込めたのですか」

「修行させるためだよ。こいつはな、いずれ神様になる決心をしたんだ。それなりに時間はかかるだろうがな」

「神様ですって」

新吾はまたしても驚きに表情を変えた。

「おめぇの顔見ているだけで飽きないな。おめぇ、町にある稲荷に祀られてるのは、本来の祭神ではなくそもそも狐の変化なのは知ってるな。町の稲荷は、つまり本来は稲荷神の眷属の狐なんだ。あいつらは、長い年月かけて段階的に位を上げて、最後はとてつもない霊力を持つ空気みたいな存在になる。狐はな、下の方の位でようやく変化を覚えたような、いわゆる出来立ての物の怪のうちからでも祠に祀ってもらえば人間に稲荷として崇められ、邪悪な念を抱かずに成長して行けるんだ。逆に言えば、祀られてないまま成長したら、金毛九尾の狐のような国だって亡ぼすような悪霊になってしまう。猫だって同じなんだよ。猫の変化になっても、きちんと徳を積めば人を襲うような妖怪にはならねえ、だからこいつをこれから知り合いの神社に預け、こそっと祀ってもらおうというわけだ」

「そうだったんですか、ではねこまたは、徳を積む道を選んだのですね」

「まあな。だが、ご隠居への気持ちも捨てられない。だからな、俺はあいつの魔性と猫の本来の姿を分けてきた」

新吾が、あることに気付きあっと言って口を半開きにした。

そういう事なのか、つまりご隠居の所に残してきた絵は、この猫のいわば半分なのだと。

「こいつが、きちんと邪気を封じられたら、あそこに戻り、近在の猫たちの為に尽くしてやりたいそう言うから、帰るための依代としてあの絵を残して来たんだよ。まったく、猫と言うのは欲張りだ。確かに、魯文の言うように芸妓と猫はよく似てる」

暁斎は、そう言うと大きな口を開けて笑った。

何故だろう、新吾はその姿を見たら勝手に涙が込み上げてくるのを感じた。

本当にこの世の総てのものを愛している人が居るとしたら、今目の前にいるこの小男を置いて他に居るまい。

「師匠、ありがとうございます」

新吾が暁斎に深々と頭を下げた。

「おいおい、おめえに礼を言われる筋合いじゃあねえだろう」

「いいえ、言わせてください。私は、あなたに出会えてほんとうに幸せです。まったく知らなかった世界を教えてくれた上に、人間として目指すべき道まで示してくれました。本当にありがとうございます」

「そんな大した奴じゃねえよ、おめえさんの前に居るのは。ただの飲兵衛の絵描きだ。とにかく、誰かが泣いたり苦しんだりするのが大嫌いな偏屈な絵描きだ。ほれ頭を上げて酌をしろ」

「はい」

大きな声で返事をした新吾は、何とも形容しがたい顔で暁斎の杯に酒を注いだ。

「今日の猫は、金がかからなくていいな」

暁斎が絵に向かって微笑んだ。心なしか、卓の上に広げられたねこまたの表情が先ほどより穏やかになっている様でもあった。

参の譚　秘仏の尊顔

一

八月に西郷星の騒ぎが起き、東京だけでなく日本中が騒然となったと思ったら、いつの間にか秋は急激に近づいていきていた。

恐ろしいばかりの大雨が東京中の川の水位を著しく押し上げたのが二日前の九月十四日。この雨で江戸川が氾濫し橋が一個流失したが、その他の市中は堤防が破れることもなく、大川より西側はこの日になっても道のぬかるみが消えぬほかに大きく被害は出ていなかった。

そしてこの大雨が収まってみたら、涼しい風が東京に吹き始めていた。明治十年の夏が終わったのである。

「ここいらの川が溢れなくてよかったねえ」

日本橋の先にある数軒の飲み屋が並んだ路地で、茶碗酒をあおりながら話をするのは、武蔵日日新聞の下っ端記者の高村新吾と大店で名高い呉服屋の番頭の秀作という男だった。

「まったくでございます。日本橋川も道の際まで水が迫っておりましたから、溢れていましたら店も被害を受けておりましたでしょう」

ほっとした表情の秀作の茶碗に、大ぶりの徳利から酒を注ぎながら新吾は頷く。徳川のご治世の頃は、間口の狭い店などは客の長尻を防ぐため、せいぜい二合までの細口徳利で酒を出すものであったが、昨今はこの四合は入る口の短い大徳利をどんと突き出しあとは勝手にやっておくれと言った感じの店が増えた。田舎から出てきて店を開いたが訛りを気にして愛想の言えない主人が増えたので、こんな接客が普通になったようである。

「まあでも、大風が去ってしばらくすると、川岸にはいろいろなものが流れ着くからねえ。中には物騒なものも少なくないしね」

新吾はそう言うと酒をグイッと飲みほした。

「昔から、大川の端に仏さんが流れ着くのは大雨や大風の後と相場が決まってますからなぁ」

秀作が頷きながら茶碗に口を近づけながら言うと、それまで黙って包丁を握っていた店の主人が口を挟んできた。

「その仏さんというのんは、どこから流れてくるんでっしゃろ」

新吾と秀作が、えっと小声で呟き思わず顔を見合わせた。

「そりゃ川上に決まってるだろ大将」

新吾が言うと、主人は首を傾げた。

「この東京に人がぎょうさん住んではるのは知ってますが、大川の上手にもそないに人が住んではるんですか？」

「え……」

今度は新吾が首を傾げた。

「ですからお客はん、流れ着く物騒なものは仏さんで、少なくない数が流れ着く言うてはりましたでひょ」

どうやらこの店の大将は上方でも大阪ではなく京の辺りの出身らしかったが、新吾にはその訛りを判別することが出来なかった。

「はは、これは大将の勝ちだ。高村の旦那、確かに主人の言う通りあの仏さんたち何処から来るのか謎がございますよ」

秀作が赤い頬に笑みを浮かべそう言った。

「いやあ、大川は秩父の峰から流れて来るんだ、その途中に大きな町は無くても人は少なくない数住んでいるだろう。その辺りの住人が川にはまって流されてくる、そういうことだろう？」

新吾が言ったが、秀作は首を傾げる。

「ですがね、まず大水の度に必ず仏さんは流れてきますでしょ、それも多いときは何体も。このお江戸、じゃなかった東京ならともかく、川の上手にそんなに人って住んでいて、そうそう流されてしまうものなんでしょうかね？」

言われてみて新吾も考え込んだ。

「確かに、大川の上手でそんなに人が流されるってのは、ある意味不思議な話かもしれねえな。なんで川にはまる人間がそんなに多いんだろう……」

生まれてからずっと町中に住んできた二人には、田んぼを大水から守るために見回るという習慣を知らない。だから、それがどれほど危険な行為なのかも想像できない。あふれた水に足を取られ流されてしまう農夫が多いという現実が見えていないのだった。

その時、店の主人が急に話を変えてきた。

「ねえ旦那さんたち、ずっと東京に住んでおいでなんでしょ。あの浅草の観音さん、あれも川に流れてたものなんやそうでんな」

新吾が頷いた。

「ああ、そうそう。漁師の網にかかったって話だな。まあそう言う意味では、流れてくるのは物騒なもんばかりじゃないってことかな」

「でも、こっちも仏さんでおますな」

主人の言葉に、新吾と秀作は同時に吹き出した。

「うまいこと言うな、大将」

「その浅草の観音さんは、絶対秘仏とかでご開帳はされへんのですな。京の都にも秘仏ったらようけありますが、何十年かに一度は拝ませてもらえます。そないな何百年も隠したまんまの仏さん、どないなお顔をしてはりますのやろなあ」

新吾がなるほどと頷いた。

「江戸に生まれ育った人間でも浅草の観音さんだけは拝んだことがねえ筈だ。ありゃあ実は豆粒ほどの大きさだとも言われてるが、実際に誰も見てねえんだから真偽はわかんねえな」

秀作が赤ら顔で宙を見ながら答えた。

「そうですなあ、どんな仏さんなんでしょう。浅草寺の坊さんも拝めないんでしょうかね?」

「いやあ、いくら秘仏でもそんなことは、あるのかな?」

新吾はあまり寺の実情に詳しくない。だからその辺のことは判らない。

「面白い話ですな、旦那そのあたり新聞で書いてみたらどうです」

秀作が少し茶目っ気の混じった眼の色で新吾を見ながら言った。

「うちの新聞でかい？　どういう取り上げ方をすりゃいいのかね」

「ですから、なんとか浅草の観音さんの素顔を、ぱっと、こう暴くみたいな感じに」

「暴くも何も、誰も見られねえんだぞ」

新吾は苦笑した。だが秀作は続けた。

「いえいえ、誰も見てないなんて絶対ない筈です。ですから、見た事ある人を探して、その人の話から絵を描いてですね、これを新聞に載せちまうんですよ。どうです、良い案じゃないですか」

珍しく新吾の記者としての感性が、それは行けるかもしれないと思った。

しかし、その場では新吾は秀作に何も言わず、ただ黙って微笑んだだけだった。

「観音さんの顔を見た奴なんて、いるのかねえ……」

内心でそう呟いた新吾であったが、まさか思わぬ近場でその人物に巡り合う事になるとは夢にも思わなかった。しかも、その先で自分の知らない自分の秘密と言うものに行き会う事になろうとは、まったく思いも寄らなかった。

おそらく、それが運命の導きというものなのだが、とにかくこの時は単に面白そうだ程度の気持ちしか、新吾の中には無かった訳である。

「まあ、取りあえず手近から聞いてみるか、覚えていたらだがな……」

新吾は酒をぐびっと飲むと。そう呟いたのだった。

中秋の名月が近いのか、空の月は少し太って見えている、そんな夜の話であった。

二

新吾が秀作と酒を飲んだ翌々日のことだった。この日は穏やかな天気で、空には鰯雲が流れていた。

神田川の湯島に近い土手に蔓茨の大きな株がある。毎年初秋に小さく綺麗な花を咲かせるのでこの頃は立ち寄って覗いて行く者も出ている。大風の増水にも倒れることなく、この日は可憐な花をいくつか枝の先に開いていた。まだ蕾の数の方が多いのだが。

「今年も、いい花が咲いたな、もうちょいで見ごろになる」

腕組みをして小さな花弁を見つめているのは絵師の河鍋暁斎だった。傍から見たら、それは花を見ているだけの行為だったろうが、彼は今この時に頭の中で絵を描いているのであった。

暁斎のとっての写生とは、対象を目の前にするものでなく頭の中にその姿を刻み付け家に帰ってからそれを再現する行為なのだ。幼い頃からそうやって彼の画力は培われてきたのだ。まあ他人には真似できない行為であろうが。暁斎の記憶力は正に驚異的な代物なのだった。

だから、単に花を前にしているのにその姿は実に鬼気迫るものがあり、近くを通る者も思わず避けて通るほどであった。

この写生方法には実はもう一つ秘密がある。だが、それは彼の家族ですら知らないものだった。端で見ると何となく触れてはいけない雰囲気を纏ってるのだが、その暁斎の姿を認めると逆にすたすたと足早に近づき、気さくに声をかける者がいた。

「おはようございます。師匠から呼び出しとは珍しいですね。普段は、こちらから仕事を頼みに頭を下げに伺うのに」

暁斎に声をかけたのは、高村新吾であった。彼は仕事の時に決まって穿くぼろ袴に上は洋シャツと言う、最近市内ではけっこう多く見られるようになった姿であった。

「花を愛でるのに一人は寂しい。かと言って、弟子に付き添われても、仕事が追いかけてきている様で癪だからな。しがらみのない人間探してたら。おめえさんに行き当たったまでよ」

暁斎はそう言うと顎を撫でた。

「なんで私なんですか、と言うか武蔵日日新聞は師匠にとっては仕事先ではないのですか、聞きようによってはひどい扱いですよ」

新吾は、呆れたという顔で暁斎に訊いた。

「おめえの所は、今は何も頼んできてねえだろ。他の新聞やら版元は、大概が仕事受けたまま放ってあるんだよ。そう言う意味では、お前さんは呼んでも何の差し障りもないってもんだ」

新吾の呆れ顔に拍車がかかった。

「師匠、どれだけ仕事抱えてるんですか。際限なく受けてたら、終わるはずないでしょう。確かにうちには影響ないですが、一緒に遊山してたら他の版元にこぞって睨まれそうだ」

「うちのかかあみてえなこと言うなよ新吾。抱え込みすぎなんざ百も承知だ。貧乏暮らしの時の癖が抜けねえんだ。絵を描いて銭になるそれが嬉しくてな、描いてくれと言われたら、ほい判りましたと頷いちまう。いや。そもそもどれだけ受けたって、それが描けないなんて思わねえしな」

「確かに、師匠が本気出したら一日に何枚もの絵が仕上がりますし。悪いとは言いませんよ。でも、仕事投げ出して家を抜け出て遊山なんて、自分で首絞めてるようなものじゃないですか。魯文さんや蘭泉さんは、そんな師匠に呆れて声かけても乗って来ないんでしょうね」

新吾の言葉に暁斎が苦笑した。仮名書魯文も高畠蘭泉も、暁斎の飲み仲間だが、さすがに昼酒の誘いは憚られる。正確には、何度も断られてそれきり誘うのを諦めたのだが。

「お見通しかい。文字描きの連中は、俺様の仕事がきちんと理解できてねえんだよ。あいつらあ、かけがいのない友達だが、こと仕事に関しては、いつ版元と結託するか判らん相手だ。自分の本の挿絵を俺が受けたら、死んでも描け、寝る間も惜しめとかぬかしやがる。だから、あいつらには昼間っから暇つぶしに付き合えとは言えねえし、言ったら睨まれる。まあ夜の宴席なら気兼ねなく顔貸せと言えるんだがな」

暁斎の言葉に新吾が首をかしげる。

「どの辺が線引きなのか理解できません。昼間の暇つぶしは駄目で夜のお酒なら良いって言うのは、いったいどういった理屈なんでしょう」

暁斎が、ふっと笑った。

「今言ったろう、裏で仕事先に耳打ちされたくねえし、昼は書き物の時間だ。絵も同じだが、陽が暮れちまったら手元なんざ見えやしねえ。文字なんて書いてられないだろう。だから昼日中にあいつら呼び出して仕事の足は引っ張るような真似はしたくねえんだよ」

後の世に言う経験則である。新吾には自分の考えとして語っているが、これはつまり魯文や蘭泉から滾々と説教された内容そのものに違いなかった。

「そりゃないでしょう。師匠が絵を描かないだけで充分に足を引っ張ってらっしゃる。挿絵を待ってる物書きさんもいるでしょうに。そもそも、どう聞いてもそれ建前だけの言い抜けの理屈じゃないですか」

暁斎は、むむっと唸って新吾を睨んだ。

「何時の間に俺に意見を言える身分になった」

「なんですか、私は師匠の幇間《たいこもち》か下僕ですか、これでも商売相手の下の方に置いてもらえているかとは思っていたのですがね」

暁斎ががっくりと肩を落とした。

「お前さんは、画じゃねえ方の弟子だと思っていたんだがなあ。弟子は師匠を敬うものだろう」

新吾が大きくため息を吐いた。

「不可思議なものに行き会う方のあれですか、確かに弟子みたいなものですけど、望んでそうなった訳じゃないですから」

暁斎が妙な笑みを浮かべて言った。

「だが怪異が向こうから寄って来てる。違うか？　それがつまりお前さんの背負った者への抵抗って奴だろう。俺はそれを見届けにゃならねえしな」

新吾が首を傾げた。

「師匠、ところどころ言葉が聞き取れなかったんですが、最後の方なんて仰いました？」

暁斎が、ふっと普段見せない冷たい笑みを片頬に浮かべた。

「抵抗してやがる……、しぶてえなこいつ」

この呟きは、そっくり新吾の耳には届かなかったようだ。新吾が口を開く。

「私から弟子にしてくれと頼んでないのは確かですからね、そこはちゃんと覚えておいてくださいよ」

暁斎が片手を振った。

「わかったわかった。まあ、どっちみち怪しい物におめえは自分では対処できねえだろ。それは全部引き受けるから、それで納得しておきな」

新吾は少し考えてから、小さく頷いた。

「確かに、あの夜を境に、私の周りに不思議なことが寄ってきている気はします。三十年ちょいの人生で経験したことのなかった事件が、この短い間に立て続けに起きている。これはいったいどういう事なのでしょう。師匠ならその原因を知っておられるのでないですか？」

いきなり質問が核心に迫ったからなのか、暁斎の表情がすごく真面目に直った。

「まだ全部が知れている訳じゃねえ、そこは承知しておけ。いずれきちんとお前に説明してやる。そしてな……いや、そりゃやはりまだ言えねえか。どうせ聞こえねえし。とにかく、お前さんは言ってみれば救われるために俺に出会う運命にあったんだよ。まあ逆らおうと抗ってるけどな、現に今もお前さんの背後の……まあ、いいか」

「呑まれる？　何にですか？　それに話しを途中で口ごもるとか気になって仕方ないじゃないですか」

「気にするな、とにかくおめえさんにいろいろ話すにゃまだ早いんだ、それに無駄なんだよ。今も全部聞こえてたとは思えねえしなあ。だが、お前さんも気をしっかりしてねえと山が動いちまいそうだし、その兼ね合いがなあ、ううむ」

どうも最後に歯切れが悪くなる暁斎に新吾が重ねて訊いた。

「いったい師匠は私の中に何を見ているというのですか？　いつもいつも話が見えないで困惑します」

暁斎は渋い顔でこう言った。

「そりゃ、良くねえ物に決まってるだろ。そもそも、おめえの人生の中にとんでもなく不思議な目にあった経験がある筈なんだが、覚えてねえのか」

暁斎の言葉に、一瞬何か刃物でも突き付けられたようなゾクリとした感覚が新吾に走ったが、その理由は判らない。それに、暁斎が言うような不思議な目というものには、全く心当たりがなかった。

いや思い出そうとしても何となく頭がこれを拒む。

「あ、ありませんよ、そんな事」

暁斎の表情が瞬く間に険しいものになった。

「本当に何も覚えちゃいねえのか？」

新吾は頷いた。

「ありません、師匠と出会うまでは不思議な事とはまったく無縁でした」

その言葉に、暁斎は腕組みをすると下を向き小さな声で呟いた。

「そりゃつまり、俺がこいつを目覚めさせたも同然てことじゃねえか、あの晩あそこに居合わせたのはやはり偶然でないってことか。誰が仕向けた……、いやそんなことは関係ねえか。とにかく根の深い憑りつき方だ。俺の目が珍しく身の丈の計りを間違ったかもしれねえな、こりゃあ本気でやらねえと俺の命もあぶねえ……」

無論新吾には、その言葉の意味も分からなかったし、良く聴き取れもしなかった。そうなのだ、新吾の耳には暁斎の言葉の断片的な単語しか届いていないのだった。それこそが暁斎の拘っている何かなのだが、新吾にそれが判る筈はなかった。

新吾は話が横道にそれたのを無理やり戻そうと質問を発した。

「ところで師匠、何故こんな所に花を見に来ているのですか」

花と言っても、川端の端の際に数株の茨があるだけだ。なるほど小さな花は美しいが、わざわざ見物するほどの代物に見えない。

暁斎が顔を上げながら、嗚呼と小さく漏らしてから説明を始めた。

「ここはな、俺様にとって思い出深い場所なんだ。大昔、まだ子供だった頃にここでな俺はある拾い物をした」

「拾い物ですか、なにかお宝を拾ったんですか?」

暁斎は大きく頷いた。

「ああ、天からのとびきりの贈り物だった。大雨の後、この場所に男の生首が流れ着いたんだ。俺は、それを拾って帰って、家の納屋で懸命に写生した。画題としてもう最高の代物だ、俺は嬉しくてたまらなかった」

新吾は絶句した。子供が生首を抱えて帰り、それを絵にしていた。にわかには信じがたい話である。だが、これは真実だった。

「隠れて描いていたんだが、親にその生首が見つかってな、どえらく叱られたよ。それで仕方なく、納得いく画が出来た後ここに戻しに来て、経文書いた紙と一緒にもう一度流してやった。何年か経ってから、この茨が芽がぐんぐん大きくなりだした。花の白い色が死人の肌色のそれみたいでな、あの日を思い出させてくれる。だからそれ以来、花の咲き出す頃にはここに来ているという訳だ。俺は昔を覗きに来てるんだよ」

いったいどう言葉を発していいか、新吾には判らなかった。彼にその時の暁斎の思いは想像も出来なかったし、どう言葉を発したところでそれが正しい反応なのか判断できないのだった。

その時だった、新吾の脳裏にあることが浮かんだ。

流れ着いた生首?

この類の話をつい最近したばかりではなかったか?

そうだ、一昨日酒を飲みながら土座衛門の話をしていたではないか。

ふっとした加減で、新吾の口から言葉が出た。

「仏さんと言うのは、何故川を流れてくるんでしょうね」

「あん？」

唐突にそう切り出されて、暁斎には新吾の話の全体が見えなかった。

「あ、すみません、実は……」

新吾は慌てて一昨日の夜に飲み屋の親父と大番頭の秀作で話した件を説明した。

「なるほどな、確かに俺らの目から見たら仏さんが流れ着くのは奇異に思えるな。理由とかは、きちんと知ってる奴がいるだろう。まあそれが誰なのかは、ちょいと心当たりがない。だがな、その話の最後に言ってた浅草の観音さんについちゃ、ちょいと知ってる事がある。なんでだろう、この頃合いでお前さんの口からこの話が出るってのは……」

「え？」

新吾の目が大きく見開かれた。この時暁斎は、何かを考え込んでいる風に見えた。

「い、いったい何を知ってるんですか？」

畳みこむような感じで新吾が暁斎に体ごと詰め寄った。瞬間的に、新聞屋の血が目覚めた様である。

そのあまりの勢いに、ややたじろぎながら暁斎が答えた。

「その秘仏様を拝んだ男を知ってるんだよ」

「ええ！　誰ですか？　浅草寺の管主《かんす》さんとかですか？」

新吾の限界まで見開いていた目が、今度は瞳孔まで全開になった。

暁斎は首を横に振った。

「違うよ。役人だ。いや、正確には元役人だ。だがなあ……」

新吾の首が大きく傾いた。元役人？　何故そんな人が、秘仏を見たことがあるというのだ？

その新吾の内心の疑問を見透かしたように暁斎が説明をした。

「もう四、五年前になるかな、政府がな浅草寺の本尊の調べに乗り出したんだよ。詳細は知らねえが、本当にご本尊があるのかその時に調べたそうなんだ。秘仏と称して実はとっくにどこかに売り払ってましたなんて寺もあるそうでな。たぶんそういった類の調べの一つだったのかね、とにかくそいつは、その時に観音さんを確かに拝んだらしい。だがな、なぜかそれから半年もしねえうちに役所をやめちまった。一切理由を言わねえでな。何が何だか知らねえが、それきり本当に隠居しちまってなあ、俺もその辺の事情はまったく知らん」

「いったい何があったんですか？」

記者としての新吾は大いに興味を惹かれた模様であった。

「だから、本人が何も言わねえんだよ、判る筈ねえだろ。とにかくな、その男と俺は昔馴染みなんだが、本当に口が堅くてなあ……」

新吾が今度は鼻の穴を大きく開いて暁斎に詰め寄った。

「紹介してください！　その人に会わせてくださいい、そんで師匠がその観音さんの画を描いてください！」

暁斎が、まずいという表情を露骨に浮かべた。

「お、おめえ、ここで仕事を持ち出すか！」

「はい、これでも新聞屋ですから！」

暁斎は参ったなと言う表情で頭を掻き始めた。こういう状態の新吾は、まず引かない。

「描くも何も、話が聞ける保証はねえんだぞ、俺が何度口説いても駄目だったんだ」

「でも、口にしたってことは、師匠は紹介してくださる気なんですよねその人」

まさにすっぽん根性、新吾はしつこく食い下がる。

「ううむ、まあ、ちょいと気になるんでなあ……、ここはあれが使えるか確かめるいい機会と言うかその本人が話を持ち込んできたんだからな、仕方ねえ……」

先ほどから暁斎は、ちょくちょく口ごもっているのだが、新吾はそれに気付いていない。というか暁斎の声がしぼむので聴き取れてない。この言い方であればちゃんと聞こえる筈なのだが、実際に声が小さく聞こえない。日頃から暁斎が良く自分に聞き取れないことを口にするのに慣れており、実際に言ったのか言わないのか区別が出来ないのだ。まあ、それがどちらであっても、新吾は無自覚と言うか意図的に何者かによって無関心にさせられている気配があった。

「行きましょう、その人の所へ、会わせてください、お願いします」

「いや、まあ、そうなると準備……」

暁斎は歯に特大の何かを挟まっているかのように言葉が淀む。だが、ひょいと新吾を、いや正確には新吾の肩の上を見て、首をゆっくり振ってから呟いた。

「ううむ、これが宿命ってやつの仕業か、やれやれ……」

その後もしばらく押し問答になったが、最終的に暁斎は新吾をその男に引き合わす約束を結ばされてしまった。だがそこは暁斎、新吾に画を描くという約定だけは確約せず誤魔化し通したのであった。

三

大雨が過ぎて以降は秋晴れが続いていた。川の溢れたあたりを除けば、もうその痕跡を見つけるのも難しいほど、地面も乾き川も濁りを止めていた。水位自体もすっかり低くなり、市中を覆っていた蒸し暑い空気は何処かに霧散していた。

その川面が落ち着いた大川の上を新吾は進んでいる。人力車に、暁斎と尻を並べ両国橋を渡っているのだった。新吾は隣の暁斎に訊いた。

「偏屈だというんですか、その方」

神田川の端で約束してから四日ほどが経っていた。

「まあ、そうだな。きちんと話をするには、ちょいと骨が折れる」

暁斎の膝には大きな風呂敷包みが乗っていた。それが何であるかは、新吾には判らなかった。

大川を渡った俥は、少し進むと回向院の裏手あたりに入って行った。ちょっとした屋敷などが並ぶあたりだ。かつては、小藩の大名の下屋敷などのあった付近、いまは大店の主人などがここらに別邸を持っている。

俥はやがてこじんまりした屋敷の前に停まった。

「さあ、ここだ」

俥を降りた暁斎は、勝手知った様子で小さな門を潜り母屋へと向かった。

「才蔵さん、いるかい。洞郁陳之だ」

洞郁陳之、それは狩野派の絵師としての暁斎の名前。何故それをいま名乗ったのか、新吾には判らなかった。

少しすると、奥から老齢の婦人が出てきた。

「これは河鍋様、いらっしゃいませ。主人は、奥の縁側で盆栽を摘まんでおります。どうぞお上がり下さい」

「そうかい、じゃあ遠慮なく上がらせてもらうよ。新吾、行くぞ」

暁斎は、勝手知った様子でずかずかと家に上がり込んだ。新吾も慌てて婦人に頭を下げながら続いた。

広くない屋敷なので、すぐに奥の広縁に出た。そこには初老の男が座り込み、松の盆栽に鋏を入れていた。

「才蔵さん、邪魔するよ。ちょいと話を聞きに来た」

暁斎が話を切り出したが、男は何も返事をせず花鋏で盆栽の枝先を整え続けた。

「あんたが見たって言う浅草の観音さんの姿、その話をこいつにしてやって欲しいんだ、こいつはな、まあ俺の弟子みたいなもので新聞屋の高村新吾って言うんだ」

枝を断つ鋏の音が一瞬だけ高く響いたように思えた。

その一拍後、男が動きを止めて振り返る事なく言った。

「聞いたとてろくな事はありゃせんよ、それに話を聞いてしまったらもう深みにはまり抜けられない、そんな状態になるかもしれません。そこまでは承知でしたよね、陳之さん。だからあなたにも仔細を話さずに来たんですから」

何だろう言い知れぬ迫力がその言葉にはあった、新吾は一瞬体をびくっと震わせた。

「勿論判ってるさ。腹をくくったからやってきた。それにな、連れてきたこいつももう半分はあっちの世界の人間なんだ。どうも、星のめぐりが頃合いだと言ってるような気がしてな」

鋏を握っていた男はじっと動きを止めて何かを考え込んでいた。

暁斎は黙り込んだ男に向け言葉を続けた。

「俺もずっとはぐらかされて苛ついてるのも認める。だが、どうもこいつが背負ってる物を諌めるのに必要としている感じなんだよ、あんたの知ってる観音さんの本当の力ってやつが」

新吾には暁斎が何を言っているのかさっぱり分からなかった。例によって新吾の耳では言葉の端々が途切れているのだ。

鋏を持った男がやおら振り返り、新吾の顔を凝視した。

その眼光の鋭さに、新吾は思わずたじろぎそうになったが、これでも死線をくぐった武士の搾り滓、ぐっと腹に力を込めて男を睨み返した。

「やれやれ、どえらい妖怪がやって来たもんだ。あんた、本当に変な物ばかり連れてきなさる」

「妖怪！」

新吾が目を真ん丸にして叫んだ。この才蔵の言葉ははっきり新吾に聞こえた。どうやら彼の耳をふさいでいた者に何かの油断があった、瞬時にそれを暁斎は見抜き、にっと笑ったが、それは新吾からは見えなかった。

「お前さんじゃないよ、お前さんの後ろにいる奴だ。陳之さんから聞いてないのかい」

暁斎はそっぽを向いて懐手をし、知らんぷりの体である。

「師匠、いったい何の話なんです？」

「まあ、後で話す。いや、まあ話しても聞こえるとも思えねえんだが、まだ今のところはな」

暁斎はそう言って肩をすくめた。

「絶対はぐらかす気ですね。駄目です、きちんと教えてください」

新吾が険しい目つきで暁斎に詰め寄った。

「判ったよ、だがまず才蔵さんの話を聞くのが先だ。俺も確かめたかったんだ、浅草の観音さんの正体を」

言われてから、自分がここに来た目的を新吾は思い出す。そう浅草の観音様だ、秘仏の姿をこの男の人は見たという。その話を聞き出さなければ、やって来た意味がない。

「魔物の業に突き動かされているなら、なるほどあれの力にすがってみるのも有りなのですかな。陳之さん、あなたはその判断を私に委ねたくてやってきたのかね」

話を振られた暁斎は、ゆっくり首を振った。

「それだけじゃねえよ。納得いかねえことが他にあって、そっちとの辻褄も合わせたかったんだ。何年も頭の隅に引っかかったままで、すっきりしねえんでかたを付けたいんだよ」

もうとにかく新吾には何の話かさっぱり分からない。それは、鍬を持った男も同じであったらしく、少し小首を傾げていた。

「よくわからんが、話をしないと二人とも帰ってはくれなさそうだな」

男は鍬を縁側に置くと、奥の間の障子を示して言った。

「部屋で待っていてくれませんか、着替えてきますので」

すると暁斎が、手に提げてきた風呂敷包みを男に差し出した。

「かかあの作った漬物だ。舌に合わなかったら近所にでも配ってくれ」

「ありがとう、あれは元気かい」

「ああ、今のところな」

この時の新吾は知らなかったが、暁斎の後妻であるお近《ちか》とこの男には縁がある。まあ、それは彼にとってはほとんど関係ない話ではあるが、かなりの奇縁がその裏にあるのを後年知ることになるのだった。

風呂敷を抱え男が下がると、暁斎は新吾を促し座敷に入った。

床の間に、明らかに暁斎の筆だと判る軸が掛かっていた。

「師匠の絵ですね。でも、なんでこの絵柄なんでしょう、武者は見慣れない甲冑を着てますね」

軸を見た新吾が首を傾げた。床の間の画は、縁起物や季節に準じたものを掛けるのが普通である。山水画と言うのが今は流行りとなっているようだが、この家の床の間には武者絵が下がっていた。賛は無く、武者が誰なのかは新吾は一目では見極められなかった。

「さあな、意味は才蔵さんに聞いてくれ。ちなみに、あれは徳川慶喜公だ」

「あ……」

言われてみて新吾は気付いた。鎧の下の着物には、三つ葉葵があしらわれている。だが、この皮と思しきものを多用した鎧を慶喜公が着ていたという記憶は旗本直参であった新吾にはない。何故だろう。新吾は首を傾げる。

「この鎧、徳川家のものですか?」

暁斎が、むっと唸り新吾を見た。

「おめえ、箱根の戦に参加して逃げ帰ったと言ってたな。その後、城に参内してたか?」

「はい、無論そうですが、それが?」

「そこが抜かれてるってのは、ちょいと解せねえ……、おい、これは大阪から海を使って戻って来た時慶喜公が着ていたものを写したんだ。直参お目見えだったおめえが見てないのは奇妙なんだがな」

新吾が「えっ」と言って再び絵に見入る。その瞬間、彼の頭に何かびりっとした感じが走り、いきなり脳裏にある光景が浮かんだ。

「ああ、そうですね。慶喜公は確かにこれを着ておりました。なんで忘れて居たのかな……」

暁斎の目がぎらっと光った。

「ほう、思い出したのかい」

「ええ、何故かたった今」

それを聞き、暁斎はどかっと畳の上に腰を下ろした。

「おもしれえな、こりゃ重箱の隅を突くと意外な物が飛び出る」

新吾に見えないよう顔を背け、暁斎はほくそ笑んだ。その笑みの理由はまったく判らない。無論、言葉の意味も。

新吾も暁斎の隣に腰を下ろし、しばらく待つと主は戻ってきた。

「お待たせした。改めて挨拶仕る、ここの隠居の後藤才蔵だ」

新吾は居住まいを直し頭を下げた。

「挨拶が遅れました。武蔵日日新聞の記者の高村新吾と申します」

才蔵の表情が少し変化した。

「新聞の記者……」

そこで暁斎が口を開いた。

「こいつの目的はな、才蔵さんに浅草の観音さんの姿を語ってもらって絵にしようというものだ。まあ、俺の目的が違う事はあんたが一番よく知っているだろうがな」

才蔵が頷いた。

「おそらく、話をすれば絵になど起こす気は失せる。だが、敢えて連れてきたのはこの御仁を口実に、あなたが真実を聞きたいからか。本当に諦めの悪いお方だな陳之さん」

ここでついにたまらず新吾が質問を発した。

「さきほどから言っている話、師匠はいったい何を知りたいのですか？　真実って何のことですか？」

暁斎は、薄い笑みを浮かべ新吾の顔を横に見た。

「浅草の観音さんは、実際には観音さんじゃない。それが知れては困る者が大勢いて、才蔵さんはそれに絡んでずっと沈黙をしているようなんだ」

才蔵が暁斎を睨んだ。

「そこまで知っていて食い下がっていたわけですか、少々驚きましたな」

「俺なりに調べてたんだよ、あれから」

暁斎の言葉に才蔵は難しい表情を浮かべた。

「誰か、口を滑らせた人間が居たという事ですかね」

「詮索しないでくだせえや、誰にだって弱みとかあるでしょう、俺はそれを悪用しただけで、話した奴に罪はない」

「陳之さんはそう言っていつでもだれでも庇いますな。私の目から見るとあなたはずるいお方なんです」

「ああ、俺はずるいし、なまけものだし、何より知りたがりだ。だから、下手人探しなんぞせずに話しを続けてくれないかな」

才蔵は一回肩をすくめると、複雑そうな視線を新吾にだけ向けた。そこにどんな意味があるのかは、新吾には計れない。

だが、その直後に才蔵は口を開き滑らかに話を始めた。

「明治政府に雇われる前、あたしゃ寺社奉行配下の書記方だったのです。ですから、江戸市中の寺社には顔が効いた。それがお雇いにされた理由でしょうな。最初は単に金の流れについて調べ報告するだけだったのだがね」

才蔵の声の調子が一段低くなった。

「なぜでしょうな、明治政府は寺と神社、これをきっちり切り離す方針を固め、線引きが曖昧な物について調べるという仕事を始めたのです。まあ簡単に申せば、寺の本尊に神様がいては困るという事です」

「何故そう言った風に変わったのでしょう」

反射的に記者根性が出て、新吾が訊いた。

「江戸城にお迎えした天子様は、言ってみれば神の血筋に連なる御方ですから、これを国の根本とするために神道は政治に組み入れる。一方で、今まで徳川家などから厚遇されていた寺院は、なるべく政治から排除する。それには、寺に神がいては困る。まあ私なりの意見ですが、あながち間違いじゃないでしょう」

そう、それが神仏の分離をわざわざ法にした明治政府の真意なのだった。ただ、あからさまにそんな事を表で口にすれば、警官に睨まれ、何か書きつけにでもしようものなら、間違いなく捕縛され詰問を受けるだろう。この辺の事情に政府はひどく敏感で、新聞などでも迂闊に書けない部分なのだ。新吾もそのあたりはよく心得ている。

「政治の道具に神社を使い、寺のつまりは僧侶の立場を弱くしたい。その辺の事情は心得ています。つまり後藤さんは、その関連で寺院の本尊を調べる仕事をしていた、そう言う事でよろしいでしょうか」

才蔵は頷いた。

「まあ、金の流れがどうのは新政府の上の方、つまり徳川家の息のかかっていない西国から来た役人が調べたのだが、私らは寺の歴史や本尊の由来などを調べ、密かに寺の格付けを行っていたのですよ。もし、嘘の申告であったら何が何でも罰を与えたいと言った威圧を上の方から強く感じましたな。とにかく看板通りの仏様がお寺に居るか。余分な仏像あるいは神像が置かれていないかこの目で確かめるのが仕事だったわけですな」

「それはつまり、寺の看板に嘘があったらというか、由来が実際と違うとかいった事態があれば、それをたてに罰を与えるという強い意思が政府にあったという事ですね」

新吾の的確な指摘に才蔵が頷いた。

「聡明ですな。まさにその通りで、既にこの時、偽りの縁起などを書いている寺には懲罰、本尊についても過去の記録と相違があったら廃寺を命じるという強いお達しが極秘裏に出ていましてな。言ってみれば、私らの仕事はその証拠集めだったわけです。あまり気色のいい仕事ではない、いや実際うんざりした思いでやっておりました」

「お上は、そん時もう潰したい相手とか決めてたんじゃねえか」

暁斎が口を挟んだ。

「そこまで語らせるおつもりですかな。いやいや、さすがに役人を辞めた身でも話せぬことはあります。話したと知れたら色々咎がかかる、それは含んでいてください」

「まあ仕方ねえか」

才蔵の言葉に暁斎が苦笑した。

「お寺を調べていた経緯は解せました。それで、浅草寺もその調べの俎上に乗せられた。そういうことですね？」

新吾が訊くと、才蔵はこくりと頷いた。

「まあ、あそこは江戸最古の寺ですし、政府もおいそれ手出しする気はなかったようですが、寺院の寺領の線引きの移管に関係していろいろ周囲から噂と言うかきな臭い話も聞こえていましてな、調べはむしろそちらが主になってました。私の方はまあ、余禄的なものと見られておったのですがな」

暁斎がボソッと呟いた。

「門前町のあれか……」

新吾にもすぐにピンときた。浅草の飲食店の多くは元々浅草寺とその塔頭の敷地内で営業していた。これがまた厄介な話で、寺の線引きの中は寺社奉行管轄だったのだが、明治政府になって総てが東京府のその後東京市の管轄となり、税務上の問題などから少なからぬ土地が寺から民間に転売されたのだが、依然として寺院の土地を間借り営業する店が多くあり、これが課税をめぐりずっともめる原因になっていたのだ。

「まあ今回の話にはこれは関係ないですな。聞きたいのは観音さんの事だけでしょうからな」

「その通りです。本当の観音様の姿、それが知りたいのです」

新吾が半身程前に乗り出して言った。

才蔵が腕組みをして少し目を伏せた。

「まあ承知した手前、話さない訳にもいかないでしょうが、あれは正味観音さんじゃありません」

新吾の目が大きく見開き、同時に鼻の穴も大きく開いた。

「そりゃ本当ですか！　じゃあ看板に偽りありじゃないですか！」

才蔵が視線を上げ、新吾を見つめゆっくりと首を振った。

「言い方が悪かった。観音様は居た。しかし、そうじゃない物もそこに居たのですよ。そうですな、まあその別のものと観音様は一体と申しますか、引き離せないと申しますか、そういう関係でした」

「はあ、どういうことですか？　理解しがたいのですが、その何ですか複雑な表現過ぎて」

新吾は首を傾げたが、暁斎は違った。

「やっぱり、呑まれている観音さんだったかい。才蔵さん、その正体はすぐ判ったのかい？」

才蔵はまた首を振った。

「時間が掛かりましたねえ。ですが、調べていくうちにとにかくあちこちから威圧と申しますか、嫌がらせと申しますか、最後は命の危険を感じて仕事を辞す決意に至った訳ですな」

「じゃ、じゃあ、政府の職を辞した原因が浅草の観音さんを見た事なのですか！」

新吾の目がまたまた大きく開いた。

「まあ、そうなりますか」

暁斎が才蔵の顔をぐっと険しい目で見つめ訊いた。

「容姿は後でいい、正体だけ簡潔に教えてくれないかい」

才蔵は、ふむと小さく呟くと暁斎に訊いた。

「陳之さん、いつも紙と筆をお持ちでしたね。ちょいと貸してください」

暁斎に神と筆を借りた才蔵はそこにするすると達筆に文字を書き出した。

そこにはこう書かれていた。

蛭子神。

これを見て暁斎が、にっと笑った。

「ありがとうございだ。これで合点がいったし、やるべきことも見えた。おい新吾、すぐに浅草に行くぞ」

「え？　え？　何がどうなったんです？　これなんて読むんですか？」

「ええい、そんなのは後でまとめて教えてやる。善は急げなんだよ！」

暁斎はそう言うとすっと立ち上がり、自分より大柄な新吾の首根っこを掴み居間から引きずり出して行った。

四

回向院前で街道に出た暁斎と新吾は、運よく辻周りの俥を掴まえられた。

その人力車の椅子でガタガタ揺られながら新吾が不満そうに暁斎に訊いた。

「何故話の途中で退席してきたんですか？　そもそも私たちは何故浅草に向かってるんですか？」

暁斎はまったく悪びれもせず、しらっと答えた。

「必要だから行くんだよ。まあ俺がというより、お前さんがだがな」

「え？　全然答えになってません！」

新吾の顔が大変むっとしたものに変わる。

「とにかく今は簡単に説明するが、お前さんここ最近で少し背中の黒い羽が伸びすぎた。だからこれを切り取る前準備が必要なんだが、そのお膳立てにうってつけの相手が見つかったということだ」

暁斎はさらっと言ったが、ここに飛んでもない情報が含まれているのに新吾は勿論気が付いた。

「ちょ、ちょっと待ってください！　黒い羽？　なんですそれ！」

「おやまあ、きちんと聞こえたのかい、何か変化があったか？　まあ後で説明する」

暁斎はそこでピタッと黙ってしまった。

それから俥が浅草の浅草寺の門前に着くまで、新吾がずっと胸元を掴んで揺すっていたのに暁斎は口を割らなかった。

車夫に手間賃を支払うと、暁斎は浅草寺の方に歩き出した。昼過ぎであるから、参拝の者の姿も多く、周囲からは旨そうな食べ物の匂いも漂ってくる。

「まさかお寺の内陣にまで乗り込む気ですか？」

新吾が心配そうに暁斎に訊いた。

「違うよ、だが寺に用があるのは確かだ。お前さんに拝ませて、少し様子を見たい箇所があるんだ」

新吾はまだ合点がいっていないが、取りあえず暁斎について行くと、彼は本堂の横手から裏の方に回って行った。

やがて本堂の真裏に着くと、そこで回廊になっている縁側に上がり込む。

「こいつだよ、この像を見てお前さんどう思うか確かめに来た」

暁斎がそう言って指差すのは、美しい顔をした観音の木像だった。まるで隠すかのような感じで別の像の背後に影のようにに佇んでいた。

「こんな場所に観音像があったんですね。これまで何十回もこのお寺に来ているのに気付かなかった。横の方に奇妙な姿の像があるのは知ってましたが」

「あっちは別口だ、それこそどこの寺にもある奇異に思われる姿の像だろ。聞いた事ねえのかお前さん、ありゃ賓頭盧《びんずる》だよ。釈迦の弟子で自分の患った箇所をさすって願かけると治るってんでぴかぴかしてるだろ、まあそいつは今回は関係ねえ。この奥の像はな、どこにも記してねえが浅草寺の本尊の姿を写したもの、ということになっている」

通称裏観音、秘仏の姿を模したそれはこの場所に置かれ長い年月が経っていたが、拝む者もまずいない。この像が参拝者に正体を知られることになるのは、少し先の話となる。

暁斎の説明がつけ足された。

「先々代だったかな、とにかく前の管主まではこの手前側の方が写し観音てことになっていた。それがだな、今はどっちがどうのという事すら触れられなくなってるんだ。それがな、ずっと気になっていた。これだけの霊力持っていて誰も拝まねえでいると、かなりまずい事になってるはずなんだがな」

新吾が暁斎を振り返り訊いた。

「まずい事って何ですか？」

あからさまに暁斎の顔に面倒くさいという表情が浮かんだ。

「ああ仏さんでも神さんでも、相応に強い魂を込められた像には、陰陽の繋がりで参拝する場所と本体との間に道が出来ていてだな、その何だ、拝む箇所にもいろいろな力が宿って初めて均衡が取られて霊力のおかしな流れが出来ないように……ああ、面倒くせえ。後でまとめて教えてやる、今はそれよりお前の目に何が見えるかが重要なんだ」

暁斎は両手で新吾の顔を挟むと、ぐいっとそれを奥まった場所にある仏像に向けさせた。

新吾は仕方なく目を凝らすが、すぐに奇妙な気分に胸を鷲掴みにされた。

「うう……、暁斎師匠、なんですかこの観音様、すごく変です」

新吾には背後の暁斎の顔は見えないが、そこには、してやったりと言う表情がはっきり浮かんでいた。

「説明してみろ。どう奇妙なんだ」

暁斎が語気強く言った。

「後ろから何かが滲んできている様に、全然形のないぐにゃぐにゃした半透明な何かが大きくなって仏像を包んでいるように見えて、でも見ているとそれが消えたり現れたり、とにかく奇妙で……」

「蛭子神の力が滲みだしている。そうだ、それを確かめたかった。何でも見える筈の俺の目に、どうしても見えなかった物。おめえが、それを今俺に見せてくれている。おめえの目を通じてな。助かったぜ新吾」

「そのひるこがみって何ですか?」

新吾が大きく首を傾げながら訊いた。

「さっき紙に書いてもらっただろうが、この観音様を取り込んでしまっているものの正体だ」

ここでようやく新吾は、才蔵が紙に書いた文字の読み方を知ったのであった。

「そ、その聞いた事ない神様が、どうして観音様に?」

暁斎が人差し指で鼻の下を掻きながら答えた。

「それを俺も知りたかった。相手の正体が知れないとどうにもならなかったが、今は事情が違う。やった事はねえが、相手に直に聞くのが手っ取り早い。新吾、ちょいと人が来ねえように見張ってな」

暁斎はそう言うと筆と紙を取り出した。新吾にはすぐ暁斎が何をするのか判った。

「紙の上に、その蛭子神を移すんですね」

「紙の上に神か、うめえこと言いやがる。さすがの俺もこの術が神さんに通じるのか判らねえ。まあやってみるだけよ」

新吾がごくりと唾を飲み、すぐに暁斎の背後に背中合わせで立ち、その大きな体で小柄な暁斎の手元が見えないように影を作った。教えられたわけではないが、それが暁斎に雑念を与えない術なのだと新吾は理解していた。

暁斎はかなり忙しく筆を動かし、観音像を描いていく。

やがて暁斎が小さく呟いた。

「出来た……」

新吾が慌てて振り返ると、暁斎の手元にはすっきりとした笑みを浮かべる観音様の姿が緻密に描かれていた。

しかし、いくら待ってもそこには何も起きなかった。

「……」

暁斎は無言のまま自分の描いた絵を睨む。

「失敗、なんですか……」

新吾が恐る恐る聞くが、暁斎は何も答えず、そして動かない。

どうしたらいいのか判らぬまま、新吾は暁斎を見守ったが、どれくらいの時間が経ってからだろうか暁斎の唇が小さく動いた。

「来た」

新吾が慌てて暁斎の手元に目を凝らすと、帳面の表面、ちょうど観音の絵の背中あたりから不思議な半透明状の何かが紙の表面に盛り上がって来ていた。

「こ、これはいったい何ですか……」

新吾が暁斎に訊いたが、暁斎はかなり低い声でこう返して来た。

「判らねえ、予想していたものとかなり違う。だが、これが求めていたもので間違い無いってのは手応えでわかる。ここは少し様子を見るしかねえ」

二人は帳面の上に首を寄せ眼を大きく開き様子を見た。

滲みだした何かは、ゆっくり大きく盛り上がって、かなりの時間を経て不思議な人間ような、それでいてど何処かいびつな形にまとった。いや正確には形は出来たが、ぐにゃぐにゃと不安定で、姿は透明なままであった。

「あんたは蛭子神なのか」

暁斎が問うと、不定形のそれは少女のような声で答えた。

「それは人が私に与えた忌名、好きではない。我は、単に祀られた粗魂《あらだま》である、神呼びに応じたのなど千年に近い久しい事だ」

暁斎が鋭い眼光で不定形のそれを見つめ訊いた。

「荒神ではないのだな」

「断じて違う。害を鎮めるのが勤めで、我が魂の袖は万人の悩みの受け皿」

透明な存在は腕と呼んでいいのか短いそれを広げて見せた。

「していることはまるで観音様みたいですね、これがご本尊そのものなのですかね」

新吾が口を挟んだ。すると透明な存在が答えた。

「それも違う。ここにはきちんと観音がいる。それは、我が救った迷い仏。人の邪念を負いすぎ川で朽ち果てる定めであったのだ。しかし、この像にこもって居た慈悲の最後の欠片が我を呼び、我はこの像を救い人の手元まで運び以後守り続けてきた」

「この観音を寺に導いたのがあんたなんだな」

暁斎が訊いた。

「いかにも、これは捨て置いてよい像ではなかった。だが、人にそれを解ってもらうにはあまりに小さかった。そこで、我が手助けをし、今日まで共に歩んできた」

暁斎が頷いた。

「つまり、こいつは仏と神の合わさったものだったわけだな」

「いや、同じ物ではないぞ。我は我で存在し、ただ観音を見守るだけの立場だ」

「しかし、お前さんが観音を取り込もうとする諸々の妖気を祓ってきたのは間違いねんだろ。観音の霊力は純だが、あまりに脆弱だ。悪霊を払い続けるなんざ無理そうだぜ」

透明な頭でっかちの人型は沈黙した。

「俺は別に、神さんが仏を好きになって守っていたって構わないと思ってる。そもそも、寺の坊主たちも黙認しているようだし、あんたの姿が見えるのはごく限られた人間だ。まあ、それでも見られる訳に行かねえからずっと隠されたまんまなんだろうがな」

透明な蛭子神は、いかにもと言った感じで頭を下げた。

そして小さな声で続けた。

「我は人に祟りなす存在でもある。人前に出るのは困る事であるしな」

新吾が驚いた。

「祟るですって」

「うむ、便宜上神などと言われるが、所詮は我は悪霊の一種。崇めた所で人を害する法でしか報いることが出来ぬのだ。お前が背負っているのと同じまつろわぬ神であるからな」

蛭子神は明らかに新吾に向けて言ったのだが、新吾にはそうは聞こえていなかった。

「悪霊で神様、なんでその両極が同じなんだ……」

新吾は混乱を覚えた。

その直後、暁斎が神妙な顔で言った。

「たとえどんな経緯であんたが祀られたにしろ、あんたは祟り神としてでなく悪意を滅殺出来る貴重な存在として、ここにずっと鎮座してきた。無論、寺はその本来のあんたの仕事を、仏道から外れたものとして封印してきたが、それが出来ることを知っている者が細々と生きてきた。だから、俺の耳にもそれが届いた。その力、いずれ俺に貸してはくれまいか」

透明の神と呼ばれてきた悪しき存在は、顔のない頭を暁斎の方に向けた、

「我にすがるという事がいかなる危険を持つか知ったうえでの頼みなのか」

「ああ、かつて無理な神寄せであんたに頼ろうとして命を落とした高禄の幕閣を知っている。国を左右する事態を前に動揺したのだろうな、あんただろう徳川の御世を終わらせたのは」

「我に何かを直接操る力などない。全ては因果、我の発した波紋がこの地に住まう豪族に仇を与えてきただけ。観音は守護の手を出すが、我には手はない。全ては思い案じ呪うだけの存在、井伊直弼と申した侍もそんな因果に落ちた一人に過ぎぬ」

暁斎が大きく頷いた。

「合点がいったよ、徳川家の存続と政治にしがみつくのを切り離した、それがつまりあんたの仕業なんだな。今聞きたいのは、この地でどうしてもまだ守る必要があったのは何かってことだ。後藤才蔵と言う男に、あんたどんなものを見せたんだ？　彼が何故真実を隠し通しあんたを守る決意をしたのか、その謎を教えてくれ」

しばらく透明な存在は沈黙した。

やがて小さな声が答えた。

「あの男は何も望まず、ただこの街の行く末を案じていた。だから時が遥か隔たった世の姿を

垣間見せた。順を追って、そう二百ほどの暦を進めたところで男は気を失った。見たものが衝撃に過ぎたのかもしれんな」

暁斎の帳面を握る手に急に力がこもった。

「滅びる景色がそこにあったんじゃねえだろうな」

「我にそれを答えることは出来ぬ。己の目で見るしか、それは叶わない。後藤はそれを望んだ、お主もそれを願うというか？　そもそもこの術は、あるかもしれぬ先を見せるだけで違えることなく時がそう過ぎていくわけではないぞ、しかし今日ある事で得心が行った。この男だな、この地に災厄を齎す禍神の運び童《ご》は」

「そう、なんだな、やはり。連れてきたのは正しかった。それもまた聞きたかったことの一つだ」

「この先、我に助力を願うなら、何も成さなかった先の世界を見ておくか？」

蛭子神が問うたが、暁斎はしかし首を大きく左右に振った。

「いらねえ、そんな世界を俺は認めねえからな」

その時透明な存在が急に新吾の方に体を向けた。

「それにしても、この男を取り巻く闇、邪意を通り越し総てを殺し尽くし消滅させようという滅意を感じる。この邪霊は何者であろう？」

暁斎が慌てて新吾を振り向いた。蛭子神との会話に夢中で、新吾の事をすっかり失念していたのだ。すると、先ほどまで興味深そうに彼の手元を見ていた新吾は、身体を硬直させ白目を剥いて立ったまま失神していた。

「ちっ！　気配を感じて乗っ取りやがったか」

暁斎は透明な存在に視線を戻し、鋭い声で告げた。

「あんたへの頼みと言うのは、俺がこいつらの正体を暴いたら、この男からそれを引き剥がしてほしいんだ」

透明な存在が甲高いくせに重みのある声で答えた。

「古き存在であるな、大きな大きな影響が周囲に出るぞ。それでも構わないのだな」

「こいつの目は特別なんだ。俺とは違うが、消えていく世界に正面から向き合える」

透明な存在が小さな笑い声をたてた。

「お主はこの世界が変わっていくのを知っていたか。なら、未来を見ても動じぬだろうに、何故固辞したのか興味が湧いた。まあよいわ、ではいずれまた我の元に戻る、そう申すのだな」

「ああ、必ず戻ってくる」

透明な存在は大きく頷いた。

「承知した。では、まだしばしこの観音の手助けを続けながらお主らを待とう。それまで、命きちんと長らえるのだぞ。人間どもよ、そうだ、名を受けておらなんだな」

「河鍋周三郎暁斎、絵描きだ。洞郁陳之とも言う」

「狩野の業を引く者ものであったか、道理で神寄せが巧みなわけだ。ではいずれまた会おう。その時、一助になるであろう者をお前に告げる。その業を持ちまず繋がりを断て、さすればこの悪霊を滅するも叶うであろう」

次の瞬間、暁斎の持っていた帳面の表面が黄色い炎を上げた。

その燃え上がった炎に、気を失っていた新吾の意識が一瞬で戻った。

「うわ！　何だこの炎は！」

慌てふためく新吾に暁斎が言った。

「新吾、この件はこれで終わりだ。絵は描けねえ。おめえも記事はあきらめるんだな」

「ええ、でも確かに妙なものが」

食い下がる新吾に暁斎は言った。

「この先は、人が土足では入っていけねえ世界だ。わきまえろ。それよりは、俺にとってのけじめの目途が立った。それだけで十分な収穫なんだ」

「なんですか、それ？」

火の消えた帳面をたたみながら暁斎は新吾を振り向き、簡潔に言った。

「弟子の面倒見さ」

そう言うと暁斎はすたすたと歩きだしていた。

「ま、待ってください師匠、何が何だかさっぱりわかりません」

「ああ、それでいいんだ。わかられると厄介だからな、おめえにも後ろの奴にも」

そう言うと暁斎は笑ったが、その笑い方は今まで見たこともない凄味に満ちたものだった。

どうやら、浅草の観音に関する掘り下げを新吾がこれ以上行うのは、現状では不可能なようであった。しかし、この時二人はもう真実に行きあたっていた。これこそが、高村新吾と言う男に課せられた運命が、いや破滅の大仕掛けが露呈する前段なのであった。

浅草寺の境内を進むと、二人の上をぴゅーっといきなり大きな音で風が吹き抜けた。

明治十年の秋は、やがて大きな風を度東京に呼ぶ、それはまだ一月ほど先であったが、ちょうどこの日を境に暁斎は新吾を呼びつけることをしなくなり、大風が吹いてもそれは変わらなかった。

そして時はいつしか、冬に向かい転げて行った。

幕間の譚　妖刀奇譚

一

京の都は深夜の闇に閉ざされ、東山の西麓の森は静寂と不気味な空気に包まれていた。

このような時刻、普段ならまずもって人の踏み入らぬその東山の山中を藪をこぎ疾走する影があった。

両手で道なき山中を進むその男は、大きく喘いでいた。山は低いが、道のない斜面は足場も険しく、緑も豊かで進むのは容易ではないのだ。

それでも男は出し得る最大の速度でその斜面を突き進んでいた。

男の名を、斎藤一という。新選組の副長土方歳三の助勤、つまり補佐役として知られていた男だ。

その斎藤は密命を帯び新選組を離れ、伊藤甲子太郎、いや昨今は伊東摂津を名乗る元は新選組の重鎮だった男の率いる御陵衛士と行動を一緒にしていた。表面的にはこの結成に賛意を示し結託したように見せていた。

しかし、実際は違っていた。彼の心は、常に新選組を率いる近藤とその同胞である副長土方の元にあり、これはあくまで密偵としての潜入活動だったのだ。

そして、ずっと探っていたある証拠を掴み、斎藤はその書状と金庫にあった軍資金を盗み出し。御陵衛士の本拠である高台寺を抜け出したのであった。

寝所を抜け出た斎藤は、最初南に向かい渋谷街道を目指し逃げたのだが、途中で敢えて険しい東山を上る、つまり本来向かうべき方向とは真逆に東上する杣道に踏み入った。

幾度も修羅場を潜ってきた斎藤の勘である。追手が迫ってくると直感しての転進だった。

その予想は当たっていた。清水寺の遥か上まで差し掛かったあたりで追手が迫る気配に気づき、斎藤はさらにその杣道すら外れ笹が群れ茂る道なき斜面へ進路を変え、その上で今度は北寄りに進路を変えて追手を惑わそうという動きを始めた。一度来た道を高さは増したとはいえ戻るという行為だ。なるほど意表はついている。

相手が多人数であるから、どの方角に向いてもこれをかわすのは容易ではないだろうが、彼の判断はその人数が手薄になると思われる方角を的確に選択していた。追手の大半は逆に南や西へ向かうだろう。

斎藤が進んでいく方向はやがて完全な真北へ向くようになり、位置で言えば清水寺の寺領を過ぎたあたりで八坂神社の上付近を目指す形になった。抜け出してきた高台寺をまさに真下に見る付近だ。至近にも小さな古刹はあるが、山の中は手入れがまったく届いていない。おそらく高台寺に残っている衛士はいないであろう。だが、もし寺の近傍に残るものが居たら斎藤が発見される可能性は低くはない。まったくもって大胆不敵な動きであると言えた。

幸いだったのは、この付近は背の高い木々がびっしりと生え、ひらけた視界と言ったものはほぼ皆無だということだ。おそらく山麓側からでは見通しが利いていないはずである。

その鬱蒼たる木立の中を、斎藤はさらに道なき道を疾走し続け北上し、ようやく知恩院の寺領付まで到達した。

腰に差した刀が重い。それも道理で、何故か斎藤は脇差の他に本身の長刀を二本、つまり脇差を含め三本の刀を腰に刺していたのだ。

刀のうち一本は軍資金と一緒に、寝所であった高台寺の宝物蔵から盗み取ったものだ。寺宝と言うより、そこに封じられていたと表現したほうが良いような置かれ方をしていた代物だが、ある男がその刀に執心していたことから、敢えて盗み出して来たのだった。

ある男、それは北辰一刀流を究めた御陵衛士の頭領伊東甲子太郎その人に他ならない。

剣技抜群だけでなく、知略智謀に長けている伊東が執心する宝物、どれほどの価値があるかは知れぬが、これを盗んできた裏にはきちんとした計算があった。それがつまり、斎藤が密偵であることを悟られぬ細工なのだ。金子以外にも宝物を持って逃げれば、斎藤は単なる物取りとして逃走したと強く認識されるはずだ。探っていた相手にどのように蔑まれようと気になどするはずもない、斎藤は懐に窮し盗賊として逃走した。それが今回彼の描いた逃走劇の全貌だ。

必死に逃げれば逃げる程、盗賊としての迫真度が増すと言うものだ。

しかし、一本余計に腰に刺した刀が予想以上に疲労を斎藤に与えていた。

「局長の所まで行き着かねば、役目を果たしたことにならん。なんとしても振り切らねば……」

肩で息をしながら斎藤は呟く。

斎藤が目指すのは、ここからはではまだ遥かな位置にある西本願寺の塔頭の一つ。

本来の彼の仲間たち、すなわち新選組の隊士は、そこを寝所としていた。

そこで、彼の帰着を首を長くして待っている男がいる。

斎藤に潜入を頼んだ近藤勇、そして話の場に同席していた土方歳三だ。斎藤は立場的には、土方の補佐役となっている。それは、御陵衛士に加わった今も、新選組の隊内では変わっていない筈だ。隊士は、斎藤が高台寺に向かったことを知らずにいるのだ。

であるから、斎藤が長らく新選組隊士の屯所である寺内に居ないのを、多くの者が訝しがっている筈だ。しかし、彼に密命を指示をした男、新選組局長近藤勇は誰にも斎藤が何処に行ったかを語らなかった。そして近藤が何も言わぬ限り、土方も口は開かない。二人はそう言った強い絆を持つ関係だった。

近藤の同郷で近藤や土方を兄と慕う新選組一の剣の使い手と言われる一番隊の組長沖田総司ですら、斎藤の姿が見えぬ理由の詳細は知らぬはずだった。無論彼だけでなく他の隊の組長もだ。

要するに、これは隊士にまったくその内容を語れぬ正真正銘の密命、斎藤は現在何処かに所用で旅をしていると誰もが思っているのだった。

逆に言えば、ここで斬り捨てられたら斎藤の使命は果たされず、何故に姿を消していたのかは近藤と土方以外の隊士の誰にも知られる事は無いだろう。

そして、斎藤の身に万一の事が起きたとしても、近藤も土方も頑として仔細を部下に語らぬだろう。だからこそ、二人は新選組の局長と副長たりえているのだ。

しかし斎藤は、役目半ばで果てる気など微塵もなかった。生きて帰る自信があるから、己の剣の腕に万全の自信を持つから、この仕事を受けた。彼以外には務まらぬであろう無茶なこの役目を。潜入し御陵衛士が朝敵と断ずる証拠を得る、それが彼の受けた密命だ。

御陵衛士の頭は新選組と袂を分けた伊東甲子太郎、その伊東に従った男たちらの動向を探るため、自分もその男たちと共に今日まで伊東と一緒の釜で飯を食い寝起きを共にしてきた。

だが、その役目は終わった。充分な証拠、彼らが敵対し潰すべき相手であるという確たる証拠を得て、斎藤は寝所であった寺から逃亡した。斎藤の懐には伊東が尊攘派である長州と秘かに繋がっていることを示す書面が入っていた。これを以って、彼らが新選組にとって敵対すべき相手だと認めるに十分な証拠と言えた。役目は果たせた、あとはこれを近藤に届けるのみなのだ。

そして、寝所にあったありったけの金と寺の奥にしまわれていた刀を手に逃亡を敢行した。

しかし、思ったより早くその脱走が露見し、追手が迫って来ていたのであった。

生きて帰る。

立ちふさがるものを全て斬り伏してでも、生きて帰る。

そんな強い信念が、闇で先行き見えぬ山中に関わらず斎藤の足を前に進めさせていた。

もう間もなく知恩院の本堂の甍が樹間に見えようかと言う時だった。いきなり斎藤は何かにぐっと帯を掴まれ前のめりになり立ち止まった。

「だ、誰だ!」

振り返った彼の目に映ったのは、白い細い腕……。

いや違う、それは骨であった。

人間の腕の骨が、白骨の腕がぐっと彼の帯を掴んでいた。

「な、なんだこりゃ!」

斎藤が驚き、しがみつく骨を振りほどこうとするが、これはびくともしない。いやそれどころか、目を凝らせば、なんと闇の中に幾つもの経帷子を纏った白骨の姿が浮かび上がっているではないか。

彼の目にはその数がどんどんと増えていくのがはっきり見えた。

この世のものではない。ある筈がない。死してなお動く輩など、生れてこのかた目にしたことが無かった。

斎藤は心の臓が喉から飛び出さんばかりに驚き、硬直した。

骸骨の群れは、わらわらと両の手を伸ばし彼に迫る。

これまで数え切れぬほど人を斬ってきた斎藤であるが、この迫りくるこの世の者ならざる存在には心底恐怖した。

「これが亡霊と言うものか……、放せ、貴様らに用などない！」

斎藤が腰に掛った骨に手を伸ばし引き剥がそうとしながら吼えた。

だが、骨はびくともせず、他の骸骨たちも身近に迫り手を伸ばす。そして、斎藤の頭の中に直接響くように声が聞こえてきた。

「断ち切ってくれ、その鬼の宿った刀で、この世とのしがらみを断ち切ってくれ……」

異口同音と言うより、まるで木霊が声音を変えるかのごときに、同じ言葉が男女入り混じった高低の声色で頭の中に響く。

亡霊たちの訴え、なのか？

混乱する頭で、斎藤は考えを巡らせ、同時に骸骨たちの群れにもう一度目を向けた。

寄せてくる骸骨たちは、斎藤が腰に差している刀のうちの一本、朱鞘のそれに群がっているのに気が付いた。

寺から盗み出した刀だ。

「この刀に、何があるというのだ、貴様らは何故これに執着する」

骸骨たちがカタカタと肉の無い顎を鳴らし一斉に喋り出した。

「その鬼じゃ、その鬼が、未練を断ち切り冥土に送ってくれる。我ら亡魂は、魄と別れられずこの世に縛られている。斬ってくれ、この妄執を、未練を」

「鬼……」

斎藤は腰の刀に目を向け直し、じっとそれを見やった。

幽かにだが、刀が光っているように見えた。

「！」

何とも形容し難い異様な光であった。

この盗み出した刀にいったいどんな謎があるというのだ。伊東が、この刀を執拗に欲しがっていたことと関連があるのだろうか。

「斬ってくれ、我らのしがらみ」

しがみつく骸骨たちの力は思いのほか強く、斎藤は足を動かすことが出来ない。

幾度か腰を回してみたが、びくともしない。

斎藤は腹をくくった。

人を斬るのも幽霊を斬るのも変わりはしない。

鯉口を切ると、斎藤は一気に朱鞘から刀身を引き抜いた。

闇の中に白刃が光った。それは星明りの反射ではなく、刀自身が光を放っているのだった。そうなのだ、鞘越しに見えた怪しい光の正体は、この刀身の輝きだったのだ。

しかし、その光は決して美しいとは形容できない代物だった。

「何だ、この禍々しい気は……」

斎藤は、改めて刀身を見つめ、これは妖気が放つ光、瞬間的にそう理解した。

光には生気ではなく、まさに邪気が満ち、正視するのが耐え難かった。

その邪気の篭った光は、刀身にまとまりうず巻き、時にその流れを変える、それに従い刀の放つ輝きも脈打ち明滅を繰り返す。

明らかに、この刀は巨大な力を今まさに解き放っている。

その実感に、刀を握っている本人が一番驚いた。

斎藤の持つ刀の放つ邪気は、周りの幽霊たちのそれに比しても図抜けて大きなものだった。

自分の手の中に、とんでもない化け物を握っている。そんな確信が斎藤に芽生えた。

光が瞬くたびに、骸骨たちの込めていた力が明らかに引いて行く。

斎藤は足の踏ん張りが効くのを確かめ、手の中の禍々しさの塊のような刀を大きく横に振るい、骸骨たちの姿を一閃で薙ぎ払った。

形容しがたい感覚だった。何かを斬っている感触はある。だが、それは肉でもなくましてや硬い骨でもない。実体の無い何か、水よりも粘っこく、それでいて油のようにいつまでも付き纏う訳では無い。

妖気を湛えた刀は、すっーと群がっていた総ての骸の間を斬り抜けていた。

明らかに刀は骸の群れを切り裂くのだが、そこに何かを断ち切る音は無く、ただ刀身の残した光跡だけが闇に浮かんだ。

亡者たちは、声を上げることもなくその場に崩れ落ちていく。

斎藤に彼らを斬った感触は明確に伝わってはいないが、刀が薙いだ直後からその変化は始まった。斎藤の腕が、刀が重みを増していくのを感知したのだ。

次の瞬間だった。斎藤の手の中で刀がぶるぶると震えた。

「う……」

本能的に斎藤は感じた。この刀は、何かを喰っている。それが何であるかは説明できなかったが、とにかく斬った直後にずしっと重みを増した刀は、確実に中に何かをその薄い刃の中にため込んでいた。

斬った亡者の数に比例し、重さは増していく。

そして最初の一群の亡者たちが崩れ消えると、次なる亡者たちが「我にも」と口々に言いながら斎藤にすがり寄って来た。

「お前たちは、これを望んでいたのか?」

亡者たちは、自らその身体を刀の前へと投げ出してくる。

なかなか冷静に、かつ理性的に事態を判断するのは難しかった。しかし、亡者たちは明らかに斬られる事に満足し、崩れ、かき消えていった。

斎藤はもうただ刀を水平に薙ぎ、これを捻り逆に薙ぐという行為を繰り返すだけで、亡者たちは勝手に次々と倒れ伏していった。

あの形容し難い手応えはあるが、もうこれは斬っているのではない、刀が求めるまま亡者たちの影を払っているに等しい。

無論、刀の重さはわずかずつだが、確実に増えていた。

幾ばくもなく、あれほど群がっていた亡者は刀に何かを喰われ、結果的に総てが消え去った。

その時耳に遠くに誰かの叫ぶ声が聞こえた。

「伊東さん、こっちのようです……」

藪をこぐ数人の気配も同時に感じた。追手に間違い無かった。

立ち止まっている場合ではない。

斎藤はずしりと重くなったまだ妖光を放ったままの刃を鞘に戻すと急ぎまた走り出した。

その先、どこをどう駆けたのか覚えていない。

裾が濡れているのは、恐らく鴨川を歩いて渡ったからだろう。だが、その記憶すら頭には残っていなかった。

明けやった空、もう朝に目覚める者たちが布団を抜け出そうという頃、斎藤はようやく広大な西本願寺の端にある塔頭前に到着した。

正直もう全身が悲鳴を上げるほどに疲労困憊していた。

「やはり今日であったか。待っていたぞ」

さほど大きな造りではないが、しっかりした柱を使った門構えの前に一人の男が袴姿で刀を地に突き、これを両手で押さえ立っていた。

「ただいま帰参いたしました局長」

斎藤が袴姿の男にすっと頭を下げ報告した。

そう、早朝だというのにきちんとした身なりで斎藤を迎えたのは、新選組局長の近藤勇であった。

「うむ、疲れたろう。奥で足を洗ったら、俺の布団でも潜り込め。寝ている間に、斎藤が儂に命じられた旅から戻ったと触書を貼りだしておく。報告は起き出してからでかまわん」

近藤はそう言うとにやっと白い歯を見せ笑った。

「判りました」

斎藤は大きく頷き答えた。

そのまま彼が立ち尽くす近藤の横を抜けようとしたとき、その近藤の大きな手が斎藤の肩を掴んだ。

「おい一よ、その腰の刀はなんだ?」

近藤は、恐ろしく険しい目で斎藤の腰の三本目の刀を睨んでいた。

斎藤は直感的に理解した。選ぶことなく口が言葉を発していた。

「局長にはこの刀がどう見えますか？」

刀を睨んだまま近藤は答えた。

「化け物、だな。こいつはどうした？　何処で手に入れた」

「御陵衛士の寝所、その寺にあったものです。無断で拝借してきました。伊東が何度も寺にこの刀を寄越せと談判していましたが、住持はかたくなに拒んでいた代物です。あ奴らには過ぎた刀と見えましたから、拝借してきました」

これを聞き近藤は、ふっと頬に笑みを浮かべた。

「なるほど、こんなものまで盗まれちゃ、本来の貴様に命じた目的まで気付かれないで済んだかもしれんな。しかし、あるのだな妖刀というものが」

「判りますか、この禍々しさが」

斎藤が問うた。

近藤が頬に冷たい笑みを浮かべた。

「なんだろうな、人をやたら斬っていたら。こういう気配に敏感になった。面白そうだからちょっと貸してみろ」

斎藤は頷き、腰の三本目の刀を近藤に渡した。

刀を受けとった近藤は、その柄を握ると左手で鞘を押さえこれを引き抜こうとした。

「ん！」

近藤の表情が変わった。

「どうしました近藤さん」

斎藤が訝しそうに聞いた。

「抜けん、何としてもこの刀は抜けん」

近藤は真顔で言った。

「そんな筈は……」

自分は確かにこの刀で、あの亡霊たちを……

だが、それを語るべきなのか斎藤は逡巡した。

近藤が、すっと刀を斎藤に差し出し返した。

「こいつは、俺の手には余るようだ。お前が持っていろ」

斎藤は素直に頷き、妖刀を受け取った。

その時、ある事を思い出し斎藤は懐から何かを取り出し近藤に差し出した。

「奴らの軍資金です。大した額じゃありませんが、これで全部です。こいつを奪われたと気付き、死に物狂いで追ってきました」

近藤の薄ら笑いが大きな笑いに転じた。

「さも甲子太郎らしい振る舞いよ！　金にはとことん執着する、それがあいつの性根だ」

何故だろう、この時の近藤の笑顔が斎藤一の脳裏には強く強く刻み込まれた。

しかし、それからの激動の日々が、そんな再会の朝の事など脳裏の奥へ追いやってしまってうのだが、そんな事をこの時斎藤に判ろうはずもなかった。

二

新選組の屯所である寺の奥の座敷に入り、着替えもせず布団にもぐった斎藤が目覚めたのは、昼近い頃だった。塔頭とはいえ、西本願寺自体が広大であるから、この寺の建物もかなりの大きさを持った物であった。ただ、ここは隊の幹部が寝所としている場で、一般隊士は本願寺の寺僧達が元々使っていた寝所を借り受けていた。

起き出してみると思いのほか辺りは静かであった。

この時間、見回りに出ている隊員以外は、寺表の広い境内で鍛錬に励んでいる筈だ。

布団を抜け出して障子を開いた斎藤は、目の前の縁側に一人の男が座り込んでいるのを見た。

「よう一、お帰り。だいぶ帰参に苦労したようだな、無事で何よりだ」

新選組副長の土方歳三だった。

この時すでに屯所には、旅から戻った斎藤一が副長補佐職に復帰するという触書が貼りだされ隊員に周知されていた。

まあ、何も知らない者は単純にこれを信じたろうが、斎藤が密偵として命を削る思いで毎日を過ごしていたのを知っている土方は、余分な言葉を重ねずその辛苦をねぎらったのだ。

「ええ副長、無事戻れたという安堵からか、実によく眠れました。もう気苦労せずに寝られると体が素直に力を抜いたようです」

そこに庭の方からぱたぱたと草履の音が近付いてきた。

「おお、斎藤さん起きてたんですか」

どこか少年らしさの残った顔がひょいっと植え込みの陰から覗いた。新選組一番隊組長の沖田総司であった。

「総司か、留守中いろいろ迷惑かけなかったか」

斎藤が聞くと沖田は笑いながらこれを否定した。

「何も気にする事は起きませんでしたよ。それより、近藤さんから聞いたのですが、斎藤さん面白そうな刀を手土産にしてきたそうじゃないですか」

非常に好奇心が強いのが沖田という男であった。斎藤は、苦笑しながら頷いた。

「まあ、確かに刀は持って帰ったな」

沖田は勢いよく言った。

「見せてください、その刀。何処で手に入れたのですか、ぜひ振ってみたい」

剣の腕がめっぽう強い沖田らしい申し出だった。

沖田は言い出したら引かない男、斎藤は苦笑しながら寝室の刀掛けからあの刀を持ってきて沖田に渡した。

「どこで手に入れたか仔細は教えられん。だが、これは妖刀だ。俺の命を賭けて保証できる正真正銘の妖刀だ」

刀を受け取った沖田は、しげしげとそれを見て呟いた。

「なんですかこれ、ものすげえ重い……妖刀って言うより、妖怪じゃねえですかい」

この言葉に、土方が興味深そうに沖田の手元に目をやった。

「鞘の作りからみて、そんな厚みの刀じゃねえだろう、何故そんな重いと感じるのだ。それに妖刀だの妖怪だの、何をどうして感じるのか俺にはさっぱりわからん」

沖田が首を傾げながら答えた。

「そう感じるのだとしか言えないですよ土方さん、まずとにもかくにもずしんと重いんですよ。見た目と全然釣り合っていない、そこがまず奇妙だ。普通の刀二本分の重さはあるって感じです。そして、すげえ敵意みたいなのがこっちの飛んでくるんです、だから妖怪って言ったんですが……」

沖田は、そこまで言うとそのまま刀を抜こうと柄に手をかけた。

だが、そこで動きが停まった。

「おやおや、こりゃ近藤さんの言ったとおりだぜ」

「どうした総司」

土方が訝しそうに沖田に聞いた。

「近藤さんは、この刀が何としても抜けないって言ってたんですよ。本当にこりゃ引き抜けない、馬鹿力込めても、こりゃ頑として抜けない、そんな感じです。いけねえ、持ってるだけで冷や汗が出てきた」

比喩ではない、沖田の額には正真正銘の汗が浮かんでいた。

「昨夜しこたま亡者を斬ったせいかな、だが、あの時はすんなり抜けたのだがなあ」

ぼそっと言う感じで斎藤が言った。

沖田と土方が同時に「えっ」と言って斎藤を見た。

沖田がもう一度手許の刀に視線を落とし、再度力任せにこれを引き抜こうとしたが、やはり無理だった。

「畜生、こいつとことん逆らいやがる。刀の分際で！」

沖田は顔が真っ赤になるまで力を込め刀を抜こうとしているのだが、やはりその刀身は髪の毛ほどの厚さですら抜け出てこようとはしなかった。

その様子が可笑しかったのか、土方がふっと笑い横から問題の刀を掻っ攫った。

「どれどれ」

それまで沖田が如何にも重そうに持っていた刀を、土方は軽く握り一回だけ鞘ごと振ってみせた。

「重くないじゃないか、むしろ軽い」

沖田が目を真ん丸くし叫んだ。

「そんな馬鹿な」

そして、土方は沖田と斎藤の目の前で鞘から白銀に輝く刀身を抜き出して見せた。

「土方さん、いったいどうやって…」

沖田はそこで絶句し、陽光に輝く刃文に目を釘付けにした。

土方がすらりと刀を抜いたのにも驚いたが、別の何かが沖田を黙らせたのは明らかだった。

縁側に立ったまま二人を見ていた斎藤も、土方の抜刀には少し驚いた感じであったが、沖田の様子のおかしさから改めて刀身を見て、その理由に気付いた。

刀の刃文が、波打っていた。

有り得ない光景だ。

焼き付けてある筈の鉄の刃の文様が、海面の波が如く揺らめき動いているのだ。

「なるほど妖刀か……」

刀を握った土方も、この異変に気付き呟いた。

土方は朱鞘を廊下に置き、刀を両手で握り直すと、一気にそれを正眼に構えた。

次の瞬間、斎藤はまたあの禍々しい気配を強く感じたが、それは土方も同じようであった。

「こいつ、生きてやがるな。一よ、お前さんとんでもない物を盗んできたもんだな」

「盗んだ……」

沖田が眉を顰めて斎藤を見た。

斎藤が苦笑して肩を竦めた。

「ああ、まあ、盗み出して来たには違いない」

土方は何の前触れもなく刀を一度びゅんと素振りした。

次の瞬間、昼間だというのにあの夜の闇の中で見たのと同じ輝きが、ほんの一瞬だが空中に光った。

だが、其れは沖田には見えていない様子だった。

「軽そうに振りますね」

ただ沖田はそう言っただけだった。

しかし、土方は無言で刀を睨み、何かを考え込み始めた。

「土方さん、感じましたね、そいつの気性を、見えたでしょうあの光、あれに亡者が群がって来たんですよ」

斎藤が土方の肩越しにそう声をかけた。

土方は、ふんと一度大きく鼻息を吐くと、無言で鞘を拾い刀をそこに戻した。

「なるほど、本当に死んだ人間を斬って帰って来たみたいだな。光以外にも嫌なものがいっぱい見えた」

そう言うと土方は刀をドンと斎藤の胸に突き返した。

「こいつは、お前さんに一番懐きそうだ。持ってろよ」

斎藤は突き返された刀を無言で受け取ったが、その不気味さに正直気分が悪かった。

その斎藤に、土方が言った。

「あまりに奇妙な刀だ、暇な時に正体でも探ってみるんだな、そういうの得意だろうお前さん」

斎藤が苦笑して頷いた。

「そうですね……」

結局、この刀はしばらく寝室の刀掛けに置かれたままとなるのだが、好奇心を消せない斎藤はある日、実際にその正体を探ろうと動き出すのであった。

三

壬生のすぐ近傍に嶋原の花街はある。

騒乱続く京都でも、花街では連夜酒に興じる客が絶えない。乱れた世こそ、憂さは溜まる。そういうものだ。

その嶋原の東の端に古くから易占をする家があった。人目を忍ぶように、新選組の隊士の証である羽織をわざと脱いだ斎藤一がここを訪ねた。

「噂で、奇怪なものを調べられる伝手があると聞いた。紹介をして貰えぬか」

家の中には、高齢の男が座っていた。見た目は、普通の商人に見える。易者とは思えぬいでたちだ。

「さて、厄介なものを家に持ち込んでくれはりましたな。家中の神具ががたがた騒いでまんがな。お侍さん、あんた凶物を身に付けてまんな。そう、その腰の刀が元凶でおましょう」

男はそう言うと。ゆっくり立ち上がり斎藤に近付いた。

そして、腰の刀をじっと見つめてこう言った。

「まさかこの化け物を売ろうとか言う腹やおまへんやろな、そないな仕打ちしはったら、おまはん死にまっせ」

この言葉に、思わず斎藤は顔をしかめた。

「違う、純粋にこいつの正体が知りたいのだ」

易者の男は腕組みをして、斎藤の顔と腰の刀を何度か往復し眺めてから答えた。

「さよか、ほな、うちの手には余るよって、店を紹介しますわ。ついてきなはれ」

斎藤は家を出た男にくっついて、木戸をいくつか潜り、商家の軒が並ぶ通りに出た。七条の通りであるとすぐに知れた。どうやってそこに出たか、斎藤には謎だった。曲がった覚えがないまま南東に移動したことになるからだ。つまり、有り得ない順路でここに出たことになる。

「その先なんやけど、ちょい待っておくれやす。その化け物持ったまま、あそこの店に入れてもらえるか判らんよって、前に聞いてきますわ」

男はそう言うと、いきなりひょいと何もない家と家の間、人が入れるはずもない隙間、つまり通路などまったく見えなかった場所に姿を消した。

「お、おい……」

目の前で起きたことの奇異さに、思わず斎藤が声を漏らした。

暫くすると、男は再びその建物の指一本ほどの隙間から姿を現した。

男は斎藤を見つめ言った。

「主が会うと言うてますわ、着いてきなはれ」

男はそう言うと、斎藤の袖を引きまたもあの隙間に向かった。引かれるまま斎藤が足を前に出すと、彼は突然目に見えていなかったそこそこ広さのある路地に入り込んでいた。

「これは、いったい」

驚く斎藤に男は言った。

「こないな結界は、京の町中にはようけ有ります。あんさんたち余所者には、まず見分けがでけへんでっしゃろがね」

斎藤は無言で男の後に従い路地奥の暖簾を垂らした商家に入って行った。店の看板にちらっと眼をやったが、そこには「七条物ノ怪屋」とだけ書かれていた。

店の中は、ごく普通の京町屋で狭い間口にまず帳場があり、細い土間が奥の中庭に続き、そこには蔵も見えていた。

「この店は何の店なのだ」

斎藤が問うと、案内してきた男は低い声で答えた。

「妖《あやかし》の世界、その全般を担う店でんな、大昔からここに店を構えておる、うちらはそれしか知らしまへん」

「妖なる世界…」

斎藤が呟くと、易者の男は店の中に声をかけた。

「旦那はん、お客さん連れてきましたわ、さっき言うたように、とんでもない代物抱えてはるんで、気いつけなはれ」

斎藤が目を凝らすと。店の奥の二畳ほどのせり上がった帳場に一人の男が座っていた。

その帳場に座った男は、商家に似つかわしくない装束を身に纏っていた。虚無僧が着るような白衣の上に袈裟を被り、首には大きな数珠を二重に巻くというものである。

しかし髪は蓬髪、年齢は四十そこそこと言った感じか。

その男が斎藤を一瞥するとこう言った。

「なるほど、これはとんだ大物をお持ちのようですな。はじめまして当家主人の神流宜兎水《かんなぎうすい》と申します」

「面倒かけもうす、諸々あり出来れば名乗らず済ませたいのだが」

斎藤が言うと、神流宜と名乗った男は片手を上げた。

「ご心配なさらず、手前どもは広くこの生業を営んでおりますので、宮中や幕府、尊攘派などと近頃称されておる輩からも仕事は受けております。素性は、名乗らずとも結構」

斎藤が眉根を寄せた。

「幕府側と尊攘側、其の両方の仕事を受けておると申されるか、それはなんと奇異な」

「ええ、客を選ばぬのが当家の大昔からの伝統ですのでね。それに、そう言った方以外からも依頼はございます。神社仏閣、そして帝から直接のご依頼などもあります。これも大昔からのご縁で」

眉唾ではないか、そう思ったが、主人の態度には揺らぎない誇りが滲んで見える。

しばらく無言でいた斎藤だったが、腹をくくると腰に差して来た刀を主人の前に帯から抜き出し置いた。

説明をしようと口を開きかけた時、斎藤はものすごい力を主人の背後に感じ動きを止めた。

誰の姿も見えぬ空間からくぐもった声が聞こえてきた。

「この家にこの刀が来るとは、因縁でござりますな。主人殿、儀兵衛を呼ぶべきでござる」

主人が虚空に問いを発した。

「儀兵衛が知っておるのかこの刀の素性を、白砂よ」

すぐに虚空から返答が来た。

「いえ、儀兵衛の使い魔、その知己でありますよ、こやつの半身は」

「左様であったか、これ儀兵衛は控えておるか」

程なく奥に通じる三和土から一人の若い手代風体の男が現れた。妙に影が薄く、頬もこけているが、異様な殺気が周囲に満ちているのを斎藤ははっきり感じた。

「お呼びでしょうか、主殿」

京訛りではなかった。江戸ではないが、東国の語り口だと斎藤にはすぐに分かった。

主人が目の前の刀を示しながら言った。

「お主の使役とこの刀に巣くう鬼とが知己と白砂が申しておる。仔細を語らせてくれ、この刀の素性を知りたいと言うのが客人の所望だ」

「なるほど、畏まりました。あれを現出させては、客人も驚きましょう。声のみにて語らせます」

主人がうむと答えた。

斎藤にはいったい何のやり取りがなされているのか、さっぱり窺い知れなかったが、程なく先ほどと同様に、細身の男の背後の誰もいない、いや斎藤には確とその姿が見えないがそこにいるであろう者が声を発した。

「懐かしくもあり哀れでもあり、なるほどここに宿されております魂は手前の古き知り合いにほかなりませぬ」

主人が大きく頷いた。

「なるほど、ではこやつの正体は鬼に間違いないのだな」

「左様にござる。この鬼は、かつて近江の地で人を喰らい、その後は魍魎を喰らうようになり悪名を轟かせ、それ故に都の衛士に討たれその首を落とした刀に魂を移され申した。しかし、その後に既にあった菊御作《きくごさく》の刀と併せ打ち直され、総ての因縁を断つという断魔の力を宿した刀に変じたのでござる。手前の知己である鬼は、つまりその首を落とされた者であり、刀にはまだその魂が宿り与えられた責を果たしております」

この話に斎藤は表情を硬くした。

語っているのが誰なのか全く見えない。だが、その言葉には微塵の淀みもなく、真実を語っているという感触が伝わって来ていた。だからこそ、緊張が極限まで高まったのだ。

この刀が正真正銘の妖刀であり、中に鬼を宿している。そうはっきり告げられたのだ、警戒心を覚えないほうがおかしい。

そこで主人が少し首を傾げた。

「待て、帝に所縁の菊作が何故打ち直された。しかも、鬼の魂を宿した刀と合わせたというのはどうにも解せぬ。その経緯の仔細を知っているのか」

斎藤は浅学で、彼らの会話の内容を全く理解できていなかった。そもそも菊作が何であるかを彼は知らなかった。

程なく、姿の見えぬ者の声が、主人の問いに答え始めた。

「元になった菊作は、後鳥羽帝の手作ではございませぬ、作番の中の一人が帝への献上の為に打った物でござったが、これが帝の手元に渡ることなく、源氏の策謀により土御門帝への献上に用いられました。しかし、帝はこれを受け入れず作番を退いた粟田口派の有国の弟子に下賜し同家に収められていた鬼刻、すなわち手前の知己の魂のこもった刀を柄元に継足しして打ち直しを命じました。これには呪詛が用いられ、刀にはありとあらゆる縁を切る宿命が背負わされたのでござる。その呪術によってこの刀は生ける者だけでなく、死者の因縁すら切る魔性に仕上がったのでござる。継がれることで、鬼刻は斬心の役を担ったのでござるよ、そもそもの刀と鬼の魂その両者があまりに強かった故に、この刀には切れぬ縁がない程の妖刀になってしまいもうした。おそらくに、これは打ち直しを命じた帝ですら恐れたほどの霊力が未だこの中には封じられておりましょう」

この話を耳にした瞬間、斎藤は「あっ」と言葉を漏らした。

あの己の腰にすがって来た亡霊たちの姿が脳裏に浮かんだのだ。

死者の因縁も切る。

それは、今生への未練が故に成仏できぬ魂の宿縁も切るという事ではないか。彼らが斬ってくれと自ら刃に身を投げて来た理由が、斎藤にもすんなりと理解できたのだ。

「あらゆる宿縁を切るか、なるほど危険な魔性だ。されど、その刀が何故にここにあり、そもどう彷徨ったのか大いに興味がわいたな」

主人はそう言って、置かれたままの刀に視線を落とした。

「中の鬼は黙して語りませぬ。ただ、手前が奉公して後一度だけ、こやつにまつわる話を耳にしたことがあり申す」

使用人の背後の目に見えぬ者が言った。

「語ってくれ」

主人が促した。

「北条家と源氏宗家、その縁を断つために都からこの刀が秘かに鎌倉に運ばれ、やがて何の因果か鎌倉の幕府と都との縁すら切る役目も担ったと漏れ聞きもうした。やがては、天皇家そのものすらも割る事態を招いた、その元凶がこれであったのではと思われます」

これを聞いた途端、主人の目つきが突然厳しいものになった。

「白砂、まさかと思うが、その裏で暗躍したのはお前の一族ではないか」

主人は最初に声を発していた見えぬ者に問いかけた。

「その返答に意味がございますなら答えても差し支えはありませぬが、商いには関わらぬのであれば、客人の帰られた後に語りたき話でござりますな」

主人が、ふっと唇の端に笑みのようなものを浮かべてから頷いた。

「そうだな、今でなくても良いか。まずは、この刀の素性について答えるのが商いの話であったな。してみれば、これは枝葉的なことか。良いだろう、息抜きの茶の合間にでも訊こう」

主人はそう言うと斎藤に改めて向き直った。

「ここまで耳にされたことで、あらましはご理解頂けたのではないでしょうか。まだ問いたい事があるのであれば、手前の知り得る範囲でお答え申し上げます」

斎藤は複雑な顔で少しの間思案した後、主人に言った。

「これが妖刀であることは得心した。素性が既に奇異なるもので、刀には鬼が宿っている。そして、この刀が宿縁を切るものと言う意味、これは私も実際にこの身で経験した。だから、話が真実であろうことも判った。その上で聞きたいのは、この刀を持っているとどうなるのかという点だ」

主人は少しだけ刀を見つめてから斎藤に答えた。

「まあ、持っていたからといって命を吸われるような類のものではありませんな。ただ、この刀は明らかに持ち主を選ぶ代物でございます。貴殿は、既にこれを使ってみたと仰られましたな。してみれば、既に鬼に持ち手として貴殿が選ばれているという事で間違いないでしょう。なら持つ事も使う事も自在と思って差し支えないかと存じます」

なるほど、斎藤はこの刀で亡霊を斬った。しかし、近藤局長も沖田総司もこれを抜くことが出来なかった。だが、土方歳三だけはすんなりこれを抜き放った。斎藤の頭にそのことが引っ掛かり主人に訊いた。

「私以外の人間でも、この刀は自分で持つ事を認めるのなら、その者に刀を預けられるか」

主人が、ほんの一拍だけ間をおいて答えた。

「まあ、これが抜けるのであればそれは出来ましょうが……、少々お待ちください、その刀一瞬だけお借りしたいのですが、よろしいかな」

斎藤は頷いた。

「無論構わぬ」

主人は、妖刀を手にするとそれを帳場の横に立ったままの使用人に手渡した。

「儀兵衛、この刀の抜き身で見極めて欲しいものがある。お主ならこれを抜き放てよう」

使用人は黙って頷くと。実にあっさりと刀を引き抜いて見せた。

そして、次の瞬間あの青白い光が思いのほか強くあたりを照らした。

これを見て、儀兵衛と言う使用人が言った。

「命数の輝き……、なるほど主殿これは危険な刀です。宿縁を切るだけでない、あらゆる因縁も人の縁も、さらには天命すら斬ってしまいます。これで生きた者を斬ったら何が起きるか想像も出来ぬ化け物です」

これを聞いて主人は大きく首を横に振った。

「なるほど、断ち切る故に死活に通じるか。こやつが生き続ける為に持ち手に他者の天命すら吸って与える、そう思って良いのだな」

使用人は深く頷いた。

彼は抜き身を鞘に戻すと、紐できつく柄を結わえ斎藤の前に丁寧にそれを寝かせた。

「お侍様、この刀で人を斬るのはお控えください。相手にまだ寿命があっても、この刀はそれを喰らいます。まことに窮地であれば、この刀は持ち手を救う役には立ちましょうが、これを使うことは仏道にもおそらくには武士としての生きざまにも反する結果を生むと思います」

斎藤は切れ者ではない。物事をゆっくり考え答えを得るのを得意とする。ここまで矢継ぎ早に目の前で起きたことを、理解するのですら手一杯であった所に、さらに重ね言われても何も即答できなかった。

かなりの間をおいてから、斎藤は言った。

「この刀をどうすべきかは己で決めねばならない、そう思って良いのだな。その使い道も含め。そして、出来るなら常の帯刀は控えるべきだと…」

主人と使用人が同時に首を下げこれを肯定した。

「おっしゃる通りです」

斎藤はかなりの渋い顔でこれを受け入れる腹を括った。

この刀を持ち出したのは間違いなく己の判断だ。おそらく、そこにもう因果が生まれていたのだろう。斎藤は刀に選ばれ呼ばれ、こうして刀の持ち手となった。

だが、これは武士が持つにふさわしい刀ではない。

いったいどう扱えばいいか、正直困惑していた。だが、少なくともこの妖刀の素性は理解できた。後はゆっくり考えるしかないのであろう。

斎藤は懐から小判を二枚取り出し、主人の前にこれを置いた。

「生憎、手持ちがこれしかない。見料はこれで足りるか、足らぬなら後日持参するが」

すると主人はすっと指を滑らせ、二枚のうちの一枚を斎藤の方に滑らせ戻した。

「一両で結構です。それでも貰い過ぎくらいですな。手前どもの本業は、魔を討つこと、この程度の仕事は些細な端事でございます」

おそらく少し前の斎藤であれば、この主人の言葉を笑って聞き流したであろう。だが怪異を体験した彼には、主人の言葉に偽りがないことが、その態度からもひしひしと伝わり納得できた。

斎藤は、返してよこされた一両を懐に戻すとゆっくり妖刀を掴み立ち上がった。

「世話になった。最後に、もう一度こいつの名前を聞かせてくれ」

そう言って斎藤は手にした刀を突き出して見せた。

これには、主人でも使用人でもなく、虚空からの声が答えた。

「鬼刻斬心、銘は打ってありもうさん。ただ、その名は揺れる刃文に浮かび、鬼の目を持つものにだけは読めるのでござる」

「そうか、俺には読めぬ。してみれば、俺はまだ鬼ではないのだな」

斎藤はそう言うと唇の端に笑みを浮かべくるりと振り向き、まだ土間に立ったままの易者に、先ほど引き取った一両を、ぽいっと投げ与えた。

「案内賃だ、すまなかったな奇妙な話を持ち込んで」

易者は驚きながら、慌てて投げられた小判を受け取った。

「過ぎた支払いでおましょう、小銭で充分でんのに」

しかし斎藤は彼に背を向け歩きだしながら言った。

「いや、面白い世界を覗かせてくれた駄賃だよ、多すぎはしないだろう。酒でも派手に飲んで使ってくれ」

斎藤は外からは見えぬ路地を進み、七条通へと戻っていった。

四

月日の流れはそこに身を投げた者それぞれに長くも感じられれば、瞬く間にも感じられる。

彼にとってのそれは、激動に揺られ続けた時間であり、今自分の置かれている場所も数年前の自分には思いも寄らなかったであろう箇所であった。

死線と言う言葉を身をもって何度も超えてきた。その自覚はある。

しかし、自分がここまで生き残れたのは自分の運でしかないのも彼は理解していた。

私に生きろと伝えたのは誰であったろう。確かに強くそう言い聞かされたはずだが、相手の顔も何処でだったかも忘却していた。

あまりに苦しい時間を過ごし、過去というものにとても無頓着になっていた。

その彼の脳裏に、一瞬懐かしい顔が明確に浮かび上がった。

そうか、あの人に言われたのだな。

彼はそこまでは思い出せた。

しかし、その笑顔は言葉をかけられたときのものではない。それも思い出した。

あの笑顔は……

必死に頭の中をかき回し、彼はようやく得心した。

あの日、西本願寺の塔頭の門前で彼を迎えたその笑顔だ。

「近藤さん……」

反射的にその名を口にしたが、まだ何処で彼に生きろなどと言われたのかは思い出せなかった。

しかし、何故急にあの人の事など思い出したのだ。

ここにその姿を求めても、見る事は適わないし、最後に判れたのもかなり前だ。

奇異であった。

他のこれまで別れ散り散りになった隊士の事も、微塵にも思い出さず、ただ刀を振るう日々を送り今日に至ったのに、なぜ今脳裏にあの笑顔が浮かぶ。

そう考えた途端に、彼の胸に何とも言えぬ不安が沸き上がって来た。

表情が明らかに険しく、怪訝に満ちた。

その異様な様が奇妙だったのか、他の侍が彼に声をかけてきた。

「山口殿、どうされたかな？」

一瞬、誰が呼ばれたのか判らなかった。

ああ、そうか、改名したのだったな。山口とは今の自分の名だ。

彼は内心で苦笑してから頷いた。

「いや、一瞬頭の中に近藤局長の笑顔が浮かんで消えなかったのだ」

すると目の前の男は、驚いたという顔で答えた。

「ついさっき、島田さんが同じ事を軒先で呟いておりましたが……」

「魁が？　近藤さんの事を？」

言った刹那、忘れていたことが俄に頭にあふれてきた。

「う……」

山口は慌てて胸に手をあて、顔を曇らせた。

前にもあったな、このような不快な胸騒ぎが。

あれも、確か近藤さんにまつわる……

その時、急に表が騒がしくなった。

数人の侍たちの怒声が響いた。

「何事か！」

「白河城より早馬！　薩長軍の攻撃が始まったとのことです」

「奪ってわずか五日で攻められるとは、ぬかったか！」

城内が騒然とした。

山口と呼ばれた男もすっと立ち上がると険しい顔で言った。

「いずれ、奴らはこの城を目指し攻め上がってくる。この会津新選組にも出番があろう」

この時はまだ、何故脳裏に近藤勇の笑顔を浮かんだのか、山口にはまったく判らなかった。

山口次郎、いや改名する前は斎藤一と言う名を持っていた男は、倒幕の軍が江戸を攻め落とした後もまだ刀を握り、会津の地に立っていたのだった。

この白河が攻められた日、いったい何が起こっていたか、その答えは思いも寄らぬ物が彼の手元に戻って来るのと同時に知ることになるのであった。


雨の中、一人の男が戸板に乗せられ落ちのびてきた。宇都宮で反幕府軍と衝突し敗北したという。

錦の旗を掲げた薩長の軍勢は、官軍を自称する。いや、実際に天子様を抱えているのは彼らだ。その立場から見たら、旧徳川幕府の枠に残ろうともがく自分たちは賊軍と言われる立場を認めなければなるまい。実際、元の斎藤一、今の山口次郎が仕官した会津の松平容保公は、薩長に朝敵と名指しされていた。

しかし、その基盤を守り切り、己の独歩を始めれば、どちらが正義かなどと言う括りは意味を失くす。それを拠り所に、彼はまだ刀を握っていた。

その刀を脇から外し片手に携え、山口は担ぎ込まれた負傷者の枕元に座った。

一瞬、その視線が横たわる男の枕元に向き、その瞬間表情に硬いものが生まれたが、山口は何も口を開かず横たわった男の顔に視線を戻した。

傷を負った男は片目を開き彼を見上げた。

「一なのか。元気そうだな、貴様が預かった隊士たちはどうなった」

座り込んだ山口が答えた。

「ほとんどが会津藩に再奉公しましたよ。自分もです副長」

横になったままの手負いの男の顔は布に半分隠れている。だが、それは紛れもなくかつて新選組の副長として京の都を闊歩していた土方歳三の貌であった。

「そうか、皆それなり立場を得られたか。幕府に捨てられたも同然の状態だったのに、敢えて踏みとどまり松平公に仕官したわけだな」

この土方の言葉に山口、いや今は完全に元新選組助勤の斎藤一に引き戻された彼は、悲しそうに答えた。

「それも、あの薩長の大砲がこの城に放たれれば、霧散してしまいますよ。城も主君も失えば、結局また浪人に逆戻りです。近藤局長が唱えていた、揃って幕臣として徳川家を守るという理想は、京から逃げ戻った時点ではしごを外されてしまいました。近藤局長は徳川家に奉公することを貫き戦場に向かいましたが、我らはその機会を逸してしまいました。江戸開城はあまりに皆の心に虚しさを与え過ぎた。その我らを抱えてくれた、松平容保公は義に厚いいお方です」

新選組が京都で市中警護に当たっていた時、守護職であったのが松平容保公だ。薩長からは文字通り目の敵とされた公は、かつての新選組の面々で江戸から逃れた者を斎藤以外にも多く召し抱えていた。

そうして結成されたのが、会津新選組であった。斎藤は、山口次郎と改名することで薩長の目を誤魔化し、この隊長の座に収まっていた。

行動を別にしていた土方は、この辺の事情には通じていなかったようである。

「正直、あやつらの飛び道具は厄介そのものだ。俺もこの刀を預かっておきながら，このざまになったくらいだからな」

そう言って土方は布団の枕元に置かれた刀を片目で見つめた。

その存在には、斎藤も最初から気付いていていた。

だが、敢えてここまで触れずにいた。

結局自分の元に戻って来た。あの日、土方に託したのに、またこの鬼は戻って来た。

数奇な話だ。斎藤は言葉には出さず胸中で思った。

土方の枕元に置かれていたのは、鬼刻斬心だった。

斎藤の脳裏に、あの晩の、この刀を土方に託した時の光景が浮かんだ。

あれは、鳥羽伏見での闘いの最中だった。

倒幕軍の激しい砲撃に晒され深夜ついに本陣の伏見奉行所の弾薬庫が炎上爆発。ここに詰めていた新選組は、文字通り進退窮まり、じりじりと銃砲撃での負傷者を増している状況だった。

「退くにも退けぬ、道がない」

戦況を見て土方歳三が言った。隊士は全員抜刀したまま膝をつき物陰に身を潜めていた。場所は伏見の奉行所のすぐ外なのだが、この近隣の住宅の多くも薩長の砲撃で崩れかけていた。

「土方さん、ここは敵陣に向かい血路を切り開き脱出すべきだ、他の幕府の兵と合流するにも一度ここは脱しなければ無理だ」

斎藤が煤けたままの顔で進言した。しかし土方は渋い顔で答えた。

「ここで駆け出しても、撃たれてしまう。先頭に立てば狙い撃ちに遭うは避けられぬ」

斎藤はしかし首を振った。

「昼間、斬り込みを仕掛けた永倉の二番隊は敵陣に到達できました。敵は弱い、この銃撃を潜り抜け一角を崩せば退路は出来ます」

鳥羽街道の守りに着いた幕府軍は数において優勢であったのに、薩長の火力の前にほぼ動きを封じられ、京都市中の救援に向かえない戦況となり、敵の突破を何度か試みていたのだが、その中で唯一敵陣までの到達に成功できたのが土方率いる新選組の二番隊だった。これを率いていたのは永倉新八、剣の腕は斎藤や土方と肩を並べる猛者だ。

「では決死隊を作り私が先陣を切る、近藤さんに託された隊士だ、自分が率いる新選組の人間をこれ以上無駄に死なせるわけにはいかぬ」

土方がそう言った。

土方率いる新選組…

そうなのだ、この戦場に局長近藤勇はいなかった。何故なら、闘いの始まる前に近藤は指示を貰い二条城から下がるときに何者かに狙撃され重傷を負ってしまったのだ。

ここまで回想し、斎藤は気付いた。

あの狙撃の後、胸騒ぎを覚えた。先日、近藤さんの笑顔を思い出した後に覚えたのと同じものを。

いや、それも気にはなったが、重要なのはあの時自分が土方に語ったことなのだ。

「近藤さんの命令を忘れましたか、貴方も私も、隊を預かる身分の者は死んではならない、傷の痛みに耐えながら近藤さんはそうはっきり命じたでしょう」

そこで斎藤は腰に差していた刀を、脇差ではなく二本とも長刀であったうちの戦場では抜かなかった方の朱鞘の刀を抜き土方の胸元に突き付けた。

「この刀は、ありとあらゆる縁を切る妖刀。土方さんだけが、自分以外で唯一これを抜けた。この刀は、その持ち主を生かすために他人の寿命すら断ち切るそうです。ですから、これまで私はこれを生きた人間に振るえなかった。おそらく、これが役に立つとしたら今をおいて無いでしょう。これを貴方に託します、血路を開き、この最悪の戦場との縁も断ち切ってください」

土方が鋭い眼光で斎藤を見据えて聞いた。

「何故お前ではなく俺がこの刀を持てと」

「今生き残るべきは自分ではなく土方さんでしょう」

暫し沈黙した後、土方は軽く息を漏らし、黙って刀を受け取った。

そして斎藤に背を向けて呟いた。

「あらゆる縁を切るか、使い方の難しそうな刀だな」

この時、土方がどんな顔をしていたのか斎藤は知らない。

いや、見ておくべきだったかもしれないとこの後に思うことになるのだった。

新選組は敵陣を駆け抜け淀方面に撤退した。

京都近傍での闘いは、幕府側の大敗。

大阪から海路で江戸まで辿り着けた新選組隊士たちのうち、傷の癒えた近藤の元に再結集した者は四十数名にまで減っていた。残りの百名以上がどうなったかは、近藤の元に集まった者たちは知らない、いや知ろうとしなかった。

既にこの時、新選組は解隊を命じられていたからだ。

近藤勇は、新たな部隊を指揮し甲州に向かい、結局江戸に戻るしか選択のない状況に追い込まれた。

斎藤はこの頃もう会津に向かっていたが、やがてここに旧新選組隊士が集うようになり、斎藤が隊長となり会津新選組が組織された。

この噂は、江戸にまで伝わっていたから土方も、斎藤が隊士を預かっているのを知っていたのだ。

斎藤は置かれたままの鬼刻斬心を見つめながら土方に言った。

「京都からずっと薩長の大砲と小銃に追い立てられておるようなものですな我らは。傷を負っても生きてここまで来れたのは、やはりこの刀のおかげではないのですか土方さん」

土方は、ほんの気持ちばかり首を振り答えた。

「そうだな、こいつが無ければとっくに魂切れていたやもしれん、しかしこいつは魔物過ぎた。俺は使い方を間違った、それをお前に謝るためにここまで運ばれてきたようなものだ」

斎藤が怪訝そうに土方の方に視線を戻し聞いた。

「どういう意味です。何を間違えたというのですか」

土方が、かすれた声で言った。

「俺のせいで、近藤さんは首を刎ねられた」

座っていた斎藤が、ぎょっと目を見開き寝床に横たわる土方の上に覆いかぶさった。

「近藤さんが首を斬られたですって！」

信じられない。斎藤の顔にはそうはっきり書いてある。

横たわった土方は片目を覆う布に手を当てながら答えた。

「近藤さんは、江戸近隣で薩長に捕縛された幕府の者を赦免するよう話を付けようと徳川軍の軍監として薩長軍の本陣に自ら出向き交渉したのだ。ところが、そこで元御陵衛士だった者たちに正体を見抜かれてしまい、捕縛されたという」

斎藤が、喉の奥からぐぅという低い声を漏らした。

御陵衛士、よりにもよって……

こんな形で仕返しが来たというのか？

因果だというのか？

策略により、新選組が伊東甲子太郎を暗殺したことが、未だ根にもたれていたという事か。後に漏れ聞けば、二条城外での近藤局長狙撃にもあ奴らが関わっていたとの噂もあった。

土方はここで斎藤を打ちのめすような一言を漏らした。

「俺が、この刀で近藤さんの新選組との縁を切った。そうすれば、あの人は楽に生きられるそんな気がしたから、だがな近藤さんは、そのせいで自分が斬られるなんて微塵も思わずに薩長と交渉に行ったに違いないのだ」

斎藤は、土方に何も言えなかった。

近藤さんの一番近しい人間は土方歳三だ。その土方歳三が、近藤勇と新選組の縁を切った。これを責める事など、斎藤にはできなかった。

土方は、本当に心から近藤を生かしてやれると思いその選択をした、その思いが斎藤には読めて取れたのだ。

「宇都宮での戦闘前、江戸からの急使で知ったが、近藤さんが斬られたのは板橋宿だそうだ。最後まで近藤勇であることを認めなかったが問答無用で首を斬られたそうだ。自分が近藤勇であることまでは忘れはしなかったろうが、新選組の局長であるという理由で斬られた事に、近藤さんは納得しないで逝った。そんな気がしてならない。刑が執行された日は、先月の二十五日だったそうだ。首はそのまま早馬で京都に送られたとも聞いている」

斎藤の頭の中でばらばらだった組細工が、カチカチと小気味よく揃い形を成した。そんな感覚だった。

その日は、まさに白河城が攻められた日ではないか。そう、どうしても頭から近藤局長の笑顔が、あの朝あの刀を持ちかえった日の笑顔が離れなかった日だ。

そして、あの胸騒ぎ。やはり同じものだったのだ。狙撃の時に感じたものと……

しかし、何故近藤さんは自ら死地へ赴いたのだ。そこが今ひとつ斎藤には解せなかった。いくら土方が宿縁を切ったからとはいえ、己を犠牲にするというのは近藤勇らしくない行動にしか思えない。斎藤は頭をめぐらせ、ある言葉を思い出した。

この刀で人を斬るのはお控えください。相手にまだ寿命があっても、この刀はそれを喰らいます。まことに窮地であれば、この刀は持ち手を救う役には立ちましょうが、これを使うことは仏道にもおそらくには武士としての生きざまにも反する結果を生むと思います……

あの京都の怪しい店の手代が言った事だ。

斎藤は慌てて土方の枕元から鬼刻斬心を取ると、いきなりその鯉口を切り中空にその白刃を光らせた。

またしても怪しい光が室内に満ちた。無論妖刀が放つそれだ。

例によって刃文が蠢いていた。だが斎藤には、その姿は伏見の奉行所前で土方にこれを託した時と変わらずに見えた。

そこで斎藤は土方に訊いた。

「土方さん、あなたのその片目にはこの刀が今どう見えています」

白刃に目を向けた土方の口がゆっくり動いた。

「鬼刻斬心……」

土方は、斎藤が伝えていなかったこの刀の本当の名を口にした。

無銘のこの刀の名を知る手段は、鬼の目を持ちこの刃文に浮かぶ文字を読むこと。これも斎藤はあの店で聞いた。

つまり、今目の前に横たわる土方は、鬼の道に堕ちた。そう判断するしかなかった。

斎藤は複雑な感情に苛まれた。なぜあの時、この刀を託してしまったのだ。

土方さんを鬼に変えたのは自分だ。戦の場でこれを使わせてはならなかったのだ。

「近藤さんは、鬼道の導きに抗えなかったんですよ……、武士になることをかなえたのに士道に捉われ義を信じすぎ、生贄になった。私はそう思います」

横になった土方もこの言葉の意味を理解したようだった。

「そうか。俺は負けると思えない戦いに負け、この有様になった。お前の言う鬼道とは、つまり俺が進んできた道って事なんだろう。俺は周りの人間をこの刀の生贄に捧げてきただけなんだろう」

座したまま天井を仰ぎ斎藤が呟いた。

「申し訳ありません。土方さんを鬼に変じさせたのは自分です」

「一よ、最初に言った。謝るのは俺なのだ、使い道を誤ったのは俺だ」

そうであるとも言えるし、そうでないとも言える。これは、お互いの思慮の足りなさが招いた不運としか言えないだろう。

「もう、何も覆りませぬ。死した者を蘇らせる術などない。なら、この先はこの刀はどう使うべきか、それを真剣に考えるしかないでしょう。捨てても戻って来るやもしれませぬ、この刀なら。しっかり最後まで面倒を見る以外ないのかもしれません」

斎藤の言葉に土方が、眉間に皺を寄せた。

「まだ、これを使い続けろと言うのか」

「いいえ、この刀は自分が引き取ります。そもそも、最初にこの刀に呼ばれたのは自分です。土方さんに押し付けた責任を取る為にも、こいつの始末はさせてもらいます」

「お前も鬼の道に降るかもしれんのだぞ」

斎藤は視線を土方の方に下げて言った。

「なに、単にこの刀に血を吸わせなかっただけで、自分は十分に鬼畜な行いをしてきたでしょう。新選組の人間として」

二人の視線が複雑に絡み合った。それは刹那の間であった様にも思えるし、途方もなく永い無言の語り合いに思える程にゆるりとした時間とも感じられた。

「この先、その妖刀をどうする気だ。始末とは何をさして言った」

土方が斎藤に問うた。

「さあ、自分にも判らぬのですが、この刀には何か役目があるのではないか、そんな気がしたのです。ですから、それをさせるのが自分の役目なのではないかと感じたまでの事です」

「役目……」

土方は呟くと、いまだ光放つ白刃に再度目を向けた。

「鬼でなければ出来ぬ何か、そういう事なのかな、俺が感じるのはそんな気配だが」

斎藤が頷いた。

「見えてるじゃないですか、土方さんにもしっかり」

すると、いきなり土方が腕を伸ばし斎藤の刀を握った手の首を掴んだ。怪我人とは思えぬ強い力でだ。

「な、何を、土方さん！」

次の瞬間、土方はその手を引き寄せ、揺らめく刃文を伏した自分と斎藤との間に潜らせた。

「あ！」

斎藤が思わず大声を漏らした。

何かが断ち切られた。目に見えぬ何かが……

「お別れだ一、この刀をお前に返した以上、俺は必要以上に生きていく意味もない、お前さんと俺との縁はこれで切れた、おそらくにお前さんが背負っていた新選組の汚れ役としての宿縁もな」

伏したままの土方は、そう言うと手を放し、急にぐったりとした。

「疲れた、少し眠らせてくれ」

斎藤には判った。切れたのは二人の縁だけではない、いろいろな複雑な物が皆一気に断ち切られ、土方はそのせいで一気に力を失ったのだ。

「おやすみなさい土方さん、これが今生の別れかもしれません」

刀を鞘に納めながら斎藤は頷き、寂しそうに首を振った。

斎藤は立ち上がり、部屋を出ると、元の会津藩士山口次郎の顔に戻った。

本当にこれが斎藤と土方の最後の面会となった。鬼刻斬心の力は本物だと言う証拠だ。

会津をめぐる戦いはその後激化し、山口は退却する仲間を守るため、大挙して押し寄せる官軍に単身で挑み、消息を絶った。仙台を経て蝦夷地に逃れた元新選組の隊士たちはそう延べ周囲に伝えた。

誰もが、彼の死を疑わなかった。しかし、それは土方が断ち切った縁の成せる仕業であった。

実際には山口次郎は生き残り、いつしか彼の存在を置き去りにしたまま奥羽の戦いは蝦夷地にまで移っていったのだ。

生きて死地を逃れた山口は、函館で土方歳三が戦死したという話も、風の便りに耳にすることになった。

「縁が切れたとはいえ、心の寂しさは消えぬ。無念も残る。土方さん、近藤さん、鬼の道は思っていたより厳しいものでした」

もう山口次郎としても生きてはいけぬであろう男は、抜き放った刀に浮かぶ刃文の上にくっきり浮かんだ鬼刻斬心の文字を見つめながら呟いた。

生きる為、この刀を持ち続ける為、男は戦いの場でこの刀を握り単身で百に余る官軍に斬り込んだのだった。

どれほどの人間を斬ったかは分からない。ただ、気付いた時には、彼の目にこの文字が浮かんで見えるようになっていた。

この先に、どんな運命が待っているのかは、まだこの時点では彼には見えてはいなかった。

五

しとしととした雨が、街道を濡らしていた。中仙道は、ここを最初の宿場として始まるが、今はその半ばまでが東京と名前を変えた大きな都市と繋がり、宿場と言うより品川同様に離れ座敷として宴席などに利用する者が多かった。

板橋宿。

その街道に並んだ旅籠兼料亭の一つ、やや大きめの座敷がある二階の障子を大きく開き雨の音を聞きながら杯を傾ける二人の男の姿が見えた。

「天気もだが、芸妓もしけてたなあ、猫にしちゃあ色気が薄い」

杯を持ちながら面長の顔をゆっくり揺らしながら男が言った。

「お前さんは、見る目がねえ。芸妓は顔では決まらねえ、その芸こそ売り物だっててめえで言ってなかったか魯文さんよお、まあ確かに芸も見た目も若すぎて色気ってのは無かったがな」

差し向かいで杯でなく茶碗で酒を飲みながら、歯並びの悪い男が言った。

「まあ、そのうちあれも良い猫に育つさ、今夜は女目当ての宴じゃなかったから、かまわねえさ」

魯文と呼ばれた男はそう言って杯を突き出した。

「まあ、宴会は余禄だ。今夜は旅の見送りが目的だからな。まあ、他にもちょっと気になることがあるから出掛けてきたんだがよお」

「あんたの場合酒さえあれば何処にでも行くんじゃねえかい、狂斎さんよ。見送りの他ってなんだい、気になるなあ」

その瞬間、茶碗酒の男が魯文を睨んだ。

「おめえ、今頭の中で前の名前で俺を呼んだろう」

「おいおい！　なんでわかった！　呼び方一緒だろ！」

歯並びの悪い男がふんと鼻で笑った。

「何年俺様と付き合ってるだ、馬鹿たれ。あの大地震から何年経った？　ずっとおめえとこうして遊んでたんだ、大概の考えはお見通しだ、おめえが魯文なのか文蔵なのかってのも含めてな」

魯文が思わず腕組みして顔をしかめた。

「まったくかなわねえなあ、戯作考えてる俺と一人で何か考えてる俺を嗅ぎ分けてるって言うか、おめえさんの場合は見切っているってことかい。じゃあ、おめえさんの事をいっそ狩野派の名前とか本名で呼ぼうかえ」

「ぶっ殺すぞ、狩野派とは絶縁したし、本名は倅に譲っちまったろう」

「へいへい、判りましたよ河鍋暁斎師匠」

茶碗酒をあおいでいた河鍋暁斎は、うむと頷く。

「それでいい、文士仮名垣魯文さんよ」

瞬間的に魯文が噴き出した。

「何だこの他人行儀、俺たちにまるで似合わねえ。いつもの呼び捨てで行こうや」

暁斎も大口開けて笑い出した。

「まったくだ！」

その時、開けたままの障子窓の方から水たまりを蹴立てて誰かが走っていく音が聞こえてきた。続いて、魂切れるかと思えるほどの絶叫が響く。

「出た、幽霊が出たぞ！」

魯文と暁斎が思わず座布団から飛びあがる程の声であった。

「な、なんだあ？」

魯文が身体をのけぞらせたときには、暁斎は既に窓辺の欄干を握り通りを見つめていた。

「どこかの宿の使用人みてえだな、草履手に持って裸足で逃げて行きやがる。やっとお出ましか……」

「ゆ、幽霊って言ってたな、いま」

魯文が両手で肩を抱きながら言った。何か最近、幽霊にまつわる嫌な目にあったようである。

「魯文、おめえはそこで座布団の下に頭でも突っ込んでな」

そう言うと、暁斎はいきなり座敷から駆けだし急な階段を転げるように降りると、適当に置いてあった草履を勝手に引っ掛け雨降る街道に飛び出した。

騒動ごとに首を突っ込まずにいられない性格、それが暁斎と言う男。しかもそれに怪異が絡めばなおさらなのだ。それには理由があった。彼の持つ特殊な能力にそれは由来する。

それにどうやら、暁斎は最初から幽霊騒ぎが起こるのを予見していた様である。

「さて、あっちから逃げてきやがったな」

暁斎は先ほどの男が逃げてきた方に濡れるのも構わず小走りに向かった。

間もなく、彼の視界に人影が見えた。

雨の中に一人の男が立っていた。

だが、それが幽霊ではないのは、暁斎にははっきり分かった。彼は怪しいものを見抜く目を持っている。だから、男が生きた人間だとすぐに見抜いたのだ。

しかし、暁斎は別のものに目を取られ、立ち止まると思わず声をあげていた。

「お前さん！　その腰の鬼は何なんでぃ！」

男が驚いた様子で暁斎を振り向いた。

とんでもなく眼付きの鋭い男だった。

男は目の前に立つ男を睨み恐ろしく尖った声で吠えた。

「貴様、この腰に鬼が居るのを見ていると申すか！」

暁斎が不敵に笑って答えた。

「ああ、見えているよ。刀をあんた以外の人間には決して抜かせまいと必死に押さえ込んでいる鬼がな」

目に険のある男の表情が変わった。

「な、なんという……」

男はじりじりと暁斎に近付く、変に勘ぐればここで刀を抜かれ斬られるとも思える動きだが、暁斎はまったく動かず男が近付くのを見つめていた。

目の前に立った男は、やおら暁斎の両肩を掴んでその顔を覗きこんだ。雨が互いの顔を滴っているが、二人ともそれを意にも介さず、鋭い視線を絡ませた。

「あんたも、鬼なのか?」

この問いに暁斎は、瞬き一つせず即答した。

「ああ、この眼には鬼が棲んでいるぜ」

「真かどうか確かめさせてもらいたい」

そう言うと。男は暁斎から手を放し一歩下がると、恐ろしい素早さで腰の刀を抜き、その白刃を雨の中暁斎に向けてかざして見せた。

暁斎の目がじっとその刃を見つめる。

怪しい光がその白刃から放たれ、刃文が生き物のように蠢いている。だが、暁斎の目はそこに青白く浮かぶ文字をしっかり見切っていた。

「なるほど、おもしれえ。自己紹介する刀なんぞ初めて見た。鬼刻斬心さんかい、よろしくな」

刀を握った男が、大きく肺の腑の中にあった息を全部吐き出し、握った刀の切っ先を地面の方に下げた。

「驚いた、あんたみたいな普通の人間にしか見えぬ者が鬼であるとは……」

暁斎がじっと男の顔を見て答えた。

「なるほど、その刀だけじゃなく、あんたも鬼の道を歩いてきたってことかい。単なる人斬りじゃねえってことだな。それよりよ、幽霊を見掛けなかったかい、正真正銘の幽霊がこの辺りにいる。そいつとちょいと会う必要がありそうでね」

暁斎の言葉に男の表情が再び険しくなった。

「幽霊にどんな用があるのだ。ただの興味本位とは思えぬな、その言動。仔細を聞かないと済まされぬやもしれんな」

その様子を見て、今度は暁斎の顔に険が浮かんだ。

「おっと、まいったな、おめえさん幽霊の素性を知ってるみてえだな。しかも、そいつと縁があるんじゃねえのかい」

明らかに男の目に動揺の色が走った。

「何故それを……」

一瞬二人の間に緊張が走ったが、すぐに暁斎がにっと笑い並びの悪い歯をむき出しにした。

「どのみち互いに話をしねえわけにはいかなそうだ。こう雨に打たれちゃ興も醒める。見たところ幽霊は退散しちまってるようだし、少し屋根のある所で話をしねえかい」

一拍の呼吸をおき、目に険のある男は刀を鞘に納めた。

「いいだろう」

二人は雨宿りの出来そうな場所を求め歩き出した。

「俺は河鍋暁斎、ただの絵描きだ」

二人は今は役目を終え放置され物置同然になっていた辻番屋に入り、濡れた姿のまま向き合っていた。

「私は藤田五郎、会津から出てきて東京の警察に仕官したものだ」

「本名じゃねえだろ」

全く間髪入れず暁斎が言った。

藤田は、眉を寄せ暁斎を見つめた。

「いや、本名だ」

しかし暁斎は唇に笑みを浮かべ首を振った。

「自分の本名に迷いが混じって言うやつはいねえ。慣れてねえと言うなら、まだ名乗り始めて月日が浅いってところか。別の名前で育ったんだろ、物心つく時分は」

この男には何もかもお見通しだ、そんな感じで藤田は首を振った。

「まあ、許してくれ。名乗れない事情というのがあるのだ」

「そうかい、じゃあ今は聞かねえでおくよ。それで、あんた幽霊の素性を知っているみてえだが、その刀とも関係がある。まあ、それであそこに立っていたんだろう。幽霊とその腰に差した鬼との関係ってのを知りてえな」

江戸っ子は気が短いとでも言った感じで暁斎が畳み込む。藤田は、考える暇も貰えず返答に追い込まれる。そして、素直に話してしまった。

「あんたが言うように、亡霊の素性を私は知っている。私に縁の深いある男が迷って亡霊となって這い出ているので、この刀でその迷いを断ち切りに何度もここに来ているのだ。だが……」
暁斎が腕組みをして、藤田と腰の刀を見比べた。
「今、おもしれぇ事言ったな。迷いを断ち切る？　亡霊の正体より先に、その刀の素性につい
て少し話を聞かせてくれねぇか。えれぇ興味がわいた」
暁斎がかなり真剣な目で藤田を見ながら言った。その目に見据えられると、藤田はなぜか素直
に話をしたくなるようで、刀の素性を話し出した。そう鬼刻斬心の生い立ちを。
話を聞いた暁斎は、きつく目を閉じてこう言った。
「どうやらあんたが鬼の道に生きるのはこの刀に決められたことみてえだな。しかし、亡者を
未練から断ち切る刀があるとは驚きだ。俺なんか、成仏させるのに色々神仏に助けを借りなきゃ
ならんのに」
今度は藤田が暁斎に問うた。
「成仏させる？　あなたは自分がただの絵描きと申した。それが、幽霊に遭う必要があるとか、
成仏とかどうしてそんな事を口にされるのか是が非でも聞きたい」
暁斎は目を開き頷いた。
「ああ、いいぜ。俺のな、この目には生まれた時から鬼が棲んでる。そのせいで、普通の人間
には見えないものが見える。幽霊だけじゃねえ、妖の類なら大概のもの、それに動くものも止め
て見るっていう事までできる。だから、そういった世界のものどもと付き合うようになっちまった。
その繋がりでかな、迷ってるやつがいるとついつい手を貸してやりたくなってお節介をするよう

になったんだよ」

藤田はこれが真実だと肌で感じられた。ある意味鬼の道を歩んできたことで、暁斎の鬼の目と通じるものを感じられるようになっているのかもしれなかった。

「では、あなたも幽霊を鎮めに来たわけか」

「ああ、こっそりと頼まれて、他の用事に紛れてここに来た。しかし、俺は幽霊の素性までは知らねえ。あれは、誰の幽霊なんだ」

少しだけ間をおいて、藤田は答えた。

「新選組局長近藤勇だ」

しかし、暁斎は小首を傾げた。

「聞いたことある気もするが、誰だったかな。新選組ねえ……」

藤田が苦笑した。

「そうか、あんたずっと江戸に住んでいる者だろうから、知らんでも仕方ないか」

そこでようやく暁斎がぽんと手を叩いた。

「ああ、ご維新前に京都で尊攘派の浪人斬って回っていたという集団だったか。おめえさん、そこにいたんだろ、だからその親玉の幽霊の始末つけに来た。そういうことだな」

「何もかも見通されてしまうな」

藤田が肩をすくめた。

「しかし、おめえさん何度もここに来たとか口走ってたな、幽霊には会えてねえのか?」

そこで藤田が困ったという表情を浮かべた。

「見た。何度も。しかし、斬れぬのだ。素直に斬っていいのか、どうしても逡巡が湧き、刀を抜けずに今日まで来てしまった……」

「事情がありそうだな」

藤田は頷いた。

「おそらく、あんたに近藤さんの今の姿を見てもらえば、納得がいくと思う。まだ、そこらを彷徨っていると思う。一緒に来るか？」

「ああ勿論行くよ、なんとなくだが、俺が役に立ちそうに思えるからな」

二人は即座に、また小糠雨の降り続く宿場町へと歩み出して行った。

雨のしたたりが頬を伝う中、暁斎と藤田は宿場町の真ん中を抜く街道を、さして広くはないその道を歩みある辻で立ち止まった。

二人ともある気配を感じたようである。

暁斎と藤田は目配せをして、南向きに続くその小路へと入っていった。

その先には、近藤勇が斬られた刑場があり、近藤もそこに葬られたのだが、その事実は何処にも伝えられていない。板橋宿の住人が口伝しているので、聞けばわかるが、明治政府は正式にその埋葬箇所を明かしてはいない。

この為、二人はそこが事実上の近藤の墓所であることは知らなかった。

やがて暁斎の目がはっきりとそれを捉えた。

「なるほどな、あんたの悩みの種は理解したぜ」

そぼ降る雨の中、白くぼやけた体でそれは立っていた。

幽霊には間違いなかった。

だが、その幽霊には肝心なものが欠けていた。

近藤勇と思しき幽霊は、首のない姿で道の中ほどに佇んでいた。

「体格を見れば近藤さんであることは得心できた。しかしな、首のない相手を斬り冥府に送って、それで怨念をも切り離せたと言えるのか、私はずっと思い悩み今夜まで無為に時間を過ぎしてしまった」

藤田の言葉に暁斎は頷いた。

「おめえさんの見立ては正しいよ。あれをあの世に送っても、今度は首だけが何処かで迷い出るな。いや、既にどこかに出ているんじゃねえかな」

この暁斎の言葉はある意味あたっていたのだが、二人がその事実を知る由もなかった。

「では、今この刀であの方を斬るのはやはり正しい選択とは言えぬのだな」

藤田が顔に苦悶の表情を浮かべて言った。

どうしても、近藤を成仏させたい。その意思が、暁斎の肌に強く伝わっていた。

「今のままじゃそうなる。だがな、方法があるかもしれねえ、あれを成仏させる」

暁斎の言葉に、藤田が目を見開き振り返った。

「それは誠か？」

暁斎が頷いた。

「ああ、俺に考えがある。だが今夜は無理だ。雨が邪魔なんだ。おめえさん、明日の夜もここに来られるか？」

「大丈夫だ」

「そうかい、じゃあ明日またこの場で会おうや。刻限も今くらいがいいだろう」

藤田は頷いた。

「信じて良いのだな」

暁斎が笑みを浮かべ答えた。

「ああ、頼りねえ船だが相乗りしてくれ」

二人は翌晩の再会を約し、その場で別れた。

六

翌朝雨は上がっていた。

暁斎は首を傾げる魯文に、先に帰っていろ俺は用があるから残ると言って宿を送り出すと、板橋宿を端から端まで歩き回り、片っ端から地元の者に話を聞いて回った。

そして数ある噂の中から、それが真実と思えるものを拾い集め、自分なりに考えをまとめた。

更に昨夜、幽霊を見た近所に行き、そこにさり気に置かれた岩を見つけ、頷いた。

「なるほどな、これが墓の代わりか。まあ、筋道は通ったな」

そして西の方を見つめて呟いた。

「まあ、うまくいくとは思うが、あの藤田とかいう奴の助けは絶対必要か、どの仏様に頼むより早そうだからな」

そう言うと暁斎は昼過ぎに宿に戻り、敷いたままの布団にもぐりこみ夜までふて寝を決め込んだ。

そして昨夜あの叫び声が上がった頃あいに、ちょっとした荷物を小脇に宿を抜け出た。

まだあちこち水たまりが残るが、雨が再度降る気配はなかった。

昨夜藤田と別れた場所に行くと、彼は既に待ち構えていた。

「待たせたかな」

暁斎が言うと藤田は首を振った。

「いや、つい先刻着いたところだ」

「もう近藤とやらの幽霊も現れそうだな」

暁斎はそう言うと、持って来た荷物を開きまず地面にいきなり蝋燭を立て始めた。

それが奇異に見えたのか、藤田が聞いた。

「何を始めるのだ」

暁斎が答えた。

「絵を描く準備だ。暗闇じゃ、さすがに筆が運べねえ」

「何故に絵を描く、いったい何を描くと…」

その時、藤田は気配に気付き振り返った。

あの幽霊が、首のない近藤勇の霊が路傍に立っていた。

「もちろんあいつを描くんだよ、ただ今の姿じゃねえ。黙って見ていろ」

じっと幽霊を見据えていた暁斎は、やにわに画帳を開き、筆をとり墨壺に付けると一気にそこに絵を描き始めた。

驚くほどの速さで絵が出来上がっていくが、そこの現れた姿に藤田の顔がみるみる表情を変えていった。

「こ、これは！」

神の上に浮かび上がっていくのは、見覚えのある羽織を着た凛々しい侍。そしてその首の上には、藤田に間違いなく見覚えのある顔が乗っていた。

「さて、あと一息か」

もう一度だけ幽霊に目をやって暁斎が呟いた。

藤田はたまらず暁斎に訊いた。

「何故あんたは、近藤さんの顔を知っている？　これは、これは、間違いなくあの人の風貌だ」

幽霊を見つめたまま暁斎が答えた。

「見えてるからに決まってるだろ。ここにゃあ首はねえ。首は京に運ばれちまったそうだな、三条河原に晒されてその先は行方知れず。だが、ここにある身体の魂と首の魄はきっちり繋がっている。だから、その細い糸を手繰って俺の鬼の目が首を見つけてここに描かせているんだ。この絵の中で、近藤勇と言う人間は、ようやっと魂魄が一つに戻る。あんた、もしこいつを成仏させる前に聞きたい話があるなら、問いかけてみるんだな」

「問いかけろと申すか、どちらに？」

藤田が幽霊と絵を交互に見ながら躊躇いがちに聞いた。

「首のある方だよ」

暁斎が苦笑して言った。

すると、藤田が問いかけるより先に、いきなり絵の中の近藤勇が声を発した。

「一なのか、そこにいるのは斎藤一、お前なのか」

藤田五郎が驚愕に目を見開いた。いや、その瞬間に藤田はかつて新選組の隊士であった斎藤一に引き戻されていた。

「近藤局長、私です。斎藤です！」

斎藤一は、暁斎の手元の絵に顔を寄せ叫んでいた。

「私はどうしたのだ。ここは何処だろう、よくわからぬ。江戸にいた気もするが、何故か京の匂いもする。良く思い出せぬ……、何があったのだ」

斎藤がぐっと拳を握った。それを見て暁斎が囁いた。

「何を告げるかは、あんたが決めな」

斎藤は小さく頷き、絵の中の近藤に告げた。

「局長、あなたはもう亡くなっています。薩長の戦いに敗れ、囚われた仲間を救おうとし単身で敵陣に乗り込み、捕縛され斬首されました」

絵の中の近藤は乱れた様子もなく頷いた。

「なるほど、俺はあの世に行きそこなったか。しかし、自分らしくない話だな。どう考えても斬られるのは必定の場に乗り込んだとは」

斎藤が頷いた。

「それがつまり局長が迷われている理由と思います。そうなったのは、この腰の刀で土方さんがあなたと新選組の縁を斬ってしまったからです」

近藤の目が斎藤の腰に向けられた。

「妖刀か、あの日お前が抱えて帰ってきた刀だな……」

「そうです、この刀はあらゆる縁を切る物です。それを承知で、土方さんが局長を幕臣として生かそうと新選組との縁を切りました。それが仇となり、局長は自ら死を選ぶ愚挙に走ったと私は理解しました」

絵の中の近藤が悲しそうな顔をした。

「歳は、俺を案じてやったのだろう。あれを責めるな。あ奴は今どこにいる」

「土方さんも既に死んでおります。遠く蝦夷地まで逃れ戦い続け死んだと漏れ聞いております」

そこまで聞いて絵の中の近藤は首をうなだれた。

「どうやら、私たちの戦いは総て無駄になったみたいだな。語らなくてよいぞ、世の中がどうなったかなんぞ」

斎藤は無言でうなだれた。

その肩を暁斎が叩いた。

「気が済んだかい。あんたの腰の鬼刻斬心、それでこの絵を斬りな。そうすれば、この男は成仏できる」

斎藤は暁斎を見つめ、小さく頷いた。そして言った。

「わかった」

それは目にも止まらぬ早業だった。

斎藤は鬼刻斬心を抜くや、暁斎の手にしていた画帳を真っ二つに切り裂いた。

暁斎の目はその直後に、刀にしがみついた鬼が近藤のものであろう魂を喰らっている様を見た。

あまり気色のいい光景ではなかった。

この刀はとんでもない魔性だ。暁斎はそう思うと同時に、この先自分はこいつに何か縁を持たされた。そうはっきり感じた。

どうも、自分はこの鬼に呼び出されたようだな。暁斎は内心で大きく舌打ちをしたが、もう総てが動き出してしまっていた様であった。

「幽霊は、どうなった」

手の中でまだ震えている刀を握ったまま斎藤が聞いた。

暁斎は、ちらっと彼の背後に目をやって答えた。

「安心しな、消えたよ」

「そうか……」

斎藤は、刀を鞘に戻した。

すると、二つに斬った画帳が青白い炎を放ち始めた。

「ふん、あんただけじゃなく、この人も鬼の一種だったか、しかし優しい人間だったらしいな」

炎を見て暁斎が言った。

「何故わかる」

斎藤が聞くと暁斎は肩をすくめて言った。

「だから、色々見えちまうのさ、余分なものが」

残念ながら、斎藤の目では暁斎の見ているものまでは見えなかった。

しかし、一つ理解できた事があった。近藤勇がこの世から消えていった先が何処であるのかと言うことだ。

いずれは、自分も行くのであろうな、地獄と言う場所へ。

斎藤はそう思い、青白い炎に向かって両手を合わせた。

「どうやら、この先も俺とあんたは奇妙な縁がありそうだ。まあ、またどこかで会おう斎藤一さんよ」

暁斎はそう言うと来るっと斎藤に背を向けた。

「いや、私は藤田五郎だ。もし次に会う機会があったらきちんと本名を呼んでくれ」

斎藤が慌てて言うと一瞬だけ暁斎が振り返り答えた。

「本名ね、わかったよ」

再度背を向けた暁斎は、笑みを浮かべて手をあげた。

その背に斎藤は心の底からこう言った。

「世話になったな暁斎さん、ありがとう近藤さんを送ってくれて」

しかしこの時斎藤は、腰の刀がまだ本来の役目らしきものを果たせていないのも感じていた。

それが判るのは、まだ暫し後の話となるのであった。

斎藤一、いや藤田五郎は自分がこのかつて江戸と呼ばれた東京に運命によって呼ばれたことを、後に悟ることになる。大きな歯車によって、それは既に動き出していたのであった。

そう、まだ徳川の世であった頃から……。

暁斎を見送った藤田は、暗い夜道を歩きだす。朝までには東京の街には戻れるだろう、警察の邏卒としての仕事が待っている、帰るしかない。そう思いながら。

彼の腰の鬼は、今は静かに眠りについたようであった。

肆の譚前語り

河鍋暁斎の家には彼の妻と子供たちの他に二人の住み込みの弟子が居た。通い弟子が数多く居て、その殆どは手習い程度に絵を学んでいるが、住み込みの者は絵で身を立てるために真剣に学ぶ者だ。通い弟子の中には、筋が良く画料を払っても良い出来の絵を描く者もいる。絵の世界では師匠から雅号を貰い初めて一人前、既に何人かの門人が名を貰い仕事を受け始めている。河鍋一門と称されるようになるのもそう遠くないと思われた。

その夜、深夜に厠に起きた住み込みの弟子の一人が奇異な気配に気付いた。

庭に面した縁の雨戸の向こうから鈴の音が聞こえたのだ。

猫であろうか。

すると、間もなく彼の耳に猫の鳴き声が聞こえた。

だが、どうにも威圧感と言うか、押し潰されるような感覚が強い。まるで何百という猫がその雨戸の向こうには居並んでいるかのような気配なのだ。

恐ろしかった。無数の猫が雨戸を破って襲ってくるのではないかという幻影が脳裏に溢れ、弟子は一歩二歩と後ろにたじろいだ。

すると、彼の両の肩をぎゅっと掌が押さえてきた。

「ひっ」

思わず弟子の喉から声が漏れたが、すぐに聞き慣れた声が背後から聞こえてきた。

「外に猫がいるみてえだな、俺が様子見てくるから、おめえは厠行って寝ろ」

師匠の声であった。

「は、はい……」

弟子は振り返りもせず、廊下を小走りに進みだした。

よく考えれば、何故猫くらいで師匠が様子を見に行かねばならないのか奇妙な話なのだが、この時は恐怖に全身を覆われそんなことは些細な事にしか思えず、彼は厠へ向かった。

その間に、師匠は縁の雨戸を一枚外し、そっと裸足のまま庭に出ていた。

「お前さんなんだろ、白よ」

庭に向かって暁斎が小声で問うと、すぐに返事が返って来た。

「お見通しですな師匠。いかにも。本日は使いの用を賜って参りました」

「使い？　お前を預けた神さんのかい？」

暁斎が首を傾げる。

「いえ、私が修行しておりますお宮の主神の火之迦具土命様の長兄様の御用です」

「ん？　誰でえそりゃ？」

暁斎が再び首を傾げた。

「ですから、浅草の観音菩薩様と一緒に居ります……」

そこで暁斎はポンと手を打った。

「ああ、流されちまっても確かにありゃあ長子だったわ。ふむ、じゃあ、頼んでおいた引き合わせたい相手が見つかったか」

声しか聞こえない相手が肯定した。

「そのようです。なんでも遠くに行っていたのが戻ったとか」

「ふむ、まあいい、じゃあ最後の詰めに掛かれるな」

「蛭子様は、明日の昼においで下さいと申してるとの由」

「こりゃまた急だな」

「とにかく知らせは伝えたので、私は失礼する。深更の神事に列席しなければならないので」

暁斎が頷いた。

「ああ、順調に徳を積んでいるようだな。また、そのうち神社にも顔を出す。ありがとうよ」

庭先に軽やかな鈴の音が響き、辺りを押し潰すほどの大きかった猫の気配は消えた。

真っ暗な庭先に一人残った暁斎は、天を仰いで呟いた。

「果たしてあいつを救えるのか、正直俺にも勝算はねえんだがな、まあやるしかあるまい」

晩秋から冬に変わるそんな季節の出来事だった。

肆の譚　震える男

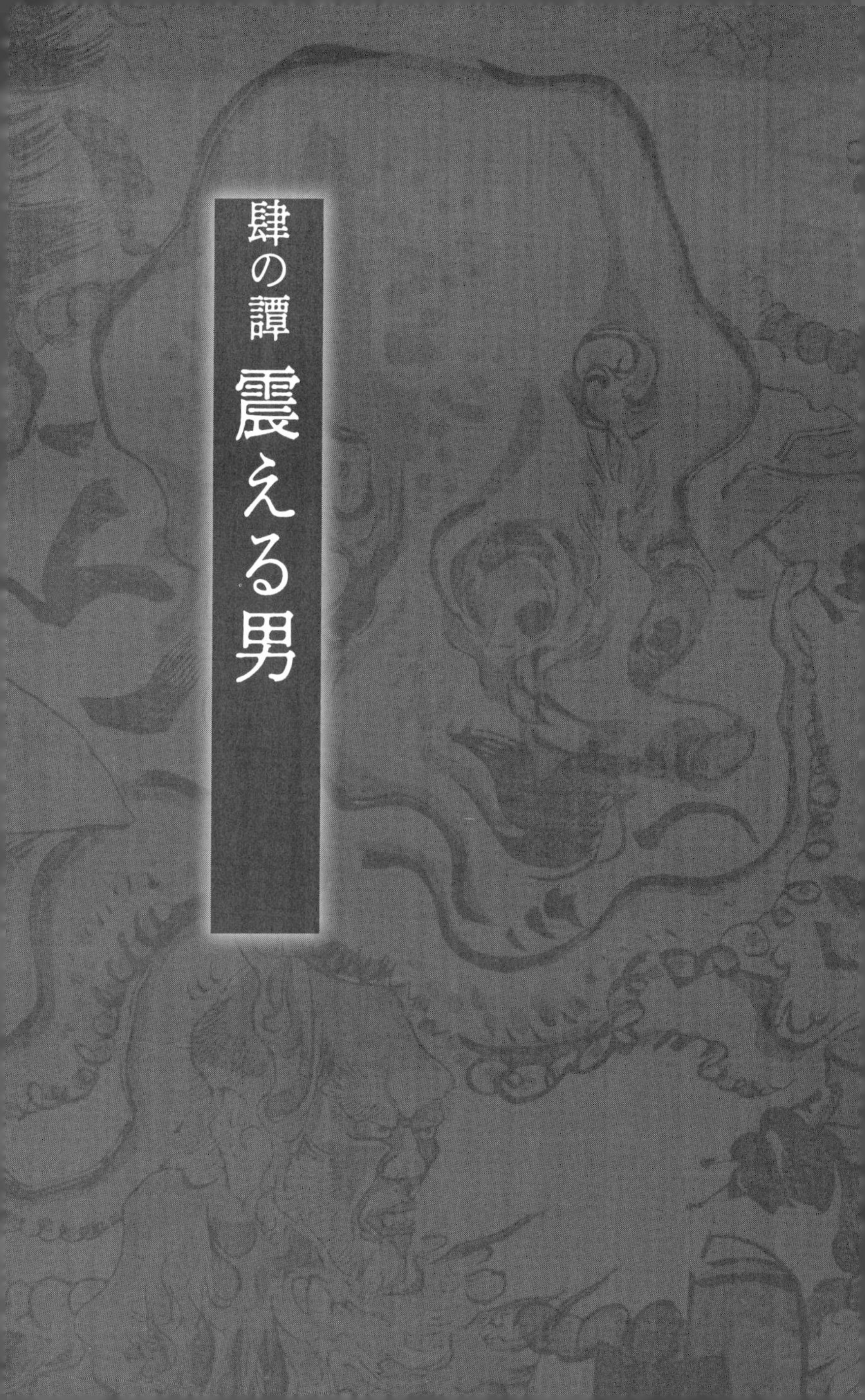

一

気付いてみれば東京には冬の風が吹き始めていた。北西からやってくるその乾いた風は、町に砂塵を舞わせる。

秋は本当に駆け足で過ぎて行った。

彼岸も終わろうという頃、ついに九州薩摩での戦が終わった。九州各地に進軍した薩摩軍は、結局政府軍の反撃により全部の戦場から敗走した。

薩摩の軍主力は、鹿児島に戻り山城である城山に籠もり抗戦していたが、各地の戦線から集結した政府軍の猛攻に屈し、大西郷こと西郷吉之助も自害したという話が電信によって東京にも即日で伝えられた。

各新聞社は号外でこれを報じたが、中には勇み足で誤報を絵にして出した会社もあった。西郷が海上に逃れ船上で自刃したと言う虚報が舞い込み、月岡芳年がこれを錦絵にしてしまったのだ。どうやら実際には城山の地で果てたようなのだが、肝心の西郷の首が発見されず、本当に彼は死んだのか懐疑的な報道をする社も出た。

高村新吾の勤める武蔵日日でも当然この戦争終結は報じられた。しかし、いくら届いた政府の広報をひっくり返しても西郷の最後の様子がまったく判らないので、絵描きにどんな絵を発注するか徹夜で激論が交わされることになった。下手な絵を載せ恥をかきたくはないが、外連味のある絵でなければ売り上げは望めない。社主と主筆は口角泡飛ばし激論したが、新吾はこの間殆ど居眠りをしていた。

　最終的に西郷を中心に主だった腹心が周りを囲み刀を地に刺し、敗残に苦渋する絵を落合芳幾に描いてもらい売り上げを稼ぐことが出来た。

　だがそれももう二ヵ月も前の話。鹿児島に出征していた兵士たちも、多くが帰京しており、現地には軍艦数隻と駐屯の為の政府軍が一握り残るのみ。彼の地に残された兵は、みな農村の出身者であった。つまり士族ではない。薩摩の武士たちは、農民兵の政府軍に屈したというのが周知の事実であったが、負けてなお監視をするのは農村出身の政府軍という皮肉な図式がそこにあった。

　政府の士族階級である陸軍の上級指揮官や現地に赴いていた政治家、それに後から動員された警視庁の抜刀隊に属する巡査や臨時雇いの元侍たちも東京に戻っているか、長い時間のかかる海路でその帰途にあった。船の数が潤沢でなく、少しずつ大阪などを経由し帰京しているので時間がかかってしまうのだ。

　日本国内を再び混沌に導いた戦いの火は、こうして完全に消えた。国内に、もう政府に逆らうだけの気力と体力を持つ地方盟主など見当たらなかった。平穏な日がようやくに戻ってきたと誰もが実感した。

　そして、だからこそ、薩摩の戦いを振り返る読み物が東京では飛ぶように売れていた。

混乱、対立、そして戦いの回顧。人間とは危機が喉元を過ぎると、それをまるで何かの行事であったかのように語りたがるものなのだ。

刷り物を生業としている以上、武蔵日日新聞もこの風潮に乗らぬわけにはいかなかった。

ということで、このところその関連の仕事をめぐり社員たちは目まぐるしく市中を駆け回っていたのだが、ずばりここまで成果が上がっていなかった。

紙面にあげるような話に行き当たらないのだ。

しかし、そこで引き下がるわけにもいかない。

「ようやく掴んだ機会だ。まず何事も実際に聴いてみなければわからない。とにかく行って丁寧に話を取材してきなさい」

武蔵日日新聞社の社屋で高村新吾にそう命じているのは、社主であった。

先述のように、武蔵日日では西南の役を振り返るという特装版の錦絵新聞を発行するという方針が決まっていたのだが、東京に戻ってきた政府軍関係者に話を聞こうとあれこれ手を回してみても、これがどうにもこうにもうまくいかなかった。

何故かわからぬが、頼みに行った先にことごとく取材を断られたのである。

それとなく同業者を探ってみたが、こんな仕打ちをされているのは彼らの新聞社だけだった。

理由が判らぬまま、皆が奔走していたのがここまでのこと。

そんな中、社主自身があらゆるコネと伝手を手繰って行って、ようやくの事に警視庁の関係者、抜刀隊の一員として戦闘に参加していたという人物から話が聞けるかもしれない、と言うところまでこぎつけたのだった。

相手は今日の夕刻なら会えるので、場所を指定して待っていると伝言してきた。

そして、どういうわけか話すべき相手として高村新吾が名指しされた。仲介者の指名だという。

「私でいいのですか本当に、まだまだ私の文章では記事になるとは思えません。うまくまとめる自信がありません」

新吾は不安そうに聞く。それはそうだ、いまだに主筆の加筆なしで記事が書けた試しのない新吾が、このような大事な仕事を任されるのはどうにも不安だ。いや、それ以前に、なんで自分が指名されたのか新吾には全く心当たりがなかった。

「仲介人さんのたっての願いなのだ。是が非でも高村新吾を寄越して欲しいと。ようやく戦いを見てきた人間にたどり着いたのだから、ここは指示に従うしかない。私からは頑張って来いとしか言えん」

社主はそう言って新吾の肩をポンと叩いた。

「誰ですか、その仲介人というのは」

新吾が訊くと、社主が片手をあげた。

「お前には教えるなと釘を刺されている」

「はあ、なんででしょう」

新吾は盛大に首を傾げて見せた。

「とにかく、ここまで来るのにえらい苦労したのだ。あとはお前の取材次第なんだ、はっきり言って私だって不安なのだ。だが仕方あるまい。これが主筆なら何も言わずに送り出せるのに、かなり背中がむずむずする思いでお前を送り出さねばならんのだ、何でもいい成果を出してきてくれ」

まあ新吾の日頃の仕事ぶりといえば、記者というよりは町の何でも屋といった方がいい有様で、記事の取材を全面的に託するのは掛け値なしに不安であろう。それは社主だけでなく、この時出かけていた主筆も同じ気持ちなはずだ。明らかに身の丈に合ってない仕事を任せる、任されるという図式になっているのだ。

「しかし、話を聞く相手の方も、絶対に名前を明かして欲しくないというのは何故なのでしょうね」

新吾がなおも首を傾げながら社主に訊いた。

「さてなあ、そこの部分は私にも判らん。なんだかもう、ここに至っても狐につままれた気分であって……」

社主の方も新吾並みに首を傾げながら呟いた。

「狐につまれ……？」

新吾が傾いたままの顔に怪訝な色を付けくわえた。何となくこのところ彼の身に起きている怪異が頭を過った次第である。

「気にするな。こちらの話だ。とにかく、聞いた話は細大漏らさず書き留めること、そして聞くべき要点は主筆が用意した箇条書きに順守すること、いいな」

社主が首をまっすぐに戻しながら言った。

新吾もとりあえず傾いていた首を元に戻してから、大きく頷いた。

「判りました。では、行ってまいります」

くるっと踵を返し、自分の文机の上から荷物を取ると、土間に降り草履をひっかけた。いつも持ち歩く巾着を腰帯に結ぶと、新吾は社屋を出て溜池の方に向かい歩き出した。約束では、話を聞く相手は山王神社近くの茶屋で待っていてくれる筈であった。

まあ新聞社の社屋から溜池なら、健脚の新吾の足で半刻もかからないだろう。陽は既に西に傾きかけているが、冬のことなのでまだ時刻的にはさほど下った訳ではない。夕刻の時間を報せる鐘が、先ほど午後三時を打っていた。もう最近では、この西洋式の時間に東京っ子たちもすっかり馴染んだ。

まあ、それでも古い和刻のほうが、言われてすぐにピンとくる。ただ、こちらは季節で変化するが、定時式の西洋時計は年間通して一定だから正確という意味では圧倒的にこちらに軍配が上がる。

ひっくりかえせば、冬場だと短くて済むはずだった仕事が一定の時間まで働かねばならなくなり、以前なら湯屋に行けてた時間が、まだ就業時間となり今この十二月など見てみれば、日没後ようやく夕飯と風呂を済ませるといった感じになったわけである。かつてはこれらの事象は陽の傾いたころに済ますもので、完全に夜になってから湯を使ったり食事の支度をするのはまだまだ不慣れな者が多い。とにかく定時法は生活習慣を大きく変えたといえよう。

だが、こうした新しい習慣に文句を言わずきちんと仕事をしているのは、概ね西洋式のそれになぞった仕事をする会社組織に属する者や役所に勤める者などに留まっている現実もある。

大工を筆頭とする職人たちは、まだまだお天道さんの動きになぞった仕事の仕方をしている。彼らは手元が暗くなったら作業ができないから、まあ当然なのだが。

こういった事情から、まだ西洋式の時間的には早い時刻ではあるが、道には仕事を終えて帰宅しようとする職人の姿が散見されている。

新吾は、その人の流れを追い越すようにさっさと進んでいくが、その彼から少し離れた後ろを結構な長身の男がぴったり速度を合わせ歩いている。明らかに、新吾を尾行しているのだが、新吾は全くこれに気付いていなかった。

新吾も男としては上背のある方だが、彼の後ろの男は頭一つ近く彼より大きかった。もし一度でも振り返れば印象に残ること請け合いなのだが、新吾は前だけを見て黙々と進む。おそらく初めての大役に頭の中がいっぱいなのであろう。

やがて新吾は目的地である山王神社近くの茶屋に入り、尾行してきた男はその茶屋の入り口が見える道の反対側に無言で立ち止まり、茶屋の入り口をじっと見つめていた。

それからしばらくして、一台の人力車がその佇む男の前に停まり、そこから小柄な男がひょいっと降りてきた。

「悪かったな清親、こんな役目させちまって。どうにも手すきの人間がいなくてな」

ニッと笑ったその男は、絵師の河鍋暁斎であった。何か手に細長い袋に入ったものを抱えていた。

「いえ師匠。これも修行のうちと思えば」

大きな男がボソッと答えた。

「あ、すまん、こりゃ絵の修行にはあまり関係ねえ。まあじっと目標を見るってのは、役に立つかもしれねえがな」

「そ、そうなのですか……」

大男は頭をかきながら暁斎に言った。どうやら男は暁斎に師事している絵描きらしいが、厳密に弟子ではないようだ。実はこの男、このころすでに名の売れてきている絵描き、それも異才と呼ばれている男なのだが……

「でな、お前の立派な目玉に奇妙なものは見えたかい」

急にギラっと目を輝かせ暁斎が大男に訊いた。

大男は少し腕組みしてから答えた。

「空は青い色だけだと思いましたが、一度だけ白が、あの男の上を過りました。純白でない、むしろ嫌な感じの白です。影というには淡すぎますが、まあ小さなものです」

「なるほど、お前の色でしか世界を見計れない目はいろいろ役に立つ。やはり来ているかあの鴉。まあ、俺がそう仕向けたわけだがな……」

そう言うと暁斎は、新吾の入っていった茶屋を睨んだ。

「そう言えば斎藤……じゃねえ、藤田さんは先に着いていたのかな。うまく噛みあってくれりゃあいいんだが……」

暁斎はそう言うと、中の見えぬ茶屋の方を透かし見た。

その茶屋の中では、新吾と一人の男が向き合っていた。

新吾はしばらく考えたが、男とは初対面でないという結論に達した。

「お目にかかったことありますよね」

新吾が開口一番相手に訊いたが、男は低い声で答えた。

「まあ、関りらしい関わりはないが、私もお主は覚えている。今もそのなんだ、変わらず妖気のようなものを背負って居るように見受けられるからな。不忍池で不審に思い声をかけた男であったな」

そう答えた男から信じがたいほどの殺気が新吾の方に流れてきていた。

新吾は部屋に入った瞬間から感じていたこの鬼気迫る殺気に覚えがあった。それは、今の言葉で記憶と合致した。

あの時だ。見えない猫を探し途方に暮れていた不忍池で、暁斎師匠にけしかけられ声をかけてきた巡査だ。

今、男は丸腰であるが、自分が斬りかかられる幻影を新吾は頭の中で何度も見せられていた。それほど、男から放たれる気合は強く、圧倒的だった。これがもし廃刀令が徹底される前で、男の脇に刀があったなら自分が丸腰であることを悔やんだであろう。

いや、そんな事より、今の男の言葉にはひどく引っかかる一言が含まれていた。新吾は思わず聞き返した。

「あの、今仰ったそれはどういう意味なのでしょう。今も妖気を背負っている？　あの件はもう片付いたはずなのですが……」

新吾が思わず口走った言葉に、目の前の巡査は「むっ」と一言発したきり口を閉ざしてしまった。

何か話すとまずいことでもある。そんな雰囲気が背中から滲み出していた。

無理だ。自分ではこの男から何も引き出せない。新吾は悟った。

「何か口にできない理由がある。そういうことでしょうか。判りました。私は薩摩の戦いの様子を伺いに来たのですから。そちらをお話し願えますか」

新吾が言うと男は頷いた。

「名乗ってなかったな。警視庁巡査の藤田だ」

「改めてよろしくお願いします。武蔵日日新聞の高村です」

ようやく挨拶を交わした二人であったが、新吾はずっと感じる殺気にかなり威圧されていた。なぜ、このような雰囲気を藤田という巡査は放ち続けているのだろう。疑問が新吾の頭から抜けてくれないのだが、それを聞くのは絶対にまずいと理性は告げていた。

「薩摩の戦いの仔細についてなのですが……」

恐る恐るといった感じで新吾が切り出すと、あまり話すことが得意でなさそうな藤田は低い声でこう答えた。

「何度目かの地獄を見てきたような気分だ。京都から始まった血に塗られた因果は会津で最後かと思ったが、またしても引き戻されてしまった。これがつまり業というやつかな。どうしても血の流れる場から離れられぬ人生らしい」

新吾は藤田の過去なんて知るはずもないから、この言葉の裏に何があるのかは全く理解できなかった。ただ、藤田がずっと戦場に立っていたらしいことだけは理解できた。

「維新の、その、戦場で刀を握っておられたのですか」

言葉を選びながら新吾は聞いた。

「ああ、すまん、半ば自分の中に没入していた。そうだな、あちこちで人を斬ってきた。いろいろな立場で数え切れぬほどに……」

あっさりと自分が人を斬ってきたことを認めた。それも全く躊躇なく。

その鷹揚の少ない言葉の発し方で、新吾には瞬時に判った。この男は、おそらく無感情で人に刀を振り下ろせるのであろう。刀を振るのに何の躊躇いも感じぬ男。実は、かつてもう一人これと同じ感覚を有する男にまみえた事があった。だから、すぐに理解できたのだ。それは、呉服問屋の番頭秀作の命を救うという事になった一件での話。まあだがこれは今は関係のない話である。

真正の人斬り。そんな言葉が有るのか判らぬが、新吾の脳裏にその言葉がはっきりと藤田に対する印象として刻み込まれた。

怖い人と対峙してしまった。自分は臆病なのだと思っている新吾だから、ここは正直に委縮した。その一方で冷静にすべてを俯瞰している自分がいるのだが、それは話を聞いている新吾にはは自覚できていない。

「…そのお、九州に赴いてから薩摩の鹿児島に至るまでの戦いの様子を少し教えていただけませんか。その他の事などはまた後でお時間あれば伺いますので」

藤田がぎろっと新吾を睨んだ。

「そうだな、私の背負った業の話などどうでもいい。九州の地で見てきたことを話すよう頼まれていた……」

藤田はそう言うと一度目を瞑り腕組みをした。

それからおよそ一時間、藤田は警視庁隊の戦いについてを新吾に語った。彼らが派遣されるきっかけとなったのは熊本城をめぐる戦い、その攻防に最初に士族を中心とした抜刀隊が編まれ送り込まれた、この第一陣には藤田は含まれていなかった。

藤田は薩摩軍が押し戻されるようになってから増援の一部として九州に向かったのだった。

新吾は真剣に筆を走らせ、話の要点を書き綴った。

戦いの先頭を歩いてきた男の話は、背中がぞくっとするほど迫真なものであった。目の前で鉄砲に撃たれ倒れる同僚、自分の白刃に叩かれ血を吹き倒れる薩摩藩士、どれも新吾の頭の中で苦悶に歪んだ姿が見えるかと思えるほどの語り口であった。話が旨いのではない、あまりに枝葉のない具体的な描写だから図が浮かぶのだ。

新吾も戦場を知っている。だが、自分で相手に斬りかかる機会は一度もなかった。遠くに銃声を聞き、吶喊の声に怯え、最後は伝令として山を駆け下った。

目の前の藤田は、おそらく維新の頃から刀を握り戦場を歩き続けたに違いない。そして、その時の流れの中で、どこか人を斬ることに逡巡がなくなったのではなかろうか。今聞いている話でも、彼が相手を斬ったというくだりに何一つ言葉のよどみはなく、己が歩んだ足跡を示すがだけの口ぶりなのだった。

いや、話を聞いているうちに新吾は、藤田という男の中にそれ以上の何かを感じ始めていた。この人は何か、別の理由で人を斬ることを止められないのではないか。そんな疑念とも言えない幽かな違和感が頭を持ち上げてきたのである。

だがそんな事を口に出来るはずもない。

新吾は筆を握る手に少し力を入れると一回頭を振って、さらに耳をそばだてた。

話はすでに鹿児島城下の戦いに移っていた。

藤田の隊は城山の攻撃には参加しなかったという。それでも城下で、待ち伏せをする数人の侍というには若すぎる藩士を斬ったという。

「若い奴を斬る。無情なのかもしれんが、かつて大政奉還後に起きた戦乱で、越後長岡でも会津でも最後は蝦夷地でも、年端もいかぬ士分の子や娘までもが命を散らした。攻めていた薩摩側が同じ運命に陥ったのは皮肉ではなく定めなのかもしれんな」

藤田の話はこの言葉で結びとなったようである。

しばらく無言で筆を走らせた新吾であったが、どうしても湧き上がるものを堪えられず、口を開いた。

「藤田さん、あなたはなぜ刀を握り続けているのですか？　話しぶりからすると、あなたはかつて官軍と戦った身分のようです。以前、暁斎師匠が言った言葉を思い出しました。あなたは会津藩士だったのでしょう？」

幽かに藤田の表情が変わった。

「どういう意味での質問かな」

藤田は腹の底から絞り出したような低い声で聞き返した。

新吾はこの時なぜかものすごく腹が座っていた。以前の自分なら、絶対に臆したはずだ。だが、彼ははっきりと言い切った。

「あなたには、人を斬る自分だけの理由がある。そう見受けられたからです。人を斬るのが楽しかったのですか？　鬼のように切り刻むのが」

藤田の双眸が真ん丸に見開かれた。

「その言葉は誰が言わせた！」

新吾の頭の中がぐらぐら揺れた。

今の質問は自分がしたもの。だった筈だ。

いや違う。自分が、こんな礼を失した質問をするはずがない。

失言だとしても度が過ぎる。常なら、言い放った後に口を押さえ、満面に汗して平伏して謝意を示していたんじゃないだろうか。

なのに、かなり強い語調で言い切った新吾は泰然としたまま藤田に対峙している。

この妙に落ち着いている自分は誰なのだ？

あの無礼な質問を発したのは私自身なのか？

新吾の頭の中で何かが目まぐるしく回転する。

この時、突然部屋の中に大きな羽音が、鳥が羽ばたくあの独特な音が、大音量で響き渡った。

新吾の目が大きく見開かれ、藤田の表情は極限まで緊張の色に染まった。

新吾の頭の中はこの瞬間に、真っ白な何かに覆いつくされ体中に痺れが走った。

いったい何が起きたのだ？

二

河鍋暁斎が無言のまま歩き出したのは、陽が完全に没してからだった。

彼は目の前の茶屋の中で起きた異変を敏感に感じ取ることができたようである。

「ついに動きやがったな……、さすがにあれの持ち主を相手にしちゃ黙ってられなかったな」

暁斎は唇の端に、普段なら絶対に見せぬであろう冷たい笑みを浮かべ茶屋の中にずいっと入っていった。

彼が案内も請わずに框をまたぎ廊下を進み始めると、奥の間で大きな音が立て続けに響いた。

新吾と藤田のいる部屋から響いてきているのは間違いなかった。

暁斎は歩を速めると、がたんと大きな動きで襖を開いた。

「よう、やっとお出ましか、ずいぶん長く待たせてくれたな」

暁斎は新吾に向かって喋っていた。

「暁斎師匠、いきなりどうしたんですか！」

新吾が驚き、そう口を開いた。だが、その直後、同じ口がこう言った。

「あなたに用はない。私はこの鬼の正体を知りたいのだ。下がっていてくれ」

喋った新吾が一番驚いた。

自分はいったい何を言っているのだ？

「その必要はないよ、こいつは鬼じゃない。鬼は、俺の手の中だ」

そう言うと暁斎は人力車を降りた時から手にしていた布に包まれた長い棒状のものを突き出した。

新吾の意識はぽかんとしたまま暁斎の所作を見ていたが、体が彼の意志に反してのけぞり笑い声をあげ始めた。

「これは、見事にはめられた。その妖刀を餌に私を呼び出す、それがあなたの魂胆だったか！」

新吾はなぜ自分が笑い、勝手に体が動くのかわからない。

混乱と焦りで意識が遠のきそうである。だが、暁斎はそれを許さなかった。

「おい新吾、心を乗っ取られるな。その鴉がお前さんの全部を飲み込んじまったら、お前さんは幽山に連れ去られちまう」

反射的に自分自身の言葉が飛び出た。

「どこですかそれ！」

暁斎が新吾に近づき、ぽんと肩を叩いた。

「多分おめえさんが昔連れていかれた場所にだ。まあ、今何を言っても理解できめえ。斎藤さん、これを返すよ」

暁斎は手にしていた長い棒状の布袋を藤田に手渡した。

「師匠、その名前はもう捨てたものだ。昔の仲間ですら、私はとうに死んだと思っている。呼ぶのなら今の名で頼む」

「ああ、すまなかった。板橋の近藤勇の刑場前で誓ったんだったな」

暁斎が後頭部をさすりながら謝った。

その暁斎から棒状の布を受け取った藤田は、その端を結わえた紐をすっと解いた。

「それで、この場は抜いちまって構わないのかな」

袋の中から出てきたのは、日本刀だった。それも、普段巡査が腰にする質素な造りの鞘と柄ではない、目を見張るほど鮮やかな朱鞘と白に金糸の混じった柄ごしらえの代物。抜かずとも、そこから滲み出す雰囲気で中身はかなりの業物だと窺えた。

「まあ、あと少しだけ待ってくださいや斎藤さん」

暁斎がそう言って片手をあげた。

「だから、その名前は口にしないでくださいと何度言ったらわかってくれるのですか。あの男は会津で死んだ。それですべてうまく回っておるのです。私は元会津藩士の警視庁巡査藤田です」

「めんどうくせえなあいろいろ。もう殆ど死んじまったんだろ、新選組の仲間なんて」

「いえいえ、生き残っておる者もおりますよ。まあ上にいたものはそのあれですが。とにかくいろいろあちらこちらに迷惑が掛かりますので私が生きていると困るのです。それはいいのですが、だいぶ妖気の方が……」

藤田が新吾の方を顎で示しながら暁斎に言った。

「おっと、先においらが話をするから、刀抜くのはそのあとで頼むぜ斎藤さん」

「暁斎師匠！　いいかげんにしてください！」

さすがに藤田の顔に怒りの色が満ちていた。

「すまん、どうももうぼれちまったかな、ははは」

暁斎は片手を振ると、新吾の正面に立った。

「新吾聞こえているな。お前さんは今、自分の力で体を動かすことができねえだろう。だから黙って、その頭の中に居座る奴と俺様の会話を聞いてろ」

新吾は頷こうとしたが、暁斎の言う通り体はびくともしなかった。

暁斎がグイっと顔を新吾に近付け、その目を覗き込んだ。普段から暁斎の目は鋭い。それが今は、後ろに控える藤田巡査より数倍は鋭く険しく、恐ろしい色に満ちていた。

「鴉、いや誰かは知らんが天狗の眷属。この男に何をさせるため付きまとっている。俺様を担ぎだした時点で気づくべきだったが、見事に欺かれた。この悔しさを、そっくりお前さんに返させてもらうことにした。事と次第では、その翼切り落とし山に戻れなくするぜ」

普段温厚な暁斎が恫喝をする。それだけでも驚きだが、暁斎は本気で背後の藤田に刀を抜かせる腹を決めている様子で新吾の全身が粟立ち冷や汗が流れる。

突然本人の意思に関係なく、新吾の口が開き言葉が飛び出た。

「斬られては困る。私はあくまで見張りなのだ。何もするつもりはない」

「詭弁じゃねえだろうな」

暁斎がかなり鋭い視線で新吾の口を借りている相手に言った。

「無論だ。私は、この男がお役を任じられるその日まで、身に危害を及ぼす輩が出ぬよう見張っていた。だが、お主がこの男の本来持っている力の一部を目覚めさせ、いろいろ厄介が起きている。だから、こうして直接乗り出してきたのだ」

暁斎が小さな声で呟いた。

「依り童だったのか、やはりな……」

新吾にはもう何が何だかわからない、自分は誰かに体を支配されている、理解できているのはそれだけだ。暁斎とこの謎の自分の中の人物との会話は、彼には全くちんぷんかんぷんだった。

暁斎が、藤田を振り返り早口で言った。

「おめえさんに見えるなら、こいつの翼の影を床に刺し留めてみてくれ」

藤田は無言で頷き、目に見えぬ速さで白刃を畳に突き立てた。

「何をする！」

また新吾の口が勝手に叫ぶ。

「まだ逃げられちゃ困るから、その為だ。どうせ痛くも痒くもねえんだろ」

暁斎がふんと鼻で笑いながら言った。

「……」

新吾は眦に勝手に力が入るのを感じた。ああ、この頭の中にいる奴は暁斎を睨んでいる。自分の体がやってる事なのに、傍観者になっている新吾は、途轍もなく奇妙な感覚の中に泳がされていた。

「暁斎師匠、この化け物はいったい何者なのですか」

藤田が鋭い眼光で新吾を睨みながら訊いた。

「そいつを今から仔細に聞きだす。見立てでは鴉天狗、かな」

「天狗が、ここまでの妖気を放つ。それはこれまで聞いてきた話などに照らすと面妖と申しますか、少々腑に落ちぬのですが」

藤田が全く殺気を緩めぬまま暁斎に言った。

「それなんだ、俺がずっと気にしてるのは。だから、こうして罠を仕掛けて呼び出した次第だ。判らねえことは直接聞くに限るからな」

暁斎は恐ろしく鋭い眼光で下から新吾を睨み上げた。いや、睨んでいるのは新吾ではなく、いま彼の口を借り、体を操る相手なのだが。

「まず、こいつを新吾から引きはがし、閉じ込めるとするか」

自由の利かない新吾であるが、これから暁斎が何をするのかは直感的に分かった。

何度も、その目でその神業とも見紛う所業を見てきているのだ、気付くのも当然だ。

「藤田さん、剣を引き抜かないでくれよ、さすがにいつもと勝手が違って時間がかかりそうだ」

そう言うと、暁斎はいつも持ち歩く画帳と矢立を取り出した。

「やっとその名で呼んでくれましたか。承知しました」

藤田が苦笑を浮かべながら刀を握る手にぐっと力を込めた。

彼の刀で影を縫われた新吾は全く動けない。いや、ややこしいが新吾を乗っ取っているものが動けないが正しい。

暁斎は、あやかしを絵に封じられる。

しかし、彼の目に今、新吾の中にある妖怪は見えているのだろうか？

これまでは、暁斎は目の前のあやかしを素早い筆さばきで絵にその魂を塗りこめた。他の写生では、彼は対象を前に絵を描かない。暁斎曰く、頭の中にしまい込み後で帰宅してから描く、という話で実際に別の場所で彼は目にしたものを完璧に再現し絵にして見せた。

だが、この手法の真の意味は、対象を前にして描くという所作の中に、相手の魂を奪い絵に封じるという画鬼の技が潜んでいるからだとは誰も知りはしなかった。

彼がこの秘密を明かした人間は、新吾で二人目……、一人目はもう鬼籍に入った一人目の女房だった。

暁斎は、動けぬ新吾をじっと睨むことしばし、やがてその口元に笑みが浮かんだ。

「見つけたぜ、鴉さんよ」

新吾の瞳の奥を覗きこんだ暁斎がそう言うと、目にもとまらぬ速さで筆を動かし始めた。

暁斎は確か、こいつは鴉天狗ではないかと口走っていた。しかし、出来上がっていく絵は誰もが知っている鴉天狗の姿にはならなかった。

と言うより、暁斎が描いているのは鴉そのものとしか思えなくなった。その事実は、描いている本人も自覚していなかったようだ。

やがて出来上がった絵を見て、一番驚いたのが暁斎本人だったのだ。

「ちょ、ちょっと待て！　お前さん、これがお前さんの本性だというのか！」

暁斎が絵の中の鴉に向けて叫んだ。

すると絵の中の鴉が人語で返した。

「そうだ、お前が見抜いたとおり、これが私の真の姿だ」

暁斎の手から筆がポロリと落ちた。

「なんてこった、ここまで見立てを間違えるとは、俺もえらく焼きが回ったもんだ」

暁斎は絵の中の鴉のある一点を見つめ、大きくため息を吐く。

「師匠終わったのかな？」

藤田がまだ刀をきつく握ったまま暁斎に訊いた。

暁斎は小さく頷く。

「ああ、抜いちまって構わねえ。だがなあ……」

暁斎が何を言おうとしたのか不明だが、藤田は畳から刀を抜いた。次の瞬間、新吾の体がぐらっと揺れ、どうと倒れこんだ。いつの間にか気を失っていたのだ。

「こりゃ厄介なことになったなあ……」

暁斎は、絵の中の鴉の、三本ある脚を見つめたまま呟いた。

三

新吾が意識を取り戻したのは一刻、西洋時間で言えば二時間ほど後だった。

気付いてみれば、すっかり体の自由は取り戻せていた。ぐるっと部屋を見回すと暁斎と藤田、それに見知らぬ男が座していた。

「おお、目を覚ましたようだな」

暁斎が言ったが、その声の調子はいつもより低く感じた。

「師匠、あいつは、私に取り付いていたあれは、どうなりました」

暁斎が手にした画帳を叩いて答えた。

「ここにいる。俺が出さない限りこの中だ」

新吾は安どのため息を漏らした。しかし、すぐに暁斎に恐ろしい一言を突き付けられた。

「だがな、こいつを取り戻すためにとんでもねえ奴がやって来るかもしれねえ」

暁斎の顔は真剣そのもの。この時、新吾は藤田があの刀を両の手できつく握り何かに備えているのに気が付いた。

どうやら暁斎の言葉に偽りは無いようである。

「とんでもない奴、いったい何者ですかそりゃ」

一瞬だけ躊躇し、暁斎が答えた。

「日本一の大妖怪だよ」

それがある特定の人物を示す言葉であることを新吾は知らなかった。だが、暁斎が日本一という以上、途方もない力を持った妖怪なのは容易に想像できた。

「そ、そいつの家来だったんですか、私の中に居たのは！」

暁斎が腕組みして天井を一瞬仰いでから首を横に振った。

「最初はな、そういう関係だと俺も思ってこの罠を準備したんだ。だが思惑が外れた。相手が俺の想像の上をいく存在だった。だから、いま大急ぎで対策を考えてるところだ」

そこで暁斎は、新吾の知らぬ男に視線を移し訊いた。

「荒崎さん、実際のところあれが来てしまった場合、俺なんぞが相手をして構わないのかね」

きっちりとした洋装に身を固めた男が、深いため息とともに答えた。

「正直、こんな話を政府の上にまで通せませんし、相手が本物の御霊《ごりょう》だとして、宮家の者だけが関わらねばならんという縛りは聞いたことがありません。山岡さんからも、河鍋さんに任せていいと言付かってきております」

新吾にはちんぷんかんぷんの話であったので、思わず口をはさみ聞いた。

「あの、こちらはどなた様でしょうか」

洋装の男が、新吾を一瞥し名乗った。

「宮内省侍補役の荒崎矩之進と言います。現在、卿が空席のままなので自分が参上しました。侍従の山岡鉄舟殿にこちらの河鍋師匠から危急の連絡が来たので、私が参じた次第です」

新吾の頭がほぼ真っ白になった。

全く予想もしていなかった相手が目の前にいる。

天子様の身の回りを取り仕切るのが宮内省。その侍補役は、官位こそ低いが役職的には上から三番目にあたる要職である。そして、暁斎師匠が報せたという相手の山岡鉄舟は、天子様のお世話を直接行う侍従職。これはもう、庶民には窺い知れない世界の存在だ。

新吾は失念していたが、彼はその山岡に会ったことがある。それは、あの暁斎との不思議な縁の始まった夜の怪談会でのことだった。しかし、そんな記憶が今の新吾に呼び起せよう筈が無かった。

「ふむ、どう足掻いても俺には始末できないし、ここは頭を下げるのが筋なんだろうが、釈然としねえ。なんで、あんな化け物が新吾に目をつけてやがった……」

肝心の化け物の正体を新吾は知らないから、暁斎の陥っている苦悩の意味が全く理解できない。しかし、その相手に大きく関わるからこそ宮内省の役人がここにいる。その事実に、やっと動き始めた新吾の頭は行き着いた。

実は先ほどの暁斎と荒崎の会話に、問題の大妖怪の素性についての具体的な示唆がなされていたのだが、知識の足りない新吾はこれに気付いていなかった。

「師匠、何者なんでしょうその化け物の正体は」

新吾が喉の奥から絞り出すような声で訊いた。

「ふむ、まあ知ってるに越したことはないか。お前さん、いつの間にかな元天子様に唾をつけられていたんだよ」

「え……」

元天子……、どういう事だ？

「まだな、本人かどうかは俺も眉唾なんだが、この捉えた八咫鴉もどきの言葉を信じるなら、相手は崇徳院様だ」

さすがに新吾でも、その名は知っている。

新吾は思い出す。そうだ、天皇の座を追われ四国に流された崇徳院は、天狗に力を借りて京都の宮家に祟りを与えたから、これを鎮めるために死後に祀り上げられたと書誌で読んだ記憶があった。だが、それは今から七百年近い昔の話なのだ。

「そ、そんな大昔の怨霊が何故！」

「そりゃこっちが聞きてえ！」

間髪入れずに暁斎が答えた。

「本当に、その怨霊が現れるのを待つのか？」

急に口を開いたのは藤田であった。

「この鴉を解き放てば、崇徳院は現れぬのではないのか？」

藤田の体からは、びりびりとした殺気が滲みだしている。警戒は全く解けぬどころか、新吾と対峙していた時より強まっている。

「だがなあ、肝心な部分をこいつは何も話さねえ」

暁斎はそう言うと、舌打ちしながら画帳を叩いた。

新吾がその手元を見て言った。

「あの師匠、私にそいつと話をさせてくれませんか」

暁斎と藤田、そして荒崎の視線が新吾に刺さった。

「話をしてどうするんだ？」

別に暁斎は新吾を見下して言った訳ではなく、自分でさえ対応に苦慮してる現状で新吾が何の話をするのか想像できなかったのだ。

「説得してみたいんです」

「何を！」

暁斎と藤田がほぼ同時にそう叫んだ。

新吾はたじろぎながら答えた。

「で、ですから、その、崇徳院がここに来ないように……」

ちょっとの間沈黙が部屋に流れた。

「新吾、おめえ、自分が何を言ったか理解できてるか」

今度は暁斎は新吾をあからさまに信用してない口調であった。

「これまで、何度も師匠と妖怪たちのやり取りを見てきて、自分なりに気付いたことがあるのです。それで、その絵の中の相手にも話をしてみたいと……」

新吾は頭がいい。暁斎はそれを知っていた。だが、それを本人が自覚してないから、これまで頭角を現してしなかった。

新吾が自分から言い出したということは、本当に自信がある。そう踏んで間違いない。

「まあ、このままじりじりしてるより良いかもしれねえ。わかった」

暁斎は、一回大きく頷くと手にしていた画帳を開いた。

薄黄色い紙の上に、三本足の鴉が描かれていた。

「八咫鴉……」

神話に出てくる鴉の話は、武家の子なら知らぬ者はない。

「こいつがその神話に出てくる奴じゃあなさそうだが、まあ宮家に関わりがある存在なのは間違いない」

暁斎は炭の濃淡だけで鴉を描いていたが、この絵からするとこいつの羽の色は黒ではない。

「白い鴉なんですね」

新吾が帳面を覗き込みながら言った。

「ああ、清親がな白い影って言ったときに気付いていればなあ……」

何気なく暁斎が呟いたが、新吾の耳にその言葉が思いもかけずに刺さった。

「清親？　小林さんが何かこの件に噛んでおるのですか？」

暁斎が、あっと小声を漏らしてから舌打ちした。

「細かいことは気にするな、今はこの鴉だろ」

新吾が「そうですね」と呟き、鴉に再度向き合った。

「鴉どの、お話をしたい。聞いてくださいませんか」

絵の中の鴉の片目が、新吾に向けられた。三本の脚のうち一本が、くいくいと新吾を招くような仕草をした。

話をしてみろという事だと新吾は理解し、さらに言葉を続けた。

「あなたが何故に私を操っていたか知りません。勿論理由は聞きたい。しかし、それ以上に気がかりなのは、先ほどから皆さんが仰っている崇徳院天皇の御霊は、本当にここへ来るのか、そして私とどのような関りがあるのか、それを話していただければ、あなたをこの絵から放つように暁斎師匠にお願いをします」

鴉はじっと新吾を見つめ、ゆっくり口を開いた。

「崇徳院様は間もなくやって来る。その理由は、私がお前の心に潜んでいたことにも関係はある。何故なら、我らが結びつきを断ち切る禍々しき鬼がそこに居るからだ。我らは、まだお前を手放すわけにはいかんのだ」

なぜかこの時、暁斎が一人ポンと膝を打った。だが、彼は何も口を開かず新吾と鴉が語るに任せた。

「私を手放すわけにはいかない……、つまり私はずっとあなた方に、その、操られていたというのですか?」

「いや、操ってなどいなかった、我らは、お前を守り支えていた。しかし、気を乱され、避けさせていた幽魂や妖怪どもがお前の周りに集まって来た。だから、こうして眷属である我らが直接にお前の身を庇いだしたのだ」

その時、藤田が低い声で呟いた。

「守る？　食い殺さんばかりの妖気だったがな……」

絵の中の鴉は、その首を藤田の声が聞こえた方に向けた。鴉の目に険が浮かんでいる。眼そのものの見た目は変わらぬが、それが鋭くなっているのが暁斎の筆致による絵の中でさえ判るほどにきつくなっている。

鴉が言った。

「この男はまだ誰の手にも渡せない。間違っても我らが手にかける事など有り得ない」

ここで急に暁斎が話に割って入った。

「御霊が来るというんじゃ、いろいろまずい。早急に話をまとめてそりゃあ避けたいのが本音だ。なあ、おめえさんの言う通り、藤田の旦那が手にしている刀は鬼刻残心、銘はねえが正真正銘の妖刀だ。こいつは、総ての縁をぶった切れる珍しい刀だ。最初にこれにお目にかかった時、おいらはびっくりした。刀に鬼がしがみついていたんだからな」

新吾は思わず藤田の手元に目をやった。藤田の右手は刀の柄を握ったままだが、新吾の目にその刀は特に変わっては見えなかった。

「話の次第じゃあ、俺はおめえさん達と新吾の繋がりを断ち切るつもりだ。だから正直に答えて欲しい、こいつは何をするために生かされている。こいつを冥土に行かせなかったのは、何故だ」

どうした事か、暁斎の言葉を聞いた瞬間、新吾は激しい頭痛を覚えた。

「生かされている？　師匠何でしょうか。その言葉は……」

暁斎は問いに答えず、鴉にきつい声で告げた。

「おいらにお前は消せねえ。その力は持ち合わせていない。だが、ずっとここに閉じ込めておく事はできる。どうだ、正直に言ってくれ、そうしたら新吾が言ったようにおめえはここから出してやる」

少しの間、鴉は黙った。何かを考えている様子だ。

やがて鴉が嘴を開いた。

「絵描きよ、話を聞いてこの男の命が霊切れることになっても、お前は構わぬというなら語る」

藤田が反射的に暁斎の肩を掴んだ。

「それはいかん、やめようではないか」

だが暁斎は首を横に振った。

「死なせねえよ、俺が。一度死んだ人間を二度死なせるなんて誰が許す」

新吾の中で、何かが頭を擡げた。

前にも聞いた覚えがある。死んだ男……。それは、自分の事なのか？

暁斎がいきなり新吾の腕をぎゅっと掴んだ。

「いいか、おめえは何も考えるな。ここは全部任せろ」

新吾は黙って頷いた。

「さあ、鴉さんよこっちは腹をくくった、そっちも肝据えて話をしてくれねえか」

暁斎が八咫鴉に言った。

鴉は、コクっと一回頷き嘴を開いた。

「我が主は、いまだ天皇家への復讐を諦めておらんのだ。それが成されぬのは、祭祀によってすべての邪気が払われてしまうからで、この七百年余り崇徳院様は何らかの形で宮家に打撃を加えるべき方法を考えていた。ある日、院は徳川の御世が終わり、再び天皇家が復権する事を予見した。そして、これまで院の放つ邪気を跳ね除けていた京の地から御所が変わることも予見した」

暁斎だけが、うっと小さな声を漏らした。何かに気付いたらしい。

「しかし、この江戸にも大きな結界が張られていた。誤算だった。しかし、これを壊すために必要な素材を我らが見つけた」

「それが高村新吾だったわけだな。俺にも見えない何をこの男に見た?」

「言えぬ。言えばお前らは、この男の本性と闘うだろう。それは、望まぬ結末を呼ぶ。我らがと言う意味ではないぞ、誰もが望まぬという意味だ」

暁斎が腕組みをして天を仰ぐ。

「何が潜んでいるのか想像できねえな。だが、やろうとしている事を推し量ることあ出来る。つまり、この東京で天子様の周囲に何らかの災害を呼び起こす気だろう。怨霊の本性は、天変地異による復讐だからな」

鴉は何も答えない。

「冥界とのつながりを断ち切ってでもこの世に残した依り童か、もうそりゃあ妖怪とかの域を出た怪物としか想像できねえ……」

暁斎のぎょろっとした目が新吾を見た後、彼はものすごい速度で何かを考え始めた。

新吾だけでなく、藤田も荒崎も息を呑み無言の暁斎を見つめる。

やがて暁斎は呟いた。

「半分判れば十分か。まあ、いい、多分これでうまくいく」

暁斎は、おもむろに藤田の袖を引き、彼の耳に何かを囁いた。

藤田が大きく頷く。

次いで、今度は荒崎にはっきりとした声で言った。

「江戸城、じゃねえや、御所の中に神社の祠が幾つかあるだろ、その全部に後で渡す札を納めてくれや」

「何故それを知っておるのです」

荒崎が意外そうな顔で言った。親は元侍とはいえ、暁斎自身がお目見えだった訳じゃない。彼が御所となった江戸城の内部に詳しいとは思えなかったのだ。

だが、暁斎はにっと笑って答えた。

「あんたは知らないかもしれねえが、これでもおいらは元表絵師狩野派の一員だよ」

荒崎が、あっと声を漏らした。暁斎の師事した狩野派一派は、徳川家の表具装飾絵を独占的に引き受けていた。城内に詳しいのは当然という訳だ。

「新吾、いいか、おめえは何もするな。何をされても動くんじゃねえぞ」

そう言うが早いか、暁斎は鴉の絵が描かれた帳面に筆を向けた。

「さあ、逃がしてやるぜ。白い鴉さんよ！」

筆がさっと何かの文字を描いた。梵字の様である。

その直後、バサバサっという羽音が室内に響いた。一瞬にして帳面の中の絵が掻き消えたが、かまわずに暁斎が叫んだ。

「背中先一寸！　違えずに頼むぜ斎藤一さんよ！」

「承知！」

反射的に叫んでいたが、自分がどう呼ばれたかなど全く気にせず、藤田は妖刀で新吾の背筋の先一寸を空に斬った。

裂帛の気合のこもった刀先は、まったく目視することが出来ぬほどの鋭い速さでそこを駆け抜けた。

鴉の悲鳴、いや絶叫が木霊した。

「己、我が魂の緒を！」

「さあ、これでおめえはもう新吾には乗り移れまい」

暁斎はそう言うと矢立の筆を取り出し叫んだ。

「新吾、絶対に目をつぶるなよ！」

次の瞬間、暁斎は新吾を組み伏せ、その首すじに筆で何かを描き始めた。

「し、師匠まさかお経書いてるんじゃ……」

新吾が言うと、暁斎が吐き捨てるように言った。

「どこかで聞いたような怪談じゃねえや馬鹿野郎、俺が描いているのは冥府におめえを渡さないための誓文だ」

「誓文?」

新吾が怪訝そうに言った直後、いきなり建物の外で大きな音が響いた。

「落雷か!」

藤田が叫ぶ。

そこにあの鴉の声が虚空から響いた。

「おいでになられた、あの方が。この龍の申し子を取り戻すために」

暁斎が、ちっと舌打ちすると藤田に叫んだ。

「あんた、外の奴の相手を頼む。おいら、まだ手が離せねえ」

藤田が驚いて暁斎を振り向く。

「外の奴って、つまり、その……」

「崇徳院様に決まってるだろ! 元は御所を守る人間だったんだろ、なんとかしろい!」

滅茶苦茶な物言いなのは暁斎も判っていた。しかし、現状外に降臨した怨霊の相手をできるのは藤田しかいない。荒崎はとっくの昔に腰を抜かしてしまっていた。

ええい、と腹をくくった藤田は抜身をぶら下げたまま、外庭に面した障子をガラッと開けた。

怨霊はそこに居た。だが、その姿はあまりに意表を突いたものであった。

四

怨霊とはいえ、元天皇。相応に荘厳な姿を想像していた藤田だったが、狭い中庭に立っていたのは、ぼろぼろの白衣を着た髭まみれの蓬髪の男だった。

痩せこけ、頬が尖り、手の指も節くれている。

怨霊は瞑目し佇んでいるが、その周囲にはまるで嵐のように目に見えぬ何かが渦巻いていた。

藤田には、そのぐるぐる渦巻く瘴気が肌で感じ取れ、それがまさに冥府魔道から吹いてくるものだと直感できた。

なるほど、これがこの世のものであるはずがない。

「敢えて問う、お主は真に崇徳院公であるか」

礼を保つためか、藤田は刀を下に向けたまま訊いた。

「いかにも、讃岐院などと蔑まれた哀れな廃帝である」

「怨霊が自らを蔑むとは意外だ。遥けき昔に果てた者が、怨みからとは言えいまだ宮家に仇成す。その真意はなんだ。そして、何故のこの男に執着する」

怨霊は瞑目したまま答える。

「下賤なる者に、余の心根など覗けはしまい。語っても、解せるとも思わぬ。余は宮家を滅することに執心しているのではない、今に至るまで、余や他の御霊に対する宮家を取り巻く陰陽寮の輩が仕向けた仕打ちに立腹し、懲罰を試みようとしているだけだ。それには、その男の力が必要なのだ。覚醒せぬまま、江戸の半分を潰したほどの逸材。これを欲するのは必定というもの」

「何のことだ」

藤田にはさっぱり判らない。

「返せ、その男の力を、我らの怨念に邪魔立てをするな」

その時、崇徳院の姿が微妙に歪み、まったく違う容姿の男が藤田の目の前に現れた。

「こいつ、一人ではないのか……」

もう一人の男は、きちんと烏帽子を被り貴族らしい衣装を纏っていた。

部屋の中の暁斎もすぐにこれに気付いたようであった。

「そいつは、上皇だ。おそらく後鳥羽院だ」

さすがの藤田も、二人目の元天皇の出現にたじろいだ。

「どういうことだ。怨霊とは一人ではなかった、そういうことか?」

まだ新吾の首に筆を走らせながら暁斎が答える。

「御霊ってのは、宮家に祟りを齎そうとする怨霊の寄り集まったものだ。ここにゃ気配はないが、天神様だって御霊の端くれ。たぶん、このお二方の他にも、そこに渦巻く邪気の中には何人かの尊い血筋の誰かが潜んでるようだ。本気で暴れられたら、この茶屋なんて一瞬で吹っ飛ぶぞ」

藤田の頬に、つつーっと冷たい汗が流れた。冬間近には似つかわしくない汗は、心の動揺が流した代物。

「どうすればいい？　私の刀が通じるとも思えんぞ」

暁斎がかなり焦った感じで藤田に言った。

「その通りなんだ。鬼じゃ魔王は斬れねえ。だが、あんたの刀にしか斬れないものが、ここにあるんだ。もう少ししたら、それがはっきり浮かび上がる。ちょっとだけそいつと話し合っていてくれ！」

話せと言われても、そもそも藤田は対話と言う奴がとんでもなく苦手だった。かつては、話すことが面倒なあまり人を斬った事実さえある。

だが、その刀が通らない相手だと言われたら、これはもう口に頼るしかない。

「あ、あんたは、後鳥羽上皇なのか？」

藤田が訊くと、束帯姿の男が薄く眼を開きじっと彼を見た。

「北面に連なる者か。そうであれば、皇家を守るのも頷けよう。されど、そこに理に適った筋があるのかお主自身は心得て、我に立ち向かっておるかえ？」

どうやら、この怨霊は藤田を宮廷を守る北面の武士として認知したようだ。これを聞いたら小躍りして喜ぶだろう既に天国に行ってしまった男を彼は二人ほど知っていた。

だが、今そんなことは関係ない。

「今上天皇がどうだかとか知った事ではない。そもそも、私は孝明天皇の御陵衛士という立場すら足蹴にした日陰者、天皇家にはもう本当なら関わりたくなかったのだ。我らの仲間は、先の戦いで殆どが落命した。最初、帝を守る立場だった筈が、いつの間にか朝敵と呼ばれ蝦夷地まで追いやられ、同胞の殆どが屍となった。私もまた、古き自分はもう骸となり果てたと思い、別の男として生きている。私が守っているのは、朝廷でも天皇家でもない、この東京と言う街に住む市井の民だ！」

怨霊の姿が幽かに歪んだ。

「武士が民に身を尽くす……、世がそれを許す時世と言うか。奇異なものだ」

一瞬のうちに後鳥羽院の姿が消え、今度は崇徳院が現れた。

「斬魔すら適う鬼刻が、何故に持ち手にお前を選んだか、大いに不思議を感じる。死している我らに時というものは無為であるが、生きている魔性は時により変異するもの。鬼にもまた心変わりがあるのか。してみれば、永遠に心根の変われぬ我らは真に哀れよ。しかし、民あっての国ともさんざんに説かれ育った覚えは微かに残っておる、お主の言い分には、相応に聞くべき価値は有ろう。だが、怨霊の本分を消すにはあまりに小さい、儚い想いだ」

崇徳院がゆっくり頭を振ると、邪気の流れが変化した。それは明らかに、藤田とその背後にいる暁斎や新吾達の方に向かい吹き始めていた。

まずい。藤田の本能が、危険を感知し全身に緊張を走らせた。

その時だった、暁斎の馬鹿でかい声が響いた。

「やって来たぜ、斬って欲しい相手が！　この鎖を断ち切ってくれ！」

藤田が振り返ると、暁斎が組み伏している新吾の背中に中空から伸びた太い鎖が絡みついていた。

「お、おい、その太い奴を……」

「斬れる！　そのお前さんの持っている鬼には、その力がある！　判ってるんじゃねえのか、おめえにも！」

無言のまま藤田は室内に駆け戻り、まさに一閃。横に薙いだ切っ先で鋳鉄のように見えた鎖を両断した。

庭先で、再度の雷鳴が轟いた。

暁斎と藤田、そして腰を抜かし口をあんぐり開けたままの荒崎が庭先を見ると、一人の少年が佇んでいた。

「嗚呼、まつろわぬ古の神なのですね。なるほど、我らの血統に抗するに値する霊力、これは恐れ入りました。もう、その方に近付くのは難しいようだ」

新吾の首に何かを書きつけ終わった暁斎は、一枚の護符をその新吾の背に押し当てていた。鎖はそこから伸びていたのだが、その姿は藤田が断ち切った瞬間に掻き消えていた。

「師匠、その護符はいったい？」

なかば茫然としながら藤田が訊いた。

「浅草の観音様の、ええと、まあ、後見人みてえな……」

暁斎は口を濁す。だが、畳に顔を突っ伏せたままの新吾はその言葉で何が起きたのかを理解した。

蛭子神の力が、御霊と新吾を繋いでいた鎖を浮かび上がらせ、藤田の刀がそれを断ち切ったのだ。

「ところで、おめえさん誰だえ？」

暁斎が庭先の少年に訊いた。

少年は、なんとも儚そうな笑顔を浮かべ小さく答えた。

「生きているうちには帝になれなかったただの小さな怨霊にござる。強き怨念をお持ちの御方々は、縁を断ち切られ立腹し幽幻に還られました。残念ながら、此度の企みは成就できなかったようです。我らは、止まった時の狭間からまた新たな依り童の産まれるのを気を長く待ちましょう。この時代にかくもお強い霊力をお持ちの御仁が、それも市井に居られたとは、大いに驚きました。では、我らはこれにて去ります。どうやら、冥王への誓書も書き終わっているご様子。我らが救ったその男の命、長らえ続けることを祈っておきましょう」

三度目の雷鳴が響き、庭先に霞が満ちた。

そして、総ての邪気は消え失せた。

それが判ったのか、藤田ががくっと膝をついた。

「終わった、のですか……」

「ああ、終わったみてえだな」

暁斎もそう言うと、どかっと大きく後ろにのけぞった。

その時、藤田も暁斎も総毛立ち、かたかたと身体が小刻みに震えているのに気が付いた。

「あははは、何のとことねえ後から怖さがやって来たぜ」

終わった。暁斎はそう言ったが、高村新吾には、そもそも何が終わり、自分が何ものであったのか理解できていなかった。だが、それを知らないほうが良いという強い意識が頭に残っていた。

震え続ける男たちは、この夜あった事を生涯誰にも口にはしなかった。出来る筈もなかった。それはあまりに奇異で、恐ろしく、この国にとって根の深い話の一端であったのだから。

こうして高村新吾は、何かの大きな束縛から解き放された。しかし、それが本当に正しい選択であったか、一人大きく心の中に引っ掛かったものを持っている男が居た。

河鍋暁斎は、立ち上がれぬ姿勢のまま高村新吾の首筋を見た。

彼が墨で書いたはずの文章が、そこから消えていた。

総ての文を書き終えた後、それは新吾の身体の中に吸い込まれていった。

あれが、新吾の中にあるうちは、地獄からの迎えは来ない。一義的にはそう言う意味の誓文だった。だが、そこにはもう一つの意味が込められていたのだ。

当てずっぽうだったが、暁斎は御霊と藤田の会話の断片から、高村新吾の身体の中に眠る何者かについて推察をし、それを封じる術を施したのだ。

この男、自分が仙境に居たことも覚えておらず、消えた命の火を再度点されたことすら忘れて居る。それでも、こうして脳天気に生きているのだから、なんとも呆れたものだ。

いや、案外人間と言うのは、こういった振り切った存在が普通なのかもしれない。新吾とは真逆に、怨念だけに妄執した結果が、あの御霊たちの姿であり、その本性は極を違えているだけで同じなのかもしれない。暁斎はそう感じたのだ。

ちょいと、てめえの命を削ってしまったが、この馬鹿には少しでも長生きしてもらいたいものだ。新吾を見ながらそう考えた河鍋暁斎、彼はこの日確かに東京を救った。だが、何もかもを救えたわけではなかった。幸いだったのは、その事実を暁斎自身が知ることはなかったことだろう。

流れた時の先に、思いも寄らぬ結末が待っている。この場に居た誰もが、それをまだ知らなかった。

終の譚　不滅の運命《さだめ》

一

少年は竹刀を握ったまま大きな楠の下に蹲っていた。流れた汗で道着が湿り、座った地面に黒い染みを広げるほどだった。もう木枯らしが吹き始める時期なのに、汗はとめどなく流れ落ちているようで、染みは次第に大きく広がっていた。

こんな鍛錬に意味などあるのだろうか……

少年は心の中で呟いた。

武士だからと言って剣術に励むだけで良いのだろうか。むしろ頭を鍛え、兵法なりの才能を認められた方が良いのではないか。

世の中は、黒船の来航から大きく動き、世間にはきな臭い空気が充満している。いずれ、どこかで戦端は開かれ、幕臣は戦場に赴かねばならぬだろう。

元服を強要され、月代を剃ったのはつい半月前だ。まだ剃り跡も青々しい。

もう自分は、一人の直参として使役に出なければならない。戦ともなれば、刀を持ち槍を携え何処かに向かわねばならない。

その時、たぶんこんな付け焼刃の剣術で何かが成せるとは思えない。

武士であっても、ただ刀を振って武勲を上げればいいというものではない。頭脳の勝負で負ければ、どんなに武弁であってもこの先の世に生きてはいけまい。

少年の理知的な頭はそれを見抜いていた。

無駄なことをしているだけか……

そう自嘲に似た考えが常に付きまとっている。

それなのに自分はここまで体をいじめ、庭先で喘ぎ蹲っている。

少年は竹刀を握る手の力が抜けていくのを感じた。もう極限まで体力を使い果たしている。井戸にでも行って水をあおるべきなのだろうが、彼はもう一歩も動けない様子だった。

自分はそもそも家督を継ぐべき立場ではなかった。それが二月前に、兄が呆気ないほど簡単にはやり病で死ぬと、それまで何をしても口を出してこなかった父は、お前が家の跡取りである直ちに元服し城に参ぜよ。禄を得た以上は何より士道を極めよ。などと急に背中をきつく叩かれ、それまで自由に過ごせていた時間はほぼ総て剣術や槍術の指南に奪われてしまった。

書物を読むのが何より好きだったのに、その時間は完全に奪われてしまった。市中を散策するなど、その余裕も余力も捻出できなかった。

兄さえ死ななければ……。

「どうして自分が……」

少年はじっと地面を睨み呟く。

自分は家禄などいらない。徳川家の家臣としての役目などどうでもいい。自由に暮らしていたかった。次男坊として家の名に恥を塗らぬ程度に放蕩し過ごしていたかった。

そもそも、二月前まで家族の彼への態度は極端に余所余所しかった。

冷たいというのではない、何か腫れ物に触るような、決して触れてはならない、何かを奥歯に挟んだような、家人というより客分に近いような態度で扱われてきたのだ。

何故自分がそのような目に合うのか彼に心当たりはなかった。

一度だけ使用人が囁いていたのを耳にしたことがある。

神隠しにあわれた子なのだ、何か尋常ではないものを持っているやもしれない。

しかし、自分にそのような記憶はなかった。

幼少期、何処かに迷子にでもなっていただけだろうと思っていた。

家人や使用人に距離を置かれていたからか、彼の思想は自由だった。少年の思想は、普通に武士のそれとはかけ離れたものになっていた。

できるなら戯作でも書いてみたいと思っていた。巷には、書物を出す幕臣も居る。してみれば、それは大それた夢物語などではないと彼は思っているが、徒歩侍《かちさむらい》で組頭を任じられる程度の中の下とでも言うべき家禄では、城勤めが始まればそんな余暇が許されるとも思えなかった。お目見えとしては再下辺の地位である故、その分雑務が多いのだ。

武で功を成せ。安寧の世は去った、今こそ武勲で家を盛り立てよ。父はそれしか言わない。

確かに体には自信があり、足も速く武術に向いていないわけではなかった。しかし、少年は刀で人を斬るのが何より怖かった。

周囲が黒船の出現からこっち、あれこれざわついているからこそ、少年も危険には敏感になる。

攘夷派による暗闘で既に少なくない人間が凶刃に倒れていた。

幕府そのものの屋台骨がぐらついているのは、幕臣の末端に近い少年の立場からもはっきり見えた。

いずれ、幕府と袂を分けた何処かの雄藩が戦に踏み切るに違いない。これは、市中の町人でさえ囁く話であった。

戦などで死にたくない。刀ではできない何か、そこに生きていく道はないのだろうか……。

そう考えた直後、少年は反射的に心の中で自問する。

自分は何処を目指している？　そこまで武士が嫌いなのか？

晩秋の冷たい風が吹き大木を揺らす。その枝のざわめきが、少年には誰かの高笑いに聞こえた。

木々までもが臆病に揺れる自分をせせら笑っているのか……。

偉丈夫のくせに、人に向かい刀を振るうのが怖くてたまらない自分を……

「そんなことはない」

その声ははっきり少年の耳に届いた。頭上からのものであった。

「だ、誰だ……」

少年が視線を上げたが、揺れる枝の先には誰もいない。

「お前には見えまい。だが、声が聞こえるのだから素質は十分だ」

何も見えない空間から聞こえてくる声に少年は身を硬くした。これは、いったい何事なのだ
……

「もし自分の行く末に不安があるなら、宵に裏手の神社まで足を運ぶのだ。そこで、お前にし

かできない役目を授けてやろう」

「な、何を話しているんだ……」

空から響く声がビシッと言った。

「貴様に役目を授けてやる、そう言った。これは、この世でお前にしかできぬ大役だ」

少年は急に頭がくらくらするのを感じた。耳に届く言葉に偽りがない、そんな直感が拭えないのだ。

「私にしかできない？　それはどんなことなのだ」

「これはこの場では語れぬ、然るべきお方の口から聞くのだ」

とうに体力を使い果たしていた少年は、もう首を上げる事も出来ぬほどに力が入らず、それどころか頭から徐々に血の気が失せ、視界がどんどん暗くなるのを感じた。

それと同時に、意識も希薄なものになっていった。

「待っているぞ、必ず訪れるのだ」

幽かに羽ばたきの音を聞いた気がした。だが、その直後ついに目の前は暗黒に変わった。

そこから先、彼の記憶は何も残っていなかった。

少なくとも、この時の出来事すら思い出したのは、たった今。あまりにも長い時間を経た、思いもよらぬ場所でのことだった。

とんでもなく長い時間、彼はこの記憶を閉ざされていた、
そう、直感は正しくこの記憶は封印されていたのだ。

その記憶が一機に頭に溢れるきっかけを与えたのは大きな地面の揺れだった。

その揺れは既に収まっていた。確かに「あの時」に比べればその揺らぎは小さく、見た限りに周囲に被害は無いように思えた。

「これは、どういうことだ？　龍はどうなったんだ？」

男は背後に立った白装束の男に訊いた。

「去った、確かにあれは貴様の中から抜け出て行った、だが、だが……」

中年の域を過ぎようとしている白髪頭の男が、驚愕に見開かれた瞳で目の前の男を見て呟いた。

「まさか、では何もかもが？」

白装束の男は力無くうなだれた。

ああ、ここまで追いやられたのは誰の差し金であったか。いや、もうそんなことはどうでもいい。このあと何が起こるのか、彼には判らなかったが、それがもう取り返しのつかない事態であることだけは判った。

つい先刻、彼の胸の奥で凄まじい激しさで何かが暴れた。その荒れ狂う何者かは、その両の手で彼の身体を突き破り遥か東海に消えた。

そして、あの揺れが、大地の唸りがやって来た。

あれが、幻影でないとしたら……。

「これもまた、私の仕業であると、そしてあの夜もそうであるなら、多くの者を殺したのは紛れもなく私ではないか！　私は何故ここに居るのだ！　そしてこれから何が起きるというのだ！」

男の絶叫にに白装束の男が答えた。

「生かされてきた、あなたは何者かにずっと生かされてきた。だが、それがこんな事態を起こすためであったとは、神々の意志は残念だが我々を救えなかった。悔しいが、事態はもう起きてしまったのだ。だが、少なくとも……」

この時、最後の言葉は聞き取れなかった。なんとも形容しがたい音が身近に迫って来ていたのだ。大きな大きな水の流れ。近くにあった海岸から一気に潮が沖に引いていく今まで一度も耳にした事がない低い水音。

そして沖の方から、風に乗って何かが近付いてくる音が聞こえてきた。

それは紛れもなく破壊の足音だった。

夜の事、確とは見えぬ、だが間違いなくそれはこちらめがけて迫ってきている。

終焉は目前だった……

二

東京湾、芝浦にある海軍の桟橋に高村新吾は立っていた。

「このでかい軍艦を相手に戦って勝ったわけか」

そこには前年に日清戦争の勝利によって、威海衛で鹵獲された元清国海軍の戦艦鎮遠の姿があった。

黄海海戦で劣勢となり旅順港に逃げ込んだ清国海師の軍艦たちは、その旅順の陥落により威海衛に退避した。この地で鎮遠は、同型艦の定遠ともども日本海軍の水雷攻撃を受け破損したが自沈した定遠を横目に鎮遠は座礁し自ら沈むことも出来ずに生き残り、日本軍の手に落ちてしまった。

日本政府はこの三〇センチの巨砲を持つ戦艦を戦利品として日本に回航し修理すると、日本海軍に編入する決定をした。

日本政府は清国との戦争に先立って、この戦艦に対抗しうる巨大艦二隻を英国に発注していたのだが、この完成は戦争に間に合わなかった。結局日本は、明らかに劣勢な兵力でかろうじてこの清国の大戦艦を封じ、陸戦による勝利を足掛かりに戦争自体に勝利した。

勝利国の権限として、相応に利権と戦利品を獲たわけだが、国費は莫大に消耗し、収支的に見れば戦争で得たものはあまりに少なかった。

そんな状況であるから、海軍の増強に戦利艦をあてがうのも当然の措置と言えた。

長い時間をかけ修理を終えた鎮遠は、この日報道各社に披露されたという次第だ。

「暁斎師匠が生きておられたら、喜んで画題にしたろうな」

新吾が呟く。彼の心の師とも言うべき暁斎が他界しもう七年が過ぎていた。陽射し暖かな春の日に、最期まで筆を握りしめ逝ってしまった天才画家は、何より新しいものが好きだった。新吾の命の恩人である暁斎は、己の死期を悟りながらも最後まで新吾の身を案じ続けていた。

再び、魔性に彼が取り込まれぬようにと。

「副編集長、写真は撮り終えました」

新吾の背に若い眼鏡をした男が声をかけた。この男は、武蔵日日新聞社の新人写真師で、若菜昌平といった。ついに先年から武蔵日日新聞でも紙面に写真の掲載ができるようになったのだ。新しい印刷機を導入した飯田橋の印刷会社との提携がなったのだ。もう世間は錦絵新聞の時代ではなくなりつつあった。

まだ紙面に絵の需要はあるが、かつてのように元浮世絵師たちが筆を競うなどという事はなくなり、記事の片隅に小さな墨絵が入るばかり。一面目には、写真を載せるのがどこの新聞も定着していた。

この背景には、明治二十年に政府が行った新聞への大きな締め付けと言える政令の発布があった。極端に世論を煽ったり、真実とかけ離れた記事を載せた新聞は容赦なく取り締まられ、その発行を取り止めさせられたのだ。

この年に潰れた新聞の数は、三桁に迫ったと新吾は記憶している。

正確性を新聞の報道は求められるようになった。そう感じた武蔵日日の社主は、英断で写真技術の導入に踏み切ったのだ。

まだまだ粗く、何が写っているのか判別するのに少々時間が必要ではあるが、それは紛れもなく事件や対象を切り取って来た画像なのだから、記事の説得力は飛躍的に上がったと言えた。

その反面、色味がなくなった新聞は、地味な存在になった。広告で色インクを使うときもあるが、結局手刷りによる多色刷りであった錦絵の絢爛さには足元にも及ばない。

錦絵新聞はある意味、時代のあだ花であったのかもしれない。しかし、その一時を暁斎師匠と走り抜けられた自分は幸福だった。新吾は心底そう思った。あの頃作った数々の新聞は、彼の中には誇りとして刻み込まれている。

「この後、記者を乗せて湾内を航行してくれるそうだ。写真機を抱えて乗船しよう」

新吾は若菜を促し、軍艦の高い甲板に上がるためのラッタルに向かった。

その時、若菜が新吾の袖を引いた。

「副編集長、あれ赤新聞のやつらですよ。こんな取材にも来るんですね」

若菜が顎で示した先に二人組の一見して記者と判るいでたちの男たちが歩いていた。

赤新聞とは、四年ほど前に都新聞の主筆であった黒岩涙香が独立して創刊した萬朝報のことだ。ゴシップを中心に扱い、扇情的な記事を表紙をめくった三面に必ず載せることで名を売った新聞だ。そこから、世間では下世話な事件をさす隠語として三面記事という言葉を囁くようになっていた。

その萬朝報は目立つことを信条としているようで、先だってから紙面の紙質を赤みがかったそれに変えた。普通の新聞が薄茶か薄黄色のそれだから確かにこれは目立つ。以来、萬朝報の隠語は赤新聞となった訳である。

「そりゃ新聞である以上、飲み屋の裏口にだけ立って仕事をするわけにもいかんだろう。黒岩さんは、確かにゴシップを売りにはしているが、叩くべき相手はちゃんとわかってあれをやってる。市民に、悪とは何かを理解しやすく示している意味で俺は、あのやり方は間違ってないと思っているよ」

時間は人を成長させる。高村新吾は、東京でも一目置かれるほどの新聞記者になっていた。彼の記事は中立を貫いており、ある意味この時期の新聞記事では異質の存在でもあった。昨今の記者は、自分の主張を前面に立て、政府や財閥への批判記事を書くのをステータスのようにしていた。それをしない新吾は、一部では意見を持たぬ風見鶏などと陰口を言われているが、逆にありもしない風評を立てる悪質な記者とは別格の正確無比な記述で、読む者を納得させる筆致を見せていた。彼にこの報道の公正と中立を植え付けてくれたのは、河鍋暁斎との親交の中で知り合った多くの異人達であった。

今でも多くの外国人たちと新吾は親交を続けている。記者としてというより、彼らの考え方や物の見方が新吾に常に刺激を与えてくれるからだ。

すると、まさに目の前にその親交のある外国人の一人が佇んでいた。

「コンデル先生、どうしてここに?」

そこに居たのは建築家で著名なジョサイア・コンデル。いや、新吾にとっては河鍋暁斎の愛弟子であった暁英コンデルとしての印象が最も強い。彼もまた新吾と同じ奇妙な宿縁で暁斎と繋がった人間なのであった。

「やあ高村さん、こんにちは。岩崎さんに招かれてこの船を見学に来たのですよ」

流ちょうな日本語で返事をするコンデルは、そう言って鎮遠を指さした。

新吾は、コンデルの後援者が大商人である三菱の岩崎氏であることを思い出し頷いた。

「なるほど、確かこの船の復元費用の一部を三菱が負担したのでしたね」

新吾の言葉にコンデルが頷いた。

「国費が底を突き、泣きつかれたのだと言ってましたね。戦争は、お金がかかるものです。戦争などしない方がよいのですが、どこの国も意地を張って意見の食い違いから、すぐに戦いに走ります。まあ、自分の国の中でさえ争いは常に起こるものですが、そこを中心に経済も回るので、戦争をあからさまに悪だと言える政治家はいない、まあそれが現実という事ですね。日本もそんな他国に倣って行っているのが今の姿じゃないでしょうか。私が日本の来た頃は、外征など行えるほどに経済は潤っておりませんでしたのにね」

英国人の口でそう言われると、いろいろ余計に考えが巡る。日本が戦争、それも海の向こうまで出ていくのは正しいことなのか、前から新吾は疑問に思っていたからなおさらだ。

「難しい話です。何処の国も、領土を広げる事で国益を得ようとするし、軍を養っていればその軍事力で政権を奪いたいという欲望が湧く。人間の欲がある限り、戦争はなくならないでしょうね。日本は西欧の諸国に追いつこうと背伸びを続け、ついに清国に対し刃を剥いた。おそらく、これに留まらず日本は大陸を目指すのではないでしょうか。いやな話です」

眉を顰める新吾の言に、コンデルが頷いた。

「それが世界の歴史、これまで飽きるほど繰り返されてきた戦争の本質と言えますね。そう、恐らく日本は立ち止まったりはしないでしょう。高村さんの観察力は鋭いですね」

「褒めていただく程の事は言っておりませんよ。まあとにかく軍艦を見学しましょうか」

新吾は肩をすくめながら、コンデルと若菜と共に軍艦鎮遠の上甲板に上がった。

舷側の昇り切った場所、単なるロープの切れ目であるが軍人はここをゲートと呼ぶ。その軍艦の入り口で、海軍の水兵が小銃を捧げ敬礼してから、三人に告げた。

「ようこそ。ご覧になれる箇所にはロープで仕切りをしてあります。その中であればご自由に歩き回ってかまいません。ただ、兵器類には触らぬようにお願いします」

三人は頷き、他の記者や見学者に混じって船の上を歩いて回った。

船の中央付近、左右それぞれに巨大な大砲が真横に向けせり出し睨みを利かせていた。船の規模からみても、その大砲の大きさはとても目立っていた。言ってみればアンバランスなほどに大きいのだ。

「大きな大砲ですね」

写真機を重そうに抱えながら若菜が言った。

「口径が一尺あるそうだ。こんなでかい弾があたったら、小舟なんて木っ端みじんだろうな。直撃を受けた三景艦の松島は、よく耐えたものだ」

新吾が砲身の基部を覆う半円形の目隠し板とキャンバスに覆われた大砲の本体を見上げながら言った。大砲を覆う板は修理の後があちこちに見える。戦闘で弾や破片が貫通したのだろう、それを塞ぎ塗料が上塗りされている。

いわゆる装甲というものが施されていないのは、その修理痕を見れば一目瞭然だった。後で艦橋に上がったコンデルは、舵輪の置かれた操舵室だけが鉄の壁に覆われているのを見た。

「直径が一尺って、東京湾や横浜の港を守ってる陸軍の大砲よりでかいじゃないんですか？」

若菜の言葉に新吾が頷いた。

「ああ、一回りでかいそうだ。台場の大砲は二十八サンチだからね。こんな軍艦が二隻もいたのに、よくまあ、勝てたもんだな我が国の海軍は」

若き日の幕臣高村新吾が侍として習ってきたのは陸上での戦闘方法だけ、海の上の戦い方など全く知らなかった。だから、いかにしてこの軍艦を追い込み鹵獲したのか、説明を受けていたのにほぼ理解できていなかった。

此度の戦争で活躍したのは、軍艦では比較的小型の水雷艦と呼ばれる後に魚雷と呼ばれる事になる八八式水雷、日本海軍内の俗称ではあか水雷という新兵器を放つ船だったという。戦果は不明だが、威海衛ではこの接近する水雷艦によって清国海師の軍人は翻弄され、結果鎮遠も浅瀬に退避せざるを得なくなり自沈が不能となったのだ。

三人が見上げる巨大な大砲は、横向きの突き出ている砲身からも判るように、砲弾を放てる角度が限定されている。足の速い船への対応には不向きなのだった。この為、副砲という全周に砲身を向けられる小型の大砲がやや後方に装備されており、死角を補っているのだが、そもそも艦自体が大きく動きが鈍いから結果的に砲の死角は容易に生じるというのが、この艦を鹵獲した日本海軍の分析だった。

「これと同じ形の軍艦、もう一隻は沈んだのですよね」

若菜が新吾に訊いた。

「定遠だよ、お前さんも新聞社の人間なら我が軍監松島で重傷を負った砲兵の三浦水兵の放った言葉くらい知っておるだろうが」

若菜が頭を掻いて舌を出した。

「まだ沈まずや定遠は、でしたね」

「各社で錦絵を出しておったろう。まあ、海戦では沈めることが出来ずに後に追い込んだ先で白沈したそうだがな」

その時、コンデルが一段高い艦橋を見上げて新吾達に言った。

「あそこから見晴らしがよさそうですよ、写真撮るのに良くないですか？」

若菜が頷いた。

「ああ、確かにいいですね」

すると新吾が思いもかけないことを言った。

「若菜君、コンデル先生と一緒にあそこに上がって写真を何枚か撮って来てくれ。私は、ちょっと船の下の方を見てくる」

「はあ、副主筆は行かないのですか」

若菜が怪訝な顔で訊いた。

「うむ、なんだろう、物凄く気になるんだ、この船の中が……」

コンデルの碧の瞳に一瞬だけ険しい光が宿った。

「高村さん、あまり良くない気がする。一人で行くのは勧められない」

だが新吾は、微笑みながら首を振った。

「大丈夫ですよ先生、大きいとはいえ迷子になる程広いとも思えない。それに入れる場所も制限されてるみたいですし、軍人に睨まれる前に戻ってきます」

どうも新吾はコンデルの危惧する意味を履き違えたようである。ここ久しく、その感覚から遠ざかっていたことも原因だろう。

片手を伸ばし制止しようとするコンデルの姿を振り向きもせず、新吾は歩きだしていた。

その背を見ながらコンデルは呟いた。

「まさかとは思うのですが……」

いつの間にか船の甲板にはかなりの人間が溢れ始めていた。

「先生早く行かないと、写真機を据える場所取りが出来なくなりそうです」

若菜に促され、コンデルは何か後ろ髪を引かれる想いでその場を離れた。

一方新吾は縄の張られた下層へ通じるハッチに向かっていた。ハッチの前には水兵が一人立っていた。

「この下にも入って構わないのだよね？」

水兵が一回お辞儀してから答えた。それが徒手の場合の海軍式の敬礼というものであることは、新吾でも知っていた。

「はい、食堂と兵士の居室の一部を見学できます。申し訳ありませんが、側部にある窓には触れません。それと、機関室には降りられませんのでご注意ください」

「判りました。ありがとう」

新吾は水兵にペコっと頭を下げると狭いハッチから垂直に近い梯子段を降りて行った。

降りた先は、後から貼ったと思われる居室という張り紙がしてあったが、がらんとした広い部屋で柱が結構狭い間隔で規則的に立っていた。

以前、外国籍の商船に乗ったことがある。横浜から神戸までの航海であったが、その時に聞いた話では軍艦では寝床を使わずにハンモックという吊り床で水兵が眠るのが普通だという。この柱は、そのハンモックというものを吊るためにに立っているのだろう。

船室の両脇に幾つかの丸窓があったが、水兵が言っていたように縄が張られて近づけないようになっていた。よく見れば、その壁際には小銃が無数に立てかけてあり、鎖で留めてあった。なるほど、これにも触られては困るので、壁際には近づけないのかと新吾は納得した。

寝床のある部屋が、そのまま戦争をする為の部屋でもあるわけだ。

まるで城のようだな。元侍の新吾は、すんなりとそう感じた。だが、戦というものが身近に無く育った市井の人間には、この死と生があまりに接近した空間は奇異に映ったかもしれない。

新吾はそのまま水兵たちの居室を抜け、食堂と張り紙をされた部屋に入った。見物客の大半は上甲板で大きな主砲や回転式の副砲、一段高くなった艦橋や巨大な二本の煙突などを見学している様で、取り立てて見るものの無い船内は閑散としていた。

食堂にはテーブルと椅子が並んでいたが、よく見ると総てが固定されていた。波浪で揺れても、大丈夫なようにそうしているわけだが、テーブルの天板には四方に縁が立ち上がっている。これも、食器が滑ってずり落ちないための対策だ。

「普段触れることのない世界だな。ここに閉じこもって長い時間過ごすのは、正直辛そうだ。商船や客船のように娯楽をするための空間は無さそうだしな」

新吾がそう感想を漏らしたが、実際このような大きな軍艦でも、専用の娯楽設備は皆無だ。日本海軍の規範に照らせば、この食堂で花札や将棋などをするか、煙草を吸うくらいが息抜きとなる。士官室という、指揮官たちの専用部屋もあるのだが、大した広さもなく、やや華美な装飾があるだけで、軍艦とはまさに浮かんだ城なのだと判る。

しかし、獨逸《ドイツ》製のこの軍艦には清国水師の要求によってか、壁面などに僅かながら東洋的な装飾が成されている。この食堂の配給の為と思われる窓口の上にも、何か木彫りの装飾縁取りが貼られていた。

殺風景な軍艦の中で、やや異色にも見えるその装飾に新吾は強く興味を持った。

新吾がその装飾に近付き、まじまじと眺めた。

獣の顔が幾つも並んでいる。日本では見かけない、少なくとも新吾はこれまでまったく見たことのない様式の彫り物であった。

「なんだろう、これは……」

目を凝らそうとしたとき、誰かが声をかけてきた。

「武蔵日日の高村さんじゃないですか」

いきなり名前を呼ばれ、新吾は慌てて振り返る。そこには先刻見かけた萬朝報の記者が立っていた。

「ああ、萬朝報の確か桧垣さんでしたね」

「覚えていただいており恐縮です。高村さんの記事はいつも感服しながら読ませていただいております」

「いやいや、私の筆にはまだまだ研鑽すべき点が多い。持ち上げていただかなくて結構ですよ」

新吾にそう言われ、桧垣は頭を掻いた。

「私の稚拙な文に比べれば、十二分に立派な文章なのですがね。ところで、何をなされていたんですか?」

新吾は、ああと頷き背後の木彫り装飾を示した。

「これが珍しかったんで見物していたのだよ」

桧垣がひょいと首を伸ばし壁の装飾を見た。

「ああ、これですか、清国の飾り彫りですね。さっきこれよりもう少し大きいものが欄間のように貼ってあるのを見ましたよ」

新吾はかなり興味を持ったようだ。

「そいつは、どの部屋かな?」

訊かれた桧垣は、ひょいと右手で背後を示して言った。

「この奥をずいっと行った突き当りの部屋でしたね。立派な椅子と机がありましたから、艦長さんとかの部屋じゃないですかね」

新吾が表情をしかめた。

「そりゃ入っちゃまずい場所じゃないのかい」

「さあ、そうなのかもしれませんが、別に見張りも居ませんでしたし、誰にも咎められませんでしたよ」

それはつまり、運よく水兵に行き会わなかっただけという事なのだろうが、桧垣はまったく悪びれた様子を見せなかった。

ああ、そうか彼の新聞社で普段やってる取材というのは、こういう類のものなのだな。新吾はすぐにそう理解した。

「行ってみたらどうですか、興味がおありなら」

普段なら、倫理を優先する新吾なのだが、何故だろう行ってみたいという気持ちが急に高まった。

「そうだな、誰も居ないのなら行っても構わないか……」

どうしてだろう、新吾は桧垣の言葉に乗せられるかのようにそう呟くと、そのまま奥の扉を潜り狭い通路を進み始めた。

ちょうどその頃、鎮遠の艦橋では若菜が写真機を後方に向け、大きな煙突とマスト、そして大砲をうまく画面に納めようと腐心していた。

「武蔵日日さんは羽振りがいいようですなあ。我が社には自前の写真機は有りませんから羨ましい」

声をかけてきたのは、萬朝報の二人組だった。

「ああ、萬朝報さん。ですが、発行部数はそちらの方が遥かに多いじゃないですか」

若菜はそう言って肩をすくめた。この写真機一個の値段で、社員があと三人は雇えると社主が言っていたが、実際に写真技師の筈の若菜もありとあらゆる雑用をしなければならぬほど武蔵日日新聞は人手不足だった。

「そうでしたかねえ？　桧垣さんも武蔵日日さんは最近部数伸びてるって聞いてませんでしたか？」

声をかけてきた記者が背後の男に訊いた。そこに立っているのは、先ほど高村新吾に声をかけていた筈の桧垣に間違いが無かった。

「ああ売れ筋の記事に関しては手堅いと評判で事件が起きるとぐんと売れてるって聞いてたな。まあ、そりゃあ我が社も同じなんだが、そうだな、たぶん紙面への拘りの差がこういった機材に現れるのさ。我々は足で記事を稼ぐ。彼らは目新しい写真紙面で読者を稼ぐ、そんな感じじゃないかね」

皮肉のこもった言葉に若菜がむっとした顔をしたが、隣に立っていたコンデルが言った。

「大事なのは、読者が真実を知る事じゃないですか？　そこはどちらの新聞の主筆も拘っておられると思うのですがね」

にこやかに微笑む長身のコンデルの言葉に、萬朝報の二人も頷き引き下がるよりなかった。

「じゃあ、いい写真を撮ってくださいな」

二人組の記者は、艦橋の中へと消えていった。

「ところで、高村さん遅いですね。まだ下を見て回っているのでしょうか」

若菜が懐中時計で写真の露光を計りながら言った。

するとコンデルが、何か気になる様子で言った。

「私が見てきましょう」

コンデルはそう言うと、かなり足早に上甲板に降りる急な階段の方に向かって行った。何かが彼を急かしている様だった。だが、もうすべては遅きに失していたのだった……。

三

扉は開いていた。そこが自分の目指す場所だと何故か新吾には判っていた。

ここに何か気になるものがある。

いや、そもそも装飾を見に来たのではないか。だが、何か別の奇妙な感覚が新吾を包んでいた。

部屋に入ると、まず大きな机が目に入った。おそらく書類を置くためなのだろう、龍をあしらった文鎮が置かれ、毛氈も敷かれていた。

目指すものはすぐに見つかった。背面の壁のなるほど欄間の高さに、透かし彫りとも違う立体的な彫り物が飾られていた。

先程見た獣面に似ていた。だが、こちらのそれはより緻密だった。

「首だけ？　何故首しかないんだろう？」

周りの植物や人間らしき彫り物は、かなり誇張されながらもきちんと彫られているのに、中央のその獣面は大きな首だけが不気味に口を開きこちらを睨んでいた。

そもそもこの不気味な生き物はいったい何者なのだ。

もう久しく不思議な世界と遠ざかっていたからだろう、新吾の勘は完全に鈍っていた。

獣面は間違いなく新吾を凝視していた。その瞳には、生きている怪異だけが持つ陰の炎が宿っていたのだ。

「近寄れ」

それがどこから聞こえた声なのか新吾には判らなかった。しかし、彼はこの言葉にまったく逆らえなかった。

新吾は、自分の意志に関係なく壁に歩み寄る。その一歩ごとに、獣面はゆっくり、だが確実に壁面から盛り上がり実体化していった。

半透明のそれはついに壁から抜け出し、巨大な首を新吾の目の前に晒した。

新吾は、まったく身動きが出来なかった。

こいつは、いったい何者なのだ！

首は、この獣の首は自分に何をしようとしている？

獣面は、舐めまわすように新吾を見て口を開いた。

「お前の中にあるものは珍しい。何千年も過ごしてきた我が、初めて見た神と人の融合した魂の結晶だ。これを食せずして、我が貪欲なる心が収まろうはずはない。さあ、食らってやろう、貴様の中の地龍を縛り苦しめているそのいましめを！」

いきなり獣面は大きな口を開き、新吾の首筋に噛り付いた。

「ぎゃあ！」

新吾はそれが自分の悲鳴なのか、それとも別の何かなんか分らなかった。しかし、その絶叫を最後に彼の意識は途絶した。

コンデルが、海軍の将校を伴って高村新吾を発見したのは、おそらくその絶叫から五分も経ていない頃だった。

「高村さん！」

コンデルが倒れている新吾を抱き起し身体を揺すった。

ゆっくり、新吾の意識は現実に戻って来た。

「コンデル先生……、私は何を？」

「それはこちらが訊きたい話です！　こんな場所で何をしていたのですか？」

ぼやけた頭で新吾が答えた。

「奇妙な装飾が、それが浮き上がり食いついて来て……、そう言えばなぜ私は艦長室なんかに……」

コンデルと海軍将校が顔を見合わせて眉を寄せた。

「高村さん、ここは倉庫です。艦長室なんかじゃありません」

「え？」

新吾の意識は完全に覚醒した。

「そんな筈は、赤新聞の桧垣君に艦長室に奇妙な木彫りの装飾があると聞き……」

そう呟いた直後、新吾の頭に激痛が走った。

「う……」

海軍将校が怪訝な表情のまま新吾を見下ろし言った。

「いずれにしろ、この階層に艦長室は有りません。それに、この艦に木彫りの装飾の類は有りませんよ。鹵獲して改修した際、可燃物は全部撤去してしまいました。壁はみな鋼鉄製です」

「ば、馬鹿な……」

新吾の瞳が大きく開き、まったく暑くないのにどっと額に汗が流れだした。

その時、コンデルがあることに気付いた。

「その首にある跡は、いったい？」

コンデルの視線の先、新吾の首筋にはまるで何かに強く圧迫されたかのような大きな痣が出来ていた。

新吾が、はっと首を押さえ答えた。

「ここを、首に食いついてきたのです、見たこともない頭しかない獣が！　人に似ていたがあれは紛れもない獣でした、それが食らいついてきたのです！」

海軍将校が大きくため息を吐き方をすくめた。

「酔っておいでなのですか？　そんな奇妙な話がある筈ないでしょう」

だがコンデルだけは真面目な顔で新吾の首を見つめていた。そして呟く。

「師匠が死ぬ間際まで気にしていたこと、まさかとは思いますが……」

コンデルは新吾に肩を貸し立ち上がらせた。

「とにかく甲板に上がりましょう」

三人はそのまま狭い通路を通り、急な階段を上がり陽の当たる上甲板に出た。

そこに艦橋からの撮影を終えた若菜もやって来た。

「ああ副主筆、どうかされたんですか？　顔が真っ青じゃないですか」

新吾が若菜に言った。

「なんでもない、今日はもう社に戻ろう……」

「心配ですね、倖を捕まえるまで一緒に行きましょう」

コンデルはそう言って、新吾と若菜を共に大きな軍艦を降りて行った。

その三人の姿を、艦の一番後方から見つめている人影があった。見る人が見れば奇異にしか映らないその影が纏う装束は、古代中国の高位の武官が着る長衣なのだが、どうやらその男の姿を実際に見ている人間は皆無の様であった。

そこに居るのに、普通の人間にはその姿が透けて見る事が叶わないのだ。つまり、この男は人外の存在と推測できた。

「思わぬ拾い物、天からの賜物であったな。饕餮《トウテツ》共々、臥薪嘗胆しこの国まで来た甲斐があったか。あの男の内にあった暴龍の戒めを解き放ったのだ、これで未曽有の災厄にこの国も見舞われるだろう。さすれば、ややながら戦に敗れた鬱憤も晴れようというものよ」

男は呵々大笑し、すっとその姿を掻き消してしまった。


武蔵日日新聞社に戻った後、高村新吾は高熱を出し倒れた。

いい歳をしていまだ独り身の彼を案じ、主筆は若菜に看病を命じた。

高熱で意識の朦朧とした新吾は、まるで何かに抗っているかのようであった。

その新吾が、熱で苦しんでいる頃、ジョサイア・コンデルはある人物を訪ねていた。

「お久しぶりです岡倉さん」

コンデルが相対しているのは、まだ三十そこそこと言った感じのいかにも利発そうな男であったが、何とも言い表せぬ独自の風格を持っていた。

「コンドル教授、別に英語で会話されても構いませんよ」

そう答えるのは、岡倉覚三。日本美術学校の校長であった。後に、岡倉天心の名で広く知られる彼であるが、普段から彼は本名覚三を名乗り、周囲の人間もそれを普通としていた。

ちなみに、コンデルの事を政府の関係者や多くの知識人はコンドルと呼ぶ。だが、この発音は正確ではない。かつて河鍋暁斎とその仲間たち、つまり高村新吾らが呼ぶコンデルの方が原音には近い。より正確には、コンダーとコンデルの中間といったところか。

コンデルは、首を横に振って岡倉に答えた。

「いや、日本語で大丈夫。むしろ、そうでないと言い表せないニュアンスが含まれた会話ですので」

岡倉は、ほうと呟き、コンデルに応接室のソファに座るよう勧めた。

椅子に座るとコンデルは、岡倉に単刀直入に聞いた。

「貴方は、日本美術だけでなく中国美術にも詳しかったですね」

岡倉が腕組みしながら頷いた。

「まあ、東洋美術史全般に精通していなければ本職は務まりませんからな」

この言葉に安心したようにコンデルが頷いた。

「一つ教えてもらいたいものがあります」

コンデルはそう言うと、長身の身体をずいっと前に乗り出させた。

「清国の古い装飾についての質問なのです。貴方は、首だけの獣の装飾、これがどんなものであるか知っておりますか？」

岡倉は首を傾げた。

「曖昧ですね。もう少し詳しく教えてください」

「そうですね、人にも似ていたがそうではないと、ただ首しかない存在だったと……」

「首だけの獣面、ではないですか？」

岡倉に聞かれ、コンデルの眉が吊り上がった。

「岡倉さん、何かご存じなのですか？」

だが岡倉は表情を濁し、こう答えた。

「いや、それについてはお答えできる立場にない。ただ、一つだけ聞かせてもらいたい。それは誰かが目撃した。そういうことではないですか？」

コンデルは大きく頷いた。

「その通りです。私の友人が、つい一昨日に芝浦に係留されていた海軍の鹵獲戦艦で目撃しました」

しばらく何かを考えていた岡倉は、すっと立ち上がるとコンデルに告げた。

「全く心当たりがないわけではないのですが、これはよく調べてみないと返答できない。申し訳ないのですが明日、出直していただけますか」

いったい岡倉が何について思い至ったか、コンデルに測れなかったが、ここは言葉に従うしか選択肢は無いようである。

「そうですか、では明日また伺います」

コンデルはそう言うと立ち上がり、振り返りもせずに部屋を辞した。

その直後、岡倉は自慢の髭をいじりながら眉根に深い皺を刻み、視線を険しくしていた。

「これは、偶然ではないだろうな。危惧が現実になってしまったという事か。仮定されたあれは、間違いなく存在していたと考えるしかなかろう。これはもう一度、西郷さんに会ってみるべきであろうな」

岡倉は、秘書官に外出すると告げると、人力車で海軍省へと向かった。霞が関にあるその日本海軍の中枢たる建物は、偶然なるかな先ほど訪ねてきたコンデルの手によって設計建築されたものであった。

「海軍大臣の西郷従道《じゅうどう》氏に面会を願いたい」

岡倉は堂々とした態度で建物に乗り込み、そう告げた。

さすがに現職の海軍大臣への面会であるから右から左へとは行かない。それでも二十分ほど待たされただけで岡倉は、西郷の元に通された。

「岡倉校長、急にどうなさいました」

大西郷と呼ばれた兄の西郷隆盛と比べられ、小西郷などと言われることもあるが、従道もまた大人物であることに変わりはなかった。ちなみに兄もこの従道も、本来の名前は違っていた。明治政府に任官する際の名前の聞き取りが薩摩弁で訛っていたことなどが原因で今の名になってしまったのだが、これをまったく気にしていなかったのだから、これは大人物を通り越して何か達観した考え方をしているとしか思えぬし、実際そう見えた。因みに従道は、じゅうどうと発音するのだが、島津藩時代の彼の名は隆道だった。

ちなみに、兄の隆盛も本名は隆永だが。間違えで叔父の名である隆盛を政府に役職を任じられるとき提出する書面に書きつけられ、何の反論もせず結局この名で呼ばれることを死ぬまで通し許した。

なるほどこの兄にして弟ありである。

「西郷さん、あなた確か清国の軍艦での奇異について先日お尋ねの件がありましたよね」

岡倉に言われ西郷は頷いた。

「ああ、水兵たちは有りもしない奇妙な装飾を見たというあれだね」

岡倉が身を乗り出し、かなりの早口で告げた。

「今日、ジョサイア・コンドル教授が私の所に来て、彼の友人がその軍艦で獣面の首を見たと言ってきたのです」

西郷の顔に明らかに狼狽の色が浮かんだ。

「つまり、市井の者にまで目撃者が出た。そういうことなのだね」

岡倉が頷いた。

「調べていたのですよ、大臣から要請があってからずっと。私なりの結論から言うと、それは吉兆を呼ぶはずの飾りである蚩尤《シユウ》だと思っていたのです。だが、どうも見立てを間違えたようです」

西郷の表情が曇った。

「どういうことかね?」

「これは推論です。しかし、かなり真実に近いと確信しています。獣面は、おそらく殷代の四大悪鬼の一つ、あらゆるものを食らい尽くすという饕餮という化け物ではないかと思えるのです」

「悪鬼、ですと?」

西郷の太い眉が大きく跳ねあがった。

「正確には四凶と呼ばれていたと思いますが、その中で最も貪欲にあらゆるものを食らい、ついに己の身体までも食らってしまったのが饕餮だとされています。何故それが装飾にされていたのかは未だ謎なのですが、清国の古い墳墓からこの模様を施した美術品が幾つも見つかっているのです」

「その、饕餮が何故に鎮遠の中に出現したというのかね？」

岡倉が髭を撫でながら答えた。

「真実は判りません。しかし、あの軍艦は一度自沈を試み失敗した。このままでは、我が国の手に渡ると覚悟した清国海師の指揮官の中に呪術師が居たのではないかと推測しました。そこで、本来は守り神である饕餮を、我が国に対する呪詛として解き放ったのではないでしょうか」

西郷が思わずガタンと椅子を鳴らし立ち上がった。

「呪詛だと！」

岡倉は落ち着いていた。

「以前西郷さんは、兄の首は永遠に見つからないと私に仰りましたよね。あれは呪詛により、もうこの世には存在しなくなったと、貴方ならこの私の推測に頷かれると思うのですが」

西郷従道の顔に形容しがたい陰が走った。何か、漏らしてはならぬ秘密が彼の中には存在している。それが表情からはっきり読み取れた。

「岡倉さん、この件は海軍省で全面的に対処します。助言は求めるかもしれませんが、あなたはこれ以上深入りしないでいただきたい」

岡倉は頷いた。

「判りました。まあ、政府が動くというのなら相応の手を打つという事でしょう。私などもう出る幕もありませんかな」

会談はここまでだった。

そして、この日事態はもう一つの大きな局面を迎えていた。

四

日本美術学校を辞した後、コンデルは湯島近くの甘味茶屋で一人の女性と会っていた。

「ご無沙汰が続いて申し訳ありませんでした、とよさん」

「いえいえ、お忙しい身ですものねジョサイアは」

そう言って微笑んだのは、河鍋暁斎の娘のとよであった。暁翠の雅号を持つ絵師でもあり、コンデルの実の娘であるヘレンの日本画の師匠でもある。

コンデルは三年前、くめという日本人女性、長く彼の家の面倒を見てくれていた彼女と結婚したのだが、そのくめと結ばれる前にコンデルには政府からあてがわれていた妾が存在した。芸者であったその女性との間に生まれた娘がヘレンであった。

浅草近くの貧民街で、コンデル譲りの金髪をなびかせ女だてらにガキ大将として名を馳せていた彼女は、下町の女ナポレオンとあだ名される程活発な娘であった。いや、それはもう野卑と言っていい程の身なりと素行だった。

くめは、コンデルとの結婚を承知する条件としてこの子を引き取り我が子として育てたいと申し出たのだ。

多くの人の尽力で、この願いは叶った。こうしてコンデルは娘を引き取り、くめとの婚姻を果たした。

アイコという日本名に加え。コンデルはヘレンという名を彼女に与え。驚くべき速度で英才教育を施した。

わずか三年で、ヘレンは英語も不自由ない程に話せるようになり、日本舞踊や日本画も習うようになった。これらの手習いは共に父であるコンデルがやっていたもので、気が付くとヘレンは自然とこれを習っていたという感じであった。

特に日本画に関しては、父コンデルは亡き河鍋暁斎の正式な弟子で、暁英の画号を持つ立派な日本画家なのである。つまり、暁斎の娘であるとよとコンデルは弟子としては姉弟の関係にある。なお、ヘレンの義母であるくめは日本舞踊の師匠で、そもそもコンデルの師匠でもあった。つまりヘレンは、父の姉弟子と母に手解きを受けているわけである。

「それで、お話って何ですの？」

とよが、黒文字で羊羹を突きながら訊いた。

「暁斎師匠が臨終の際に残した言葉、あれに関わるかもしれない大事が起きました」

コンデルの言葉を聞いて、とよは目を見開き、思わず手にしていた黒文字を取り落した。

「それは、つまり高村さんの身に関わる……」

コンデルが頷いた。

「何者か判りません。しかし、師匠の仰っていた、師匠の魂と蛭子神の御魂の合わさった誓文は、恐らく今の高村さんの中には有りません。何者かが、抜き去ってしまったと思います」

とよの顔面がみるみる蒼白になって行った。

「父は言っていました。あれが消えれば、この東京は滅びてしまうと」

「困りました。頼るべき人間が居ません。山岡鉄舟さんもすでに亡くなってしまいましたし」

とよが、じっと手を組み下を向く。

「誰か、この件に関われる腕の立つ方、居られたように記憶しているのですが……」

「思い出せませんか？」

しかしとよは、下を向いたまま首を振った。

「ごめんなさい、思い出せませんわ」

コンデルは困り切った顔で拳を額に当てた。

「頼れるかは判りませんが、これからある人を訪ねてみます」

とよが視線を上げた。

「どなたにですか？」

「農商務大臣の榎本武揚さんです」

元幕臣で現在最も政府の高い地位にあるのが榎本武揚であろう。榎本は、亡き河鍋暁斎とも親交が深く、コンデルとも知己であった。そして何より、この東京を江戸と呼ばれた時代から愛する人物だった。

「役所に伺うのですか？」

とよが訊くと、コンデルは懐中時計を取り出し首を横に振った。

「この時間、榎本さんは農学校におられるはずです」

「そうですか、上野でしたらここから近いですね」

コンデルが頷いた。

「おそらく榎本さんの伝手で、何か方策を知っている方に行きつけると信じています」

とよは徐にコンデルの両手を握った。

「頑張ってください。私にも何か出来ることがあれば協力します」

「そうですか、では申し訳ないですが、紺屋町の高村さんの家を訪ねて様子を見てきていただけますか」

とよがどんと胸を叩いた。

「任せてください」

甘味処を出た二人は、南北に別れた。

上野の農学校に榎本を訪ねたコンデルは、まったく待たされることなく彼に会うことが出来た。

「やあコンデルさん、まいったよ。今年も学生が集まらない。この学校の存続も風前の灯だな」

榎本が自嘲気味の笑みを浮かべコンデルに言った。

「榎本さん、あなたは怪異について少なからぬ見識があるお方だ、そこであなたの意見を伺いに来ました。これは、この東京の町に大災害をもたらすかもしれない事象なんです」

いきなりの言葉に、榎本の表情が凍った。

コンデルの表情は硬く、そこには言葉に表せぬほどの緊迫した雰囲気が漂っていた。

「冗談ではないらしいな。他人に聞かれたくない。別室に行こう」

榎本は学校の執務室ではなく、奥にある個人の書斎にコンデルを通した。

コンデルは、そこでこれまでの経緯を榎本に話して聞かせた。

榎本は腕組みをすると、凄まじい眼光でコンデルを見つめた。

「俺も聞いていたんだ、河鍋の旦那からな。東京を食らい尽くすかもしれねぇ龍が居るって話を。それがつまり、その高村って男だった訳かい」

コンデルが頷いた。

「詳しくは聞いてないのですが、秘術を尽くして龍は眠らせた。だが、それを縛り付けた誓文は、決して完全なものじゃなかった、それが気がかりだと臨終のときに私の手を握り師匠は言ったのです」

「その誓文が消えたかもしれねぇ、そう言う事なんだな」

コンデルは頷いた。

榎本が唇を噛みしめながら何かを考え始めた。

「そいつは、新聞記者だと言ったな？」

「ええ、武蔵日日新聞ですね」

「社主は、福島連丈だな……」

榎本は何かを考えている様だった。

「どうすればいいか、心当たりはないのですか？　宗教家なりに頼れる人など知り合いは？」

コンデルが訊くと、榎本はやや表情を暗くしながら答えた。

「すまんがコンデルさんよ、あんたこの件から手を引いてくれ」

「え！」

コンデルが目を丸くして叫んだ。

榎本は腕組みをし、強い語調で言った。

「俺は、この東京って町をな守るって天子様に誓った。それがつまり、元幕臣として一度は政府に逆らった自分に課した命題だ。だからな、俺が命にかけてもこの町を守る。そこに、外人であるあんたを巻き込みたくねえ」

何かそれ以外の裏がある。コンデルは本能的にそれを感じ取った。だが、それを追求するのを許さぬほど、榎本の眼光は鋭かった。

とてつもなく嫌な予感がコンデルの胸を襲った。

来るべき場所を間違ったかもしれない。しかし、その後悔はもう取り返しのつかない段階に達しようとしていた。

同じころ、河鍋とよは高村新吾の家に着いていた。

「ああ、これは河鍋のお師匠さま」

若菜がとよを認め頭を下げた。

「ご看病されていたのですね。ご苦労様です」

とよは、そう言うとすぐに三和土から座敷に上がり伏せている新吾の様子を見た。

熱はほとんど下がっている様だった。

だが、意識は戻っていない。

その様子を見て、とよはある事を思い出した。かなり前、父に教わったある方法だ。果たしてそれが通じるか、そもそも自分にその力が備わっているかは判らなかった。だが、いまこそそれをやるべきだと感じた。

「若菜さんでしたね、すいませんお塩と墨を用意してもらえますか」

とよに言われるまま、若菜は塩と墨、そして硯を用意した。これを受け取ると、とよは部屋にあった書きつけ用の紙を取り、自分の矢立から筆を取りだした。

「お父さん、手を貸して……」

とよは、墨を擦りながら少しずつ塩をそこに混ぜ、何かを口ずさんでいた。

呪文？　いや、それは正確には真言というもので、彼女はずっとある菩薩の真名である真言を唱えていたのだ。

幼少の頃、彼女は怪異を目にすることが出来た。年を経るとその力は消えてしまっていた。だが、いま彼女の目には、自分の擦っている墨が次第に輝きを増していくのが見えていた。いけるかもしれない。そう確信したとよは、一層墨を擦る力を増し、やがて彼女の目にしか見えないまばゆい輝きを放つ液体が出来上がった。

「お父さん、ありがとう、本当にありがとう」

とよは、無意識に流れる涙を拭こうともせず、その輝く液体で紙の上に何かを描き始めた。

それは、延命菩薩の姿だった。

とよは、描き上がったばかりの絵を寝たままの新吾の胸の上に置き、大きな声で叫んだ。

「ここに反魂の礼を示します。この男の命数は、加護により保たれます！　悪鬼は去り、瘴気は消えます！」

まさにその瞬間、新吾の目が開いた。

自分の身に何が起きたのか判らぬまま、彼は目覚めた。

今まで見ていた夢の内容をすっぱり忘れるほど瞬間的な目覚めだった。

思えば、その見ていた夢を彼は覚えておくべきだったのかもしれない。

だが、少なくともこの瞬間、高村新吾は現世に生還したのだった。

五

深夜の港にはまったく人気が無かった。通常なら見張りの水兵が居る筈なのに、軍艦は文字通り無人だった。

その異様な雰囲気の港に一人の男が、足音もなく現れた。そのいでたちは、一目で神職と判るそれであった。

桟橋に立った男は、ところどころに揺れるランプの光を見つめ目を細めた。

「これは誰の仕業だ」

どうやらそのランプの配置が男には気に入らない様子であった。

白装束に烏帽子を被った男は、手に一本の木の枝を携え軍艦の甲板に上がる階段を登りはじめた。

「たてまくもかしこみかしこみ申す……」

天津祝詞を口にしながら、男は手にした枝を振るった。

灯っていたランプが、パリンと音を立て、続けざまに割れた。

総ての灯が消えたのにそこに闇は訪れず、奇妙な光が軍艦全体を覆っていた。

上甲板に到達した男が、枝を持ったまま片手で宙に早九字を切った。すると、空気の流れが一気に変わり形容しがたい緊迫した雰囲気が周囲を覆った。

「さあ、結界は割ったぞ。出て来るがよい妖鬼の輩よ」

奇妙な空気に支配された船の甲板に、黒い影がむくりと立ち上がった。

影は男の真正面に立ちはだかった。

「この島の地霊を護持するものか、人ごときに我らが企みは阻めぬぞ。無力な貴様の主を呼び出すがよい」

影が嘲るように言った。

「無用だ。我が袂に貴様を滅するに値できる力を秘めておる」

影が半歩前に進み男を窺ったようだ。

「地霊の類か。そのような力が。我ら三千年の時を潜った霊妖に互せようものか」

影が嘲るように言うと、男はどんと枝を甲板に突き鋭い声を放った。

「侮るな、この地では神として崇められ相応の力を有する霊獣だ」

男は叫び終わるや、間髪入れずに手にした枝を大きく振った。

いきなり空中に巨大な翼を持つ鳥が現れた。

それは夜の闇の中で金色に輝いていた。

明らかに影がたじろいだ。

予想以上にその金色の翼が放つ霊気が強かったと見える。

「さあ、貴様の切り札を出してみろ。どうせ、本来の四凶ではあるまい、何か得体の知れぬ妖怪を駆使しておるのであろう」

「く……、歴史の浅い辺境の国の霊獣など、我が饕餮の前では単なる餌に等しいわ！」

叫びが終わる前に、黒い影の背後に獣の姿が湧き上がった。新吾を襲った時は、首しかない存在だった饕餮である。

だが今現れたそれには、羊にも似た奇妙な体が付随していた。

神職装束の男は、金色の翼に向け叫んだ。

「金鵄よ、彼の悪鬼を祓い清め給え！」

軍艦鎮遠の薄暗い甲板に雷光よりも眩い閃光が走った。

霊鳥と凶獣が交錯した瞬間、その閃光は沸き起こったのだ。そして、次の瞬間に饕餮は文字通り霧散した。あまりにも大きな霊力がその場で放出されたので、空中には奇妙な燐光が残った。

饕餮が霧散すると同時に甲板に立っていた黒い影もがくりと崩れた。

神職姿の男はその影に近寄り、空いている片手でその首を掴み持ち上げた。

白く塗った顔に赤い紅が化粧された顔が不気味な男がそこに居た。

「道教の道士かと思ったが違ったか、貴様何者だ」

不気味な顔の男が笑った。

「知らずとも何も困るまい。そもそも、饕餮を討ったところで何も変わらぬ。もう既に、この地に隠れていた暴龍を目覚めさせた。災厄は絶対に不可避だ。残念だったな」

男はそう言うや、狂ったように笑い始め、それと同時にその姿が薄れていった。そしてついに神職の男の手の中で消え去ってしまった。そもそもが実体のない存在だったのだろう。

「どういうことだ……、暴龍とはいったい何だ？」

その時、桟橋に人の気配がした。神職装束の男が視線を向けると、ランタンを手にした西郷従道が立っていた。

「藤波殿、終わったのか？」

西郷の声に神職装束の男は頷いた。だがすぐに思い立ち、西郷に告げた。

「どうも何か、よからぬ仕掛けを施されたようです。早急に調べる必要があるかと存じます」

西郷の顔が曇った。

「それはいったいどういう事だ？」

「判りません。とにかく、伊勢大神宮の名誉にかけ真相を早急に調べ上げます」

西郷が大きく頷いた。

「頼んだぞ」

深夜の事、この時東京の町は深い深い眠りの中にあった。


その東京に朝が訪れ、人々は常のように仕事へと向かい家を出た。

その中には、高村新吾の姿もあった。昨日までの熱が嘘のように引き、気分は爽快そのものだった。社に顔を出し挨拶をし、たまっている書き物を始めると時間はあっという間に過ぎて行った。昼も近づこうとしている頃、高村の勤める新聞社からかなり離れた場所でジョサイア・コンドルが岡倉と面会していた。

「終わった？　それはどういうことです？」

コンデルが怪訝そうに岡倉に訊いた。

「私にも判らないのですが、とにかくコンドル先生の持ってきた話に関して私から言えることは、もう我々に何かすべきことなど存在しない。それだけなんです」

狐につままれたような表情でコンデルは岡倉を見た。だが、その彼もまた何があったのかまったく知らない様子であった。

彼はただ、然るべき所から伝言されたに過ぎないのであった。

そして、ちょうどこの同じ時間に、霞が関で二人の男が密談をしていた。

「符号が合うとはこの事か……」

そう呟いたのは西郷従道であった。

「そちらでも何か掴んでいた。そういうことだね」

渋い顔で訊くのは榎本武揚だ。

「ああ、昨夜一件をうまく片付けた。そう思い込んだのだがね、どうも良からぬ仕掛けが残されていたようでね」

西郷はそう言うと、昨夜軍艦鎮遠の上で行われた人知を超えた戦いについて榎本に解説をした。

「眠らせたはずの龍の事に間違いなさそうだな、それは……」

榎本が腕組みして椅子に思い切り背を預けた。

「伊勢神宮の大神官が率いる者たちが、いろいろ探っているのだが、こうも早く別口から答えが飛び込んでくるとは思わなかった。これは、思いも寄らぬ大事だ、早急に対処せねばまずい」

西郷が眉根を寄せながら言った。

「そうか、いろいろ天の歯車というのは面白く回るものだ。しかし、話がうまく伝わり良かった。取り返しのつかない事態になってからでは、目も当てられない話だった」

榎本が、ふうと大きくため息を吐きながら言った。その顔を見て西郷が訊いた。

「お主は、何か方策を考えているように見受けられるのだが……」

「方策か、正確にはそうじゃないな。これは私なりの計算に基づいた切り捨ての話だ」

西郷が怪訝そうな顔をした。

「どういうことだ、それは？」

「お前さんは何も聞かなかったことにしろ、こういう汚れ仕事は私にこそふさわしい」

榎本はそう言うとゆっくり天井を仰いだ。

「そうだなあ、私には思い出も縁も深い地ではあるが。鉄道も通った事だしうってつけかもしれんな、巻き込まれるであろう民草には不憫でならんが……」

「榎本さん、あんたいったい何をしでかす気だ？」

彼の吐露を耳にした西郷が思わず身を乗り出して聞いた。

「ん？　ああ、いや、私の役目は一つだけだ。それを遵守するだけだよ」

榎本はそう言うと目をつぶり、口をへの字に曲げた。

西郷は敢えて何も聞かなかったが、彼に榎本の心中は伺えてはいなかった。

「私が直接話を持って行くか、農学校関係とでも言えば通りも早い……」

呟いた後、榎本の目に薄く涙が見えた気がした。

時間は何もせずとも流れていく。

東京の町は、いつもと変わらぬ梅雨の晴れ間に覆われていた。

その町の中を無数の修験の行者たちが走り回っていた。

明治になり、神社と仏閣の厳格な切り離しが行われた中で、奇妙な事に彼らは不可触的な存在として生き残っていた。仏道にも通じる修験ではあるが、彼らは伊勢神宮と深く結びついていた。皇統の最大神である天照大神を祀る伊勢は、言ってみれば明治政府でも立ち入れぬ聖域であり、その伊勢の御札を日本中に配る役目を担っている行者もまた、政府にとって介入できぬ存在なのだった。

しかし表向き明治政府は伊勢神宮にも神道の新たな秩序をあてはめ、それまで二門二流にて祭祀を司っていた大神官の流れを、嫡流の沢田家に一任した。だが、これは表向きの流れであり、実際には傍流とされた二門各家もまだ祭祀に携わっていた。特にその一部は、裏の仕事とも言える皇統にまつわる怪異や凶事に対処する仕事を受け持ち、これが強く修験と結んでいたのであった。

その伊勢神宮の息のかかった行者たちが、一斉に東京の町を走って何かを探っている。それは無論、昨夜の軍艦鎮遠の一件で明らかになった、破滅の仕掛けである暴龍に関しての聴取だ。

日頃から市井に溶け込んでいる彼らであるから、その情報網は驚くほど緻密だ。

夕刻前、一人の行者がある人物に行き会い話をしていた。

「では、あなたはご存じなのですねその東京を滅ぼすかもしれない龍の存在を」

それは上野にある東京高等師範学校付属の東京教育博物館の前であった。丁度退勤時で、ここを出てきた看守長に行者が声をかけたのである。

行き当たりばったりの行為ではない。行者は事前に彼の素性を知っていて、待ち伏せていたのだ。

看守長の名前は、藤田五郎。元警視庁警部……

そう、河鍋暁斎と共に高村新吾を操っていた御霊を追い出した張本人である。

「ああ、だがその件はとうの昔に片付いたはずなのだがな」

怪訝そうな顔をする藤田に行者は手短に事情を話した。

藤田の顔が見る見る変化した。浅黒かった顔が瞬時に蒼白に転じたのだ。

「あの、河鍋の師匠が施した縛めが解けたというのか！」

行者が頷いた。

「いかんぞ、あれは途方もなく危険だ。我らが撃退した御霊たちは、あれを使ってこの東京を破壊し、天子様に一撃を加えるつもりだったのだ。それが再び解き放たれたと知れば、御霊もまた黙ってはいまい！」

天皇家の一大事と聞けば、行者もまた慌てずにはいられなかった。

「もう少し詳細にお聞かせください！」

藤田はあの夜起こったことはすべて包み隠さずに話した。無論崇徳院などが現れたことも。

「なんと、遥か昔の帝たちがいまだ天皇家に怨嗟を抱いておられたとは！」

行者は絶句した。

藤田は言った。

「御霊たちは、龍が封じられたのであれば、復讐はならぬと言って消えた。だが、事情は変わった。あいつの中でまた龍が目覚めようとしている、これを利用しようと思う怨霊は少なくないはずだ」

行者がそれこそ喉から舌が飛び出んばかりに絶叫し訊いた。

「その方は、龍を宿した方は、いったい何処におられるのです？」

藤田は告げた。

「武蔵日日新聞社の記者だ。名を高村新吾と言う」

「ありがとう存じます！」

行者は深々と頭を下げると、まさに脱兎のごとく駆けだした。

その背中を見送り藤田が呟いた。

「なんということだ、私にはもうやれるべき事は無い。鬼もまたこの世から消えてしまった。なす術もなくただ見守れというのか……」

鬼刻斬心は六年前に警視庁を辞した時、その手で芝浦の海に沈めてしまった。それが必要になる世などもう訪れないと信じ、葬ったのだ。

早計だった。あまりに軽薄な行動だった。藤田は思わずめまいを覚え、その場に蹲ってしまった。

東京某所、そこは言ってみれば秘密の神宮なのであった。一般人の決して立ち入れぬ空間。その中に昨夜あの怪異と立ち回りを演じた大神官藤波光子郎が居た。その周囲に数人の行者と巫女が座していた。

藤波家は二門の四家の中で末席ながらもっとも霊験ある役職を受け持っていた。解呪霊祓の役を長く担ってきた、伊勢神宮における唯一の武闘集団の長なのであった。無論公式にそんな役職は存在しない。飽くまで秘められた御簾の奥で受け継がれた伝統なのである。

地下の神宮に集まった者たちは、暴龍の所在を調べる事に傾倒し、ここに情報を集めていたのだった。

その民には窺えぬ空間に飛び込んできたのは、先刻藤田元警部と話をした行者であった。

「藤波様、ご報告申し上げます！」

行者は藤田から聞いた話を大神官藤波に細大漏らさず話した。

大神官の顔が文字通り蒼白に変じた。

「ならぬ、決して祟りを起こさせてはならぬ。これを封じてきた大神宮の立場そのものが危うくなるではないか！　相手が龍だというなら、まずそれを神技で追い出す。天照大神の加護ならそれも可能だ！　すぐにその高村という男の元へ向かうぞ」

大神官と行者、そして巫女たちは揃って町へと飛び出していった。

一行は迷うことなく日本橋に近い新聞社に到達した。

だが、時刻は既に夜に差し掛かっており、肝心の武蔵日日新聞社もまた仕事を終え無人となっていた。

「なんとしたこと、誰かその男の所在を知らぬか？」

残念ながら彼らの情報網をもってしても、新吾の私宅の場所まではわからなかった。

だが、一人の行者が新聞社の社主の自宅を知っていた。

「行くぞ」

一同はそのまま社主の福島の家に向かった。

家はこじんまりとした板塀に囲まれた元武家屋敷であったが、一同は応対に出た小間使いを押しのけ、ずかずかと奥の間に入って行った。

「武蔵日日新聞の社主殿はおられるか！」

夕餉を妻と差し向かいで進めていた福島は、いきなりの乱入者に驚き目を丸くした。

「何だ貴様らは！」

気丈な福島は声を荒げたが、これに負けぬ大声で大神官の藤波が怒鳴った。

「国家危急の事態である。貴社の記者である高村新吾の所在を教えろ。あれが、この東京を滅ぼすやもしれぬという事実を掴んだ。これより、我ら伊勢大神宮の総力を持ってこれを封じる。正直にその所在を明かせ」

「うちの新吾が東京を滅ぼす？　いったいどんな冗談だ」

福島が目を真ん丸にして言った。

その福島に、藤波がずいっと詰め寄った。

「冗談で、こんな夜分に押し入る輩が居ると思うか？　これは一刻を争う事態なのだ」

福島は目を白黒させながら、ずらっと居並ぶ行者や神官そして巫女たちを見つめた。なるほど、これは冗談でなどあろうはずが無い。そこに居る全員が、文字通り殺気立っていた。

福島は腹をくくった。

「いったい何がどうしたのか承知できぬが、何にせよあんた方、少し遅すぎた」

藤波の顔に怪訝の影が走った。

「どういう事だ？」

福島は言った。

「新吾は、高村新吾は今東京にはおらん」

一瞬の沈黙が場を支配した。

これはいったい、どういう事なのだ？

六　或いは　夢

汽車は夜の宇都宮駅に到着した。

この取材はまさに突然の話であった。午後遅くに、社になんと大臣である榎本武揚氏が秘書一人だけを連れて現れたのだ。

東北地方で雨期なのに少雨で農産物に関する被害が出ている様で、出来たら新聞社でこれを実見して記事にして貰えないかと言うのだ。しかもご丁寧に、この日から使える仙台までの往復の切符も持参していた。

すぐに調べたところ、この日のうちに宇都宮まで行ける事、翌日には仙台に着き、さらに電信でそこから先の釜石までの交通手段を用意してくれるということだった。

この申し出に主筆は飛びついた。当たり前だ。交通費のかからない取材なのだ。受けない新聞社などある筈がない。

当然、白羽の矢は新吾に立った。何故か、他の者が行くという選択肢は誰の口からも上がらなかった。

改札で切符に途中下車の判を押してもらい、駅を出るとまさに目の前に旅籠があった。

鞄一個の荷物を携え、新吾は宿を請うと、部屋は空いておりすぐに食事も風呂も浴びれるという状況だった。

これはついていると、さっそく部屋に通してもらい、川魚の焼き物と野菜の煮物の夕食を食べ、木の香りの濃い風呂で疲れをいやした。

高熱で意識を失っていたなど嘘のように、快調であった。

しかし、あの熱と軍艦の中で出会った奇妙な怪物は何であったのだろう。

亡くなった暁斎師匠なら、あれの正体も知っていたのだろうか?

どう考えても熱は、その怪物が齎したものだ。

しかし記憶もぷっつりと切れている以上、自分に何が起きたのか、新吾に想像できる筈もなかった。

そんなどうにもできない自分の身の上に起きた事態を想いながら部屋に戻り、自分で布団を敷いた。こういった田舎の旅籠では布団の上げ下げは自前と言うのが普通だ。高級な旅館などは、仲居と言う専門に給仕や布団の支度をする女性がいるが、旅籠はまあ家族で営んでいるのが普通だから、そこまで手は回らない。

布団に潜り込むと、新吾はすぐに眠りに落ちた。

そして夢の世界に誘われた。

子供のころの夢だった。普段、新吾は自分の子供時代を思い出すことがまずない。いや、正確には思い出せない事の方が多いのだ。何故か幼い頃を思い出そうとすると、たまらなく切なくなり思考が止まってしまうのだ。

だが、この夜見た夢は、彼にとって思い出せなかった記憶そのものであると、夢を見ている自分の一つ上の視点にいる自分の意思で判った。

見知らぬ老人に手を惹かれ幼い新吾、その頃はまだ幼名の辰之助と呼ばれていた彼が歩いていた。そこは、彼の知っている江戸とはかけ離れた景色の世界であった。

「ここはどこ?」

幼い新吾が訊くと老人は笑いながら答えた。

「誰もが苦しみを知らない世界だ。お前はここで暮らすのだ」

それから、どれほどの月日をそこで過ごしたのか、新吾には判らなかった。しかし、かなりの長い時間であったのは間違いない。

しかしながらそこは、子供にとってはあまりに退屈な世界だった。周囲にあるのは自然の景色だけ。美しい花々、緑の木々、そして清らかな泉とせせらぎ。

子供は新吾しか居なかった。遊び相手もないまま、彼は自然の中に遊び道具を求め毎日を彷徨った。

ある日、泉で一匹の美しく小さな魚を見つけた。名前など知る筈もない。

新吾はその魚がたまらなく欲しくなった。それから何日もかけ、新吾はその魚を捕まえることに腐心した。

そしてついに、新吾は魚を生け捕ることに成功した。

キラキラ光る魚。その掌の中の姿を見ているうちに、幼い彼は何を思ったのか、その魚を丸ごと口に入れ飲み込んでしまった。

何故そんなことをしたのか、自分でも判らなかった。だが、そうしたい衝動を彼は押さえられなかったのだ。

そしてその直後、彼をここに誘った老人が現れ、激高した声で叫んだ。

「お前は何という事をしたのだ、この泉に住んでいたのは、地龍の子供だ。お前が齢十五を迎えた時、龍もまた成人し動き始める。もうお前をここに置くことは出来ぬ、現世に帰るがいい！」

次の瞬間彼は江戸に、それもよく知っている彼の生まれ育った屋敷の庭に立っていた。

立ち尽くす彼の姿を見つけた家人が大声で叫んだ。

「辰之助が！　神隠しにあっていた辰之助が戻った！」

新吾は覚えていないが、相当長い期間、彼は家から姿を消していたらしい。

それからだ、誰もが彼に対し腫れ物に触るかのように接するようになったのは。

齢十五、その言葉は常にどこかに引っ掛かっていたが、そもそも彼の記憶自体がひどくぼやけたもので、幼かったあの時、己の身に何があったのかは、とんと思い出せなかった。

人は正月元旦に歳を取る。

安政二年、新吾は十五歳を迎えた。しかし、特に何も起きはしなかった。いや、正確には彼の身にはだ。

兄が急死していた。秋になろうという頃、流行り病を貰った兄は、まさにあっけなく他界してしまった。

そして、彼は家督を継ぐことになったのだ。

その後、何かが起きたはずだ……

だが、そこに行き着く前に夢は覚め。新吾は現実の朝に放り出された。

今日は仙台に向かわなければならない。

起き上った新吾は無言で旅支度を開始した。

その頃、上野駅では慌ただしいやり取りが行われていた。

「すると、この東北への取材を画策したのは榎本武揚殿なのだな」

神職の装束のままの藤波が、付き従ってきた巫女に訊いた。

「はい間違いありません。その後、武蔵日日新聞社の福島社主の言うとおりであることを、西郷従道様も認め、総ては榎本様が画策したと白状なさいました」

藤波の顔が怒気に歪んだ。

「こんな事、何の解決にもなっていない。痴れ者が！」

「藤波様、間もなく汽車が出発します。お急ぎください」

「判った、何としても追いついて見せる」

大神官藤波は、大股で汽笛を鳴らし始めた東北線の汽車へと向かって行った。

この日、高村新吾は午後に仙台に入り、この地で待っていた政府に雇われた人間に牛車に乗せられ、石巻を目指し始めた。この日はここの民家で一泊する予定になっていた。

彼がその民家で夜を迎えるころ、藤波は仙台に到着していた。その距離は縮まったかに見えたが、この先まともな交通手段のない地域の事、彼が新吾に追いつくのは至難の業に思えた。

そして夜。新吾はまた夢を見た。

彼は自分が血塗れになり、大きな梁の下敷きになっているのを高みから見ていた。

「言う事を聞かぬからこうなった。何故神社を訪れなかった」

誰かの声がした。

「お前の命の火はもう消える。だが、それではお前が目覚めさせた龍もまた息絶えてしまう」

死ぬ？　そうか、自分は死ぬのか。漠然と新吾は感じていた。何故だろう、まったく恐怖はなく、どこか爽快な気分がそこにあった。

「逆らったのは、お前の意思なのだな。この十一月十一日が、お前がこの世に生を受け十五年目のその日と気付き、我らの誘いを蹴った。だが、お前の抵抗など無駄だと思い知らせる。これより、我らは十王と掛け合い、お前の命の火をもう一度点す。皇家に必ずや鉄槌下すため、生まれた龍を更なる強大な、凶暴なそれに育てさせる。諦めろ、それがお前の宿命だ。死による安息など与えはしない」

死ねない？　何故？

頭の中がぐるぐるする。

そもそもこの夢は何なのだ。

ただ漠然と頭に浮かぶのは、安政二年十一月十一日と言う数字だ。

そうだ、母に聞いた覚えがある。その日は、自分が生まれた日であると。歳は正月に取る。しかし、生まれ育った時間は母に産み落とされた時から始まる。

齢十五……

混乱に襲われたまま新吾は目覚めた。

この日は、馬車を使って昨日よりは早く移動ができる。夕刻には何とか釜石に着けるだろうという話であった。

馬車に揺られながら新吾はいろいろな話を聞いた。

もう六月も真ん中に至っているのに、雨も少なく温度も上がらない、田植えのままならぬ地域が多く困っているという。

なるほどこれは記事にして窮状を訴えるべきだろう。

だが、思いもかけぬ話も出てきた。

これまで、同じように冷害や少雨、逆に大雨などで凶作が続いて県に何度も救済の陳情をしてきたが、まともに取り合えてもらえたことが無い。

昔のように年貢で苦しむ事は無くなったが、売るべき米が無く、結局は娘を身売りしたりする家や、出稼ぎを余儀なくされている農家が殆どであるという。

何故、今になって自分がここに送られ取材を頼まれたのか、新吾は正直戸惑った。

新聞より先に、政府が動かなければ意味がないではないか。そもそも榎本氏も、農商大臣としてではなく、東京農学校の校長としての立場でこの取材を依頼してきた。だから、旅費も公費ではなく榎本氏の私費で賄われているのだ。

その農学校は、入学者の減少が続き廃校の危機にあり、とても潤沢な資金などない筈なのだ。

何とも言えぬ疑念を感じながらも、日が暮れる前に新吾は釜石に到着した。実に十三時間も馬車に揺られた計算だ。

とりあえず宿に指定された大きな庄屋の家に行き、荷物をほどき足を伸ばした。

とにかく尻が痛かった。

騒ぎが起きたのは、それから一時間ほど後のことだった。

夏至近くと言っても、もう日は暮れていた。

新吾がその夜の宿舎として旅装を解いた庄屋の庭先で、激しい馬の嘶きが響き、野太い男の叫び声が聞こえてきた。

「この家に、東京からの客人が着ていると聞いた！　すぐにその男を、高村新吾を呼び出してくれ！」

いきなりの名指しに、新吾は心底驚き、反射的に軒に通じる障子を開いた。

泡を吹き今にも倒れそうな馬上に、白装束の神職らしき男が跨っていた。余程の距離を馬に無理させ走ったのだろう、元武士の新吾にはこの馬がもうすぐ息絶えるに違いないと判った。

「あんた、馬になんて無茶をさせたんだ！　この馬は助からないかもしれんぞ！」

思わず新吾が怒鳴った。

馬上の男がひらりと馬から降りると新吾に近付いた。

「お前が高村新吾か！」

血走った瞳に睨まれ、新吾はたじろいだ。

「そ、そうだ、私が高村だ……」

白装束の男はいきなり両の手で新吾の肩をがしっと掴んだ。

「間に合った。まだ龍は動いてはいない」

この時ようやく家人達も庭先に飛び出し、二人を遠巻きにしていた。

丁度その時だった。神職装束の男が乗って来た馬がついに疲労からその場にどうと倒れた。

家人たちは。うわっと声を上げ、新吾もあっと声を漏らした。

それがきっかけだったようだ。事態はいきなり動いた。

新吾は急に目の前の景色が幾重にもずれて見えだした。そして、胸の奥から激しい衝動が、何かが暴れているとしか形容できない熱く苦しい感覚が湧き上がって来た。

「ぐ、ぐう……」

新吾はその場で膝を折った。

神職の男、大神官藤波の表情が大きく変じた。

「しまった！　目覚めてしまったか！」

藤波は、新吾の肩から手を離すと、着物の袂から何かを取り出した。

「少しの間だ、耐えろ！」

新吾は苦しみの中で幻影を見ていた。遠い昔日の幻を。

十一月の木枯らしの中、竹刀を振るう力もなく座り込む自分。そこに語り掛けてきた姿なき声。

その姿は実際には彼には見えていた。それは、白い鴉だった。三本の足を持つ鴉。

「目覚めた龍が暴れるにはまだ早い。このままではすぐに龍は身震いを始める。我らが施術で、しばしの猶予をお前に与える。龍の動きを封じて見せる。だから今宵裏の神社を訪れよ」

鴉ははっきりそう言った。

幻影の中で意識が薄れる中、神職装束の男が一枚の木札を取り出し自分の胸に押し付けるのが見えた。

齢十五になれば龍は目覚める。老人は言った。

老人、誰であったろう……

そうか、私を拐した仙境の住人……

板が胸に触れた瞬間、大神官藤波が叫んだ。

「秋津洲の母なる天照大神の名により命ず、地龍よこの者より出で飛び去るがよい、これは神命なり！」

凄まじい衝撃が新吾の身体を襲った。まるで身体が二つに引き裂かれるかのような衝撃だった。

その瞬間真っ青な光の帯が、新吾の身体から東に見える海原に向け飛び出していった。

「抜けたか！」

藤波が片膝をつき、歯を食いしばり海を見つめた。

青い光はそのまま東海に消えた、かに見えた。

それから間もなくのことだった。大地がぐらりと揺れた。

「う……」

藤波の表情が歪んだ。

夢を通じ、総てを思い出した新吾は彼に訊いた。

「どうなったんだ？　何をしたんだ貴様？」

新吾は更に畳みかけた。

「これはどういうことだ？　龍はどうなったんだ？」

頭の中で、だいたいの状況は理解できた。

この男は、新吾の中で目覚めた龍を何とかする為におそらくは東京から追ってきたに違いない。

男は、この国の全てを守ることを任された伊勢大神宮の大神官藤波は答えた。

「去った、確かにあれは貴様の中から抜け出て行った、だが、だが……」

その口ごもり方で、新吾は悟った。

大地の揺れ。それはつまり、地龍の仕業。地龍が動けば大地が荒れ狂い揺れる、あの安政の夜
江戸を破壊した時のように。

そうだ、あの日の夜もまた龍は暴れたのだ。

安政の江戸地震と呼ばれたあの地震。多くの死者を出した大地震。

多くの死者……

そうだ！　自分もまた押しつぶされた屋敷の梁に胸を押され死んだはずだ！

あの地震は間違いなく自分が起こしたものだ。そして、今足元を揺すったこれも……

「これもまた、私の仕業であると、そしてあの夜もそうであるなら、多くの者を殺したのは
紛れもなく私ではないか！　私は何故ここに居るのだ！　そしてこれから何が起きるというの
だ！」

始めて新吾は恐怖を覚えた。これまで、頑として彼の心を捕えなかった感情。恐れ。畏怖。

それが新吾の全身をがっちりと掴み揺さぶっていた。

藤波が新吾の肩を掴み言った。

「生かされてきた、あなたは何者かにずっと生かされてきた。だが、それがこんな事態を起こすためであったとは、神々の意志は残念だが我々を救えなかった。残念だが、事態はもう起きてしまったのだ。だが、少なくとも……」

次に小さく呟かれた藤波の答えは新吾の胸を抉った。

「東京は救われた」

暁斎と藤田が、龍を一度封じた時、新吾の意識は飛んでいた。だが、彼には判った。

御霊が彼を死の縁から甦らせ、江戸をいや正確には天子が移った後の東京を破壊しようとしていた。

この足元を揺らした龍は、そもそも東京を滅ぼすために彼の中で育てられたもの……

藤田の言葉に込められた意味を、新吾は強く理解した。

少なくとも、御霊がやろうとした復讐は、祟りは東京の地に及ばなかった。

だが、しかし、新吾の中で目覚めた龍の力がとてつもなく強力であることを、誰よりも新吾自身が判っていた。

この小さな揺れは、龍が飛んで行った先が遠かったがために過ぎない。この後、恐らく恐るべきその爪先がこの地に訪れるだろう……

その新吾の予感は当たっていた。

夜ではっきりとは見えなかったが音だけは聞こえてきた。

それはすぐ近くにある海の水がどんどんと沖に引いて行く音。

引いて行った海水がどうなるか、それはもうはっきりと夜の闇の向こうに見え始めていた。

おそらく高さ十丈を越えているであろう巨大な波が、信じ難いほどの速度で迫って来ていた。

どうやら、どうやっても逃げるのは不可能であるようだった。

「これがつまり、私が生きて来た意味と言うのか？　何ということだ、私は破壊と殺戮の為だけに生きて、いや生かされていた」

新吾はがっくりと膝をつき、両手で地面の土をすくい握った。

「師匠、あなたの救済を無駄にしてしまった。不肖の弟子をお許しください」

新吾の落涙が地面を濡らす間にも、巨大な波は三陸の海岸に押し寄せてきていた。


明治二十九年六月十五日夜、三陸沖で起きた巨大地震に起因する大津波は、東北から北海道一帯に壊滅的ともいえる大恩害を与え、無数の死者を記録した。その正確な数はついに把握されなかったが。数百の村落が壊滅し。その住民を海の底に引き込んだ。

この日、武蔵日日新聞記者高村新吾もまた消息不明となった。

彼は、果たして東京を守ったのだろうか。それとも、運命に逆らえず数多の人の命を奪っただけなのだろうか。

その答えは、おそらく誰にも出せないであろう。

ただ、もしこの時まであの男が、運命に抗う道を選んだ男河鍋暁斎が生きていたら、こう嘆いただろう。

しくじっちまったな、これも運命かい、仕方ねえな。

暁斎はきっと力なく肩をすくめたことだろう。

こうして、高村新吾と言う男を廻る怪異は終わった。だが、それはこの国の怪異が終わったことを意味してはいなかった。

まだ、どこかで新たな災いの芽が生まれているのかもしれない。

それを見つける鬼眼の持ち主が、何処かに居るのか、それもまた誰にも判らないことであった。

破壊の源である地龍は、今もこの島国のどこかに間違いなく息づいている筈だった。

龍を呑んだ子が再び現世にあらわれても何の不思議もないのだ。

この島国は龍の背の上にあるのだから。

終

あとがき

本作は拙著『百鬼夢幻』の正統姉妹編です。その前作である『百鬼夢幻』を上掲してからかなりの年月が経ってしまいました。しかし、この絵師河鍋暁斎を一本の軸とした世界は私の創作世界の中で常に大きなウェイトを占め今日まで続いています。

前作で主人公となった実在の絵師河鍋暁斎は本作では主人公高村新吾を助ける役目を担います。

この高村新吾は完全に私のオリジナルキャラクターですが、周囲を固める多くのキャラは『百鬼夢幻』同様に実在の人物たちです。新吾は生き生きとこれらの人々の間を泳ぎ回り、私の期待以上の活躍を紙面の上で繰り広げてくれました。この話を書いていくうちに私は改めてこの男に魅入られ、この連作以外にも多くのエピソードが生まれることになりました。

実は『百鬼夢幻』の電子書籍版にだけ収録されている短編は、本作の最終章の前段とも言える内容なのです。出来たら、こちらも一読していただきたい次第です。先にナイトランド・クォータリー誌で加筆前の第一話を読んでおられた方には新吾というキャラは馴染みであったでしょうが、百鬼世界に彼が登場する真の意味は本作と百鬼がつまり暁斎という一本の強いかけ橋で結ばれていたからにほかなりません。

実はこのおまけ短編はもう一本別の長編「時の旅人（仮題）」の序章でもあります。この作品既に脱稿しておりますが、出版のタイミングをうかがっている状況です。この作品の話はまた後述しますが、無論暁斎を軸としたジョサイア・コンデルの物語です。興味を持たれましたら是非電子版で『百鬼夢幻』を一読ください。

それでは、今回の作品各話について軽く作者からの解説を入れさせていただきます。

軽く前述しましたが、この第一話はナイトランド・クォータリー誌vol.03に掲載した短編に加筆修正したものです。内容はほぼ一緒ですが、連作長編として必要な要素を加筆し組み立てなおしています。主題は百物語。

夏と言えば怪談、かつて江戸の頃には夏場の暑気払いに百物語がよく催されました。この大きな物語は、その百物語の席に二人の主人公河鍋暁斎と高村新吾が居合わせたことから始まります。昨今の怪談ブームのおかげで一般の方々にも百物語の作法が広く認知されたことは存じますが、ここで改めて解説しますと、まず百の物語を語る語り手が一か所に集い百本の蝋燭に火を灯します。

一人一人の語り手が怪談を吟じ、語り終わるたびに蝋燭を一本消していきます。すると百話丁度の物語が語り終わられると部屋は漆黒の闇に包まれます。この時、場には必ず怪異が起こると言うのが言い伝えであります。

しかし江戸の町雀たちはこの怪異を避けるため工夫を凝らし話を九十九で話を打ち止めるという作法を生みました。

ところが本作の百物語では、意図的にその怪異を起こす目的で百の話を語り切ります。

結果として陰惨な事件が起こり、新吾と暁斎は不可思議なる世界にぐいぐいと引っ張られていくことになるのです。

この作中の怪談会に集った面々は当時の明治東京における文字通りの名士ばかり。まさに政府の中枢にいる政治家までが顔を見せています。これが物語の発端になるために必要な条件の一つだったことを巻末まで読んでいただければ理解できるかと思います。

第二話において重要な役目を担ったのは猫の妖怪としてよく知られている猫又です。歳を経て人語を解するようになった猫は、後ろ足で二本足立ちし長く伸びた毛は逆立ち、尻尾の先はささくれ割れて二股になります。まあこの尻尾の様子が猫又という名の謂れとも記されてきておりますね。

本作に登場する猫又に心意気を感じた暁斎は、彼の猫に妖怪よりさらに踏み込んだ世界へ登るための修行を受け入れさせます。

つまり神の世界へと向かわせるのです。こういった考えや行動は決して奇異な物ではなく、かつての日本では多くの動物が、祀るという形で神格化されています。実際猫神を祀った神社も存在しておりますので興味ありましたら色々調べてみてください。

さて、ついでに当時の警察機構についても軽く触れておきましょう。作中でも触れましたが、警視庁発足前に明治政府は東京の治安維持のために警察官を任命し市中の見廻りを行いました。これが邏卒です。

これらの警官を統括する組織としてその後に警視庁が発足するのです。この警視庁は現在のそれとは別な組織で、今の東京を預かる警視庁は言ってみればこの伝統と名前を引き継いだ形になっています。旧警視庁はその後全国組織の現在の警察庁の前身になっていきます。

次に、第三話において暁斎たちが覗き見ようとした浅草の観音さまですが、実際にこの本尊は絶対秘仏とされ人目に触れることはありません。

伝承によれば本当に小さな仏像で、漁師の網に掛かった物を祀ったのが寺の開基とされております。

まあ本編ではこの秘仏と明治政府が行った神仏分離政策を絡めて話が進むのですが、実際に歴史でも明治政府は多くの寺と神社を分離させ強引な線引きをし仏教に相応しくない本尊は無理矢理に廃棄させたり、極端な例では廃寺に追い込まれた例も存在しています。

理由は作中でも軽く触れておりますが、神道を国家宗教として政治に組み込む狙いから仏教界の発言力や影響力を排除させたい、そう言った狙いがあった訳です。まあその後の日本が天皇家を中心とする国家神道に傾注しどういった歴史を歩んだのかは説明するまでもないでしょう。

実は江戸期には全国的に数多くの神仏混淆が見られました。現在でもその残滓と言いますか、元はどこかの寺に祀られていた神像を持つ神社といったものが各地で見られます。

そもそも日本における神という概念が特殊であり世界各国のそれと大きく異なった土着の霊や精霊、さらには人間そのものまで祀ってしまい祟りなす存在にならないようにという意味がそこにあります。これがそのまま第四話の種明かしに連動することに気付いてください。

次に余話として劇中に差し挟まれる妖刀奇譚ですが、話は完全に新選組のそれです。

今や国民的認知度の高い新選組ですが、作中で暁斎が首を捻ったように当時の東京においてはさしたる知名度を持っていませんでした。日本全体が彼らを認知するのは、やはり戦後になってからであり司馬遼太郎以前の世界ではむしろ朝敵として悪役イメージが付きまといました。無声映画などでも鞍馬天狗の敵役でしたしね。近藤勇が悪の親玉というのは、今の若い人たちには意外かもしれませんね。

蛇足的解説として、この話に登場する七条物の怪屋は、実は私が同人誌で発行しているシリーズ（現代を舞台にしたユーモアファンタジーです）の舞台になっているお店の過去の姿です。こちらの話は、橋本純が純粋に制約なく笑える話を書きたいという欲求で同人誌として商業的制約を受けない形で出版したものです。

こちらの本は在庫がある限りはＢＯＯＴＨで扱っているので、橋本純 公式ショップ https://junhashimoto97.booth.pm/ にてお求めいただけます。

時間があれば第二作令和編も書きたいので、ぜひ注文いただいて我が家の在庫を減らしてください。ＢＯＯＴＨでは今年めでたくプロ作家の仲間入りした私の妻である壱岐津礼との共作怪談なども扱ってます。是非覗いてみてください。

そこでうちの奥さんの作品に触れてみて感想など寄せてくれると、彼女の単行本が出版される日も近付きます。是非にもよろしく。

なおこの幕間劇の主役ともいえる妖刀は次の第四話に欠かせない存在であり、この短編は独立した話でありながらしっかり本連作長編の一部を構成しています。

続く四話ではついに高村新吾の抱えていた秘密が語られる訳ですが、ここで現れた御霊は言ってみれば朝廷に対する祟り神の総称になります。

私の住居から遠くない京都の中心には上と下二つの御霊神社が存在し、それぞれに元天皇であったり親王であった十柱を超える怨霊を神に祀ることで京都を祟りから守るというシステムが構築されています。

彼ら怨霊の目的にどうしても必要だった存在、それが新吾であることがこの話で語られるわけですが、それに連なる話として最終章が語られることになります。その中で明かされるのが新吾の過去です。

彼が幼少期を過ごした仙境とはいかなるものなのか。

神隠しというものがあります。突然人が消えてしまう現象ですが、時折時間を経てからひょっこり行方不明者が帰ってくることがあります。

江戸時代の国学者である平田篤胤もこの帰還した少年に話を聞いて本を著していますが、他にもいくつかこうした話が残されています。それを総合しますと、やはり我々の住む世界とは次元を異にする世界と考えると大いに納得がいきます。

多分に時の流れすら現世とは違う世界で、新吾がそこで過ごした時間と実際に姿が見えなかった時間とには間違いなく齟齬があるでしょう。

彼がその仙境で犯した過ちこそがすべての元凶であり、滅びのための怨霊たちが求めた力そのものであったわけです。

私はこのシリーズ（実は本作以外にも同人誌原稿として何本か暁斎と新吾のコンビ作品を発表済です）を書くうちに新吾という人間が好きになってしまい、そのラストにおいてあえて彼の生死は不明としました。

実は私の中でも彼の生死に関してはいまだ白紙なのです。

暁斎が没する前のエピソードは実はまだ未発表のものが多数あり、そこに新吾も登場します。その意味では彼のキャラクターは不滅と思いますが、あの災厄以後の物語が語られる日が来るのか、それはある意味皆様の反応次第かもしれません。

反応という話ついでに申し上げますと、前述した通りこの鬼の目を持つ暁斎のいる明治世界を舞台にした別の長編「時の旅人」もすでに上掲しています。

この話は百鬼と本作と同じ時間軸同じ世界観ですが、扱われる話が全て史実という異色作です。史実の中にあやかしの影はどう溶け込んでいるか、興味を持っていただけると幸いです。

本作の反応がよければこちらの出版も現実味を帯びるのでぜひぜひ妖幽夢幻の感想なり批評なりをいろいろな形で発表してください、頑張ってエゴサさせてもらい出版社に送り付けます（笑）

出来たら私の個人ＳＮＳ（Twitter ID @ hashimotogensyu）にも反応を寄せていただければ助かります。

最後に『百鬼夢幻』とこの話の決定的違いについて触れておきます。

高村新吾は終生妖怪たちと交わることはありません。その存在を肌で感じ、河鍋暁斎という男を通してコミュニケーションも取れるにも関わらず自らの目や耳でこれらと接することは叶いません。

その点をもってこの作品の中の最後のミステリーとさせてもらいます。

この続きが出版された時、その謎はきっと解かれるはずです。

新しい話で彼らと再見できることを祈ってください。

私もまだまだこの世界から離れたくはありません。

ではまたお会いしましょう。

令和四年猛暑続く盛夏、比叡山の寓居にて

橋本 純（はしもと じゅん）
1963年、群馬県前橋市に生まれる。
模型建築デザイナー、フリーライターを経て、1990年頃よりミリタリーライター、架空戦記系コミックの原作者として活動を開始。1993年、『ト・ロ・ル──二〇〇Ｘ年の黙示録』で小説家デビュー。以降、『鶴翼の楯』『波動大戦』などの架空戦記、『黒髪』『家康入神伝』などのホラー、『戦国闘武伝』などの時代小説ほか、幅広いジャンルで活躍。代表作に『百鬼夢幻～河鍋暁斎 妖怪日誌』（アトリエサード）がある。架空戦記ものの最新作は『超時空イージス戦隊』シリーズ（全3巻、コスミック出版）。

TH Literature Series

妖幽夢幻
河鍋暁斎 妖霊日誌

著　者　橋本 純
発行日　2022年9月5日

発行人　鈴木孝
発　行　有限会社アトリエサード
東京都豊島区南大塚1-33-1 〒170-0005
TEL.03-6304-1638 FAX.03-3946-3778
http://www.a-third.com/ th@a-third.com
振替口座／00160-8-728019
発　売　株式会社書苑新社
印　刷　モリモト印刷株式会社
定　価　本体2500円＋税
ISBN 978-4-88375-477-9 C0093 ¥2500E

Printed in JAPAN

www.a-third.com

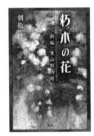

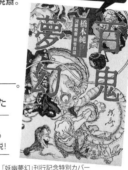

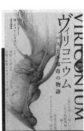

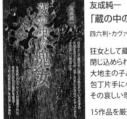

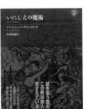